“深扎”文丛

U0890636

DIAN YUN

点晕

宫林 著

河南大学出版社
HENAN UNIVERSITY PRESS
·郑州·

图书在版编目(CIP)数据

点晕 / 宫林著. -- 郑州 ：河南大学出版社，2018.11

（“深扎”文丛）

ISBN 978-7-5649-3568-9

Ⅰ. ①点… Ⅱ. ①宫… Ⅲ. ①中篇小说－小说集－中国－当代②短篇小说－小说集－中国－当代 Ⅳ. ①I247.7

中国版本图书馆 CIP 数据核字(2018)第 255232 号

项目总策划 侯若愚
责任编辑 侯若愚
责任校对 韩　露
封面设计 侯一言
出版发行 河南大学出版社
地址：郑州市郑东新区商务外环中华大厦 2401 号　邮编：450046
电话：0371-86059701(营销部)　网址：hupress.henu.edu.cn
印　　刷 河南瑞之光印刷股份有限公司
版　　次 2018 年 11 月第 1 版　**印　　次** 2018 年 11 月第 1 次印刷
开　　本 889 mm×1194 mm　1/32　**印　　张** 7.25
字　　数 198 千字　**定　　价** 43.00 元

版权所有 · 侵权必究

本书如有印装质量问题，请与河南大学出版社营销部联系调换

目　录

点　　晕

三龙进来透的信儿。当时伍保店里没有客人，他正躺在椅子上养神。三龙挑竹帘进来了。他左边的袖子空空软软地吊着，让人想起理发店门外松松垮垮的幌子。听到响动，伍保起了身。三龙说："你躺着吧，我没麻烦，只想告诉你个事，待会儿文爷若穿长袍来，你可千万别侍候。"不等他问个究竟，三龙便说出了那个不幸的消息。其实这消息早已生了腿脚，满村子转悠了几遍。只是伍保没出店门，这差不多凉了的消息还是震得他后背冒汗、双目火热，靠在椅子眩了好一会儿。

黑皮把文爷的孙女小梅糟蹋了。

黑皮是谁？别说小小的乌坡镇，方圆几十里都有他的名声，长得黑铁塔模样倒不可怕，村民怕的是他娘。他娘是村委主任，跟支书吵嘴后，黑皮领人打进了支书家里，支书只得外出打工去了。他娘也不可怕，可怕的是他的姨表兄弟是派出所所长，而派出所所长的爹是县里的局长。他这一串关系，威风凛凛，光芒四射，再加上他那帮前呼后拥的兄弟，谁个不怕？黑皮喝了酒有个习惯，总爱捏张报纸撕，撕得极碎，沿街边走边撒，天女散花一般。到了村口柳树下再撒泡尿，那声音震得旁边的破房子直往下掉土渣。然后，他们便拐进伍保理发店里来。他们来不是为了理发净面，而是为了"点晕"。准确地说，是为了享受"点晕"。"点晕"是伍保的家传绝技，等给人理发净面完毕，最后伸出他洁白的右手，虎口张开，将食指和拇指卡在客人的脖子上一点，客人就晕了。一晕便有了上天入地的感觉，舒服"死"了。一瞬醒来精神抖擞，瞎子也能"目光灼灼"。

美目盼兮的小梅可不是外人，她是伍保在雪地里捡来的。那年月伍保时常担着自己的东西串村子。人到不惑之年，形象猥琐，没能娶上个暖被窝的。他捡到小梅后，脱去棉袄包住，放在工具箱上。人都说，剃头的挑子一头热，可那天他觉得两头都热。小梅的啼哭叫他往前想了老长，理顺了一个思路，养大了，便可以为他养老送终，娶女人生孩子的事自然就可以免了。生活本就简单嘛。他便抱到家里，老娘比他更高兴，亲了几下，对他说："儿呀，这下有后啦。"他嘿嘿地说："省得娶女人生孩子麻烦了。"

可光欢喜止不了孩子的哭。孩子小，离不了奶呀！也是该孩子有福，邻居永福两口子刚刚夭了孩子，且是连夭了三个。永福女人听到这边的婴儿哭，便长叹不止。她公公文爷心里明白，"扑嗒扑嗒"踏雪而来，说："这也是天意，让永福女人养吧，她有奶，等孩子结实了再抱回来。"文爷一肚子学问，谁不尊重？说出的话在理。他们便把孩子给了文爷。不承想永福女人以后再也离不了小梅，说："伍保哥，你走南闯北，说不定哪天又捡一个，这个给俺吧，长大了天天看你。"这话听起来也怪暖心。可孩子大了，她又说："伍保哥，我怕小梅知道了伤心，还是隐了真情，权当我亲生的，大哥你成全俺吧。这辈子算是谢不完你的情了。"他咧咧嘴，苦笑了下，想想小梅水灵灵，嫩葱一样的模样，自己屋里跟刀布子一样脏兮兮的，别委屈小梅了。连连点头说："对呀，你那儿才是她的家。我这下九流，别坏了闺女名声，还是在你家根正苗红呀。"

永福女人塞给他五百元欲作了结，他嘿嘿一笑说："弟妹，小看哥了吧。快收起来，小梅千金之体，就值这个数吗？你这不是折哥的阳寿吗？"

此后，他倒活得滋滋润润的。可永福两口儿到新疆摘棉花出了车祸，两口子携手赴黄泉，魂都不知道漂在哪里。这让他唏嘘了半天，人呀，能不出门千万别出，这种死，连个名分都找不出。你要是在战争中死，算是英雄；擂台上死，算是好汉；自杀而死，算有囊气；车祸中死，算什么呢？人呀，靠手艺过日子，也像蚂蚁搬家，转悠不停，还是就近画圈圈吧，至少死了能魂归故里。他因此爱说"该吃吃，该喝喝，有事别往心里搁，今晚脱鞋床上卧，明朝不知着脚不着脚”。他的老娘是个神婆子，在自家西屋里搭了神棚，设了神坛，坐坛看病。以前他多次劝她：“吃好喝好不就成了，家里又不缺你看病挣的俩钱。我名声不好，你咋又迷信上了？”娘不解释，顺手朝他扔了一扫帚。随着西屋里锦旗越来越多，老娘的身子骨越来越瓷实，他便不再劝阻了。八十岁的老娘了，只要快乐比啥都行。

有次村主任，也就是黑皮娘让他把娘的神坛拆了，说乡里有看法。他满脸堆笑说：“姨呀，她都土埋头发梢了，我不想惹她生气，您多担待些。”说着他给村主任作了揖。村主任比他小得多，又不一族，他也搞不清从哪扯的辈分，张口姨闭口姨的。他忘不了往她手里塞张票子，说：“姨，多担待多担待，外甥这厢有礼了。”村主任自然含笑而去，背影一晃一晃的，给人一种随风而起的感觉。

如今黑皮糟蹋了小梅，不知她的背影沉没沉下来。

他问三龙：“村主任没有出来解决？”

三龙说：“她会咋解决，派出所都是人家开的，会向着小梅？”

他问：“你是‘一把手’哩，没打听打听这事咋解决？”

三龙抬起左臂的空袖子，像古戏台上的人悠了两下，叫一板“气杀人也”，然后说：“黑皮不早就拍了将军肚说，这片天下是他的，全是他的，谁敢奈他如何？”

“他说天下是他的，但也得叫人家吸点空气，走走路吧。”

三龙说：“你跟他是老表，管说这话。看不出你貌不惊人，除了会点晕的绝活，巴结人上也有一手呢。”

他笑起来说：“我这手不如你那手，谁不知道你是‘一把手’？”

三龙说：“你家大娘说了，要不是我三龙断了手，我就成了真龙，能娶三宫六院、七十二妃。乌坡镇上，谁敢……”

汽车声传来，三龙告辞，挑门帘时不忘了再说一句：“文爷若穿长袍来理发净面点晕，你千万劝劝，免得他想不开寻了短见。”不少人知道，文爷说有一天活够了，便会从箱里拿出长袍穿上，让伍保拾掇一下头脸，享一次点晕，就朝“南北大坑”而去。“南北大坑”是坟墓的隐喻。

三龙应该比谁都恨黑皮。

他的“一把手”是他姐姐弄的。幼时姐弟俩用铡刀铡草喂兔子。三龙续草,姐姐不小心把他的左胳臂铡了下来。长大后,姐姐愿为他换个媳妇,但那年月正兴“破四旧”什么的,村里工作队不允许。姐姐出嫁,他成了光棍。到了四十多岁,姐姐让自己的女儿,也就是他的外甥女为他转来一个二十岁的女人。“转”是三家转亲,即外甥女的婆妹子嫁给三龙女人的哥,三家组三对夫妻,虽辈分有问题,但因是三家转亲,也显不出什么尴尬来。

三龙女人漂亮,谁都说他多熬几年寡汉条子感动了月老神。但这女人很快与黑皮勾搭上了。全村人似乎只有三龙不知晓,正如小梅不知自己身世,别人都知晓一样。三龙天天嘿嘿笑着,衣服上都闪着高兴,好到理发店找伍保,摇头晃脑,从未觉察出沉甸甸的绿帽子。伍保嘿嘿地笑,却是多年的历史了。他爷传他手艺时说,客人是爷,见面三分笑,不怕没钱掏。他爹也有一手点晕的绝技,被一个军队头目领了去,没了影。爷爷临终告诉他:“咱们家三代单传,你爹没我个高,你没你爹个高,一点点矮下去,看来气数到了头。等你过了五十,找个好徒弟,将这家传活传了出去吧,兴许能积点善果,让咱家祖坟里再发出大棵,冒股青烟来。”

倒是有不少人愿意跟他学手艺,包括这个三龙,都想学这招“点晕”。三龙是村里来这儿最勤的人,有时还提点儿小菜。店里不缺酒,冬天有烧酒,夏天有啤酒。屋子里天天往外扫头发渣,也扫着时浓时淡的酒气。三龙总想将他灌醉,说他喝酒不实在,能喝一斤喝八两,对不起人民对不起党。他嘿嘿一笑,将明晃晃的剃刀一挥说:“这玩意管着呢。酒这东西爹娘管不住,老婆管不住,只有这玩意儿管得住,手一抖客人头上就一个血布鳞儿,还不砸了自己的饭碗?”

他理发刮脸时,三龙从不起身,漫不经心地抿着酒,嚼着菜。一旦他为客人点晕时,三龙立马站起,两眼射出直勾勾的光。他想学会这一手哇。等他右手张开的拇指与食指从半躺在椅子上的客人脖子两侧拿开时,客人已经晕了,确切地说,已经过去了。他扭过脸对三龙说:“这手不好学,你可别醉了拿媳妇试验啊。”

过来学手艺的年轻人大多没有待超过仨月的。伍保把自己学艺时的经验搬出来,让他们先抱个冬瓜练习刀法,练习手感。他把冬瓜放在院子的凳子上,叫徒弟先用剃刀刮白毛,刮净了他检查,用手抚摸瓜皮,倘若手上有白印儿,二话不说,抱来冬瓜再练。刮了毛,只是完成一半。他检查刮下的瓜皮条条,用手捏捏弹弹的,这让村民开了眼界,可是村民都看得硌眼了,他仍让徒弟围着冬瓜转悠。来投师的人没吃过其他菜,一律是猪油炖冬瓜。他当然没留住一个徒弟,这些徒弟来之前都有些基础,受不了这种熬制,话都不留,就悄悄溜了。

只有一个跛脚徒弟坚持了仨月,但连客人的头皮都没沾过。临走时说:“师傅,我不能再熬了,我是高中生,家中人等我挣钱哩,我早就会剃头了,还买了不少书看,结果来这儿刮了仨月的冬瓜皮。我不等了,得回家收拾挑子挣钱了,谢谢师傅。”口气中掺着怨恨。

这个徒弟叫他舍不得。他想告诉他,这可是祖上的规矩,没有八个月的练习,是不能侍候客人的。他也曾到他家去过,发现这小子有心计,屋墙上贴了不少法律的条条。村里人有了争执,需要进城打官司,都会到他这儿问一问。他急着挣钱养活家中老小,为自己找媳妇,这没错啊。

徒弟走在阳光里,身子一抖一抖,像划船,而且像有随时翻“船”的可能。

他喊道:“地虎,等等。”他捏了二百元塞给了他,说:“师徒一场,缘分,这个算师傅送给你回家的盘缠。地虎呀,万丈高楼平地起,注意基本功。”

地虎家距这里不过三十里,他骑自行车来的,用不着什么盘缠。地虎也没推辞,两眼含泪,说:“师傅,我会再来的。”

以前黑皮领了他的兄弟来这儿点晕时,曾让他把生意做大,招几个服务小姐,再扩间门面,一明一暗,明的理发点晕,暗的按摩。

把城里盘头焗发的技术引到镇上来，他还不得天天点票子吗？

他朝黑皮一拱手说："咱不是那块地里爬的虫呀，老表，我也就会剃头净面点晕，小本生意。咱枣核截板，不是大料，那生意你干行。"

后来镇上果真来了一帮外地女人开发廊。一开始生意真的不错，门前经常有汽车，村主任都到那里做头发。年轻人再也不到伍保这里来，全被她们吸了去。不少人在那里理了发，按了摩，再到他这里享受点晕。三龙涮他说："你干脆给她们合了。"他连连摆手说不。他一直认为做生意得老实，老幼无欺，价格合理，而那边发廊的价格太高，他总觉得兔子尾巴长不了。

真叫他想对了。因为三龙女人与发廊女老板对骂了一场，黑皮把发廊砸了个稀巴烂。

一帮女人惊慌而去。后来才知道她们不识抬举，拖欠了黑皮他那帮兄弟的保护费。这叫他长舒了口气，心想做生意还得是本地人。别看黑皮整天满大街骂骂咧咧，喝了酒爱在街上撒尿，爱撕报纸。可一旦到了他的店里，会敬上一根烟，笑眯眯喊几声"老表"。他也不骂了，不撕了，乖乖躺在椅子上，让他刮胡子，让他点晕。而且，黑皮从来没有要过什么保护费。但是，黑皮以及他的弟兄，在这里理发、净面、点晕，从没给过一分钱。有一次，黑皮领了两个外乡人来点晕，外乡人忙着交钱时，黑皮说："别给了，不是外边的，跟我家的狗差不多。"他当然不快，连说"老表别这么说"。黑皮脸一寒提了腔："咋的啦？嫌难听吗？嫌难听，我砸了镜子听听脆不脆？"他连忙堆上笑意敬烟，说："老表说得好哇，赶明儿把喂狗的肉骨头给我几块吧，那东西香。"黑皮才换了笑脸，说："好说好说。"他突然觉得黑皮喷出的酒气击得他头晕目眩。他只好哈下腰，低下头，再哈哈，再低低。黑皮说："你咋像鳖呀？都趴了。"他忙说："鳖好呀，长寿。没见饭馆里鳖都得两百元一只吗？傻贵啦。"几个人哈哈大笑，外地人说他："老板，你真幽默呀。"他连说："有馍(幽默)有馍，白面的，没吃饱，我回家给你拿去。"黑皮说："人家能开自家车过来，还愁没吃饱吗？"

那令三龙不安的汽车声在他房前戛然而止，一帮人下了车。

门帘一撩开，进来一阵风，卷来不少纸屑，他知道黑皮来了。

黑皮喷着酒气躺在圈椅上，喊一声："伍保，死哪去了？跑地洞里当耗子吗？"

他慌忙敬烟，说："老表，耗子不好逮，我篦刀呢，好给老表刮胡子，你胡子跟李逵的差不多。"

黑皮的那几个兄弟中有人说："前一阵发廊里的小姐就怕黑哥的胡子，扎得她们一个个猫叫似的喊。"

另一个说："不知黑哥扎小梅时她叫没叫？对了，你是用'金箍棒'扎的。她爷那老家伙正跑往乡县里告你哩，小心人家切了你的'如意棒'啊。"黑皮一笑，说："阴沟里翻不了船。"

"有人说，小梅跟伍老板是亲戚哩，是不是，伍老板？黑哥不是外人，肥水不流外人田。"

伍保忙接话说："啥亲也没有，死妮子好好的头发染得黄黄的，黄鼠狼似的。"他嘴上这么说，心里也想让这帮混混转移话题。他忙问黑皮："老表，你这车是昌河吧？"

一屋子笑声。一个混混走过来，用手捋他的后脖颈说："你除了剃头、点晕，真是狗屁不懂。这车，三个昌河都不换。"

黑皮也用手捋他的后脖颈，还把手中残留的纸屑吹了上去。伍保瞅准一片落得慢的，举刀劈了过去。那铜钱大的纸片分开了。他又刀刃朝上，迎上那分开的纸片向上一划，两片成了四片，中间的十字在下落中缓缓模糊。

黑皮他们马上直了身，瞪大了眼睛，停了笑，僵着脸。伍保笑了起来说："我试刀哩，给老表净面，刀不快哪行啊?!"

几天来，他特别害怕文爷到店里来，三龙的话让他害怕。若不是小梅出事，文爷肯定会在树荫里，被不少人围住，讲东讲西呢。文爷可是前三皇后五帝天文地理无所不通呀。

文爷说话有理有据都不是瞎侃空儿。如果文爷真的着了长袍过来理发净面点晕，三项过后，说不定他真去"南北大坑"。这几天他听说文爷去了乡里县里告黑皮。黑皮也够有种，光天化日之下，敢对豆地里锄草的小梅下手。想起这事，他总心跳不止，满屋子都是扑通声，像擂鼓般，他的头发梢都支棱起来了。

文爷还是来了。没有穿那件长袍。这多少让他松口气。如果饭场里没了文爷，谁还能讲出许多外边的故事来？

“给杯酒。”文爷说。文爷将一杯酒仰脖咽下，才坐下来让他洗头。

文爷的头发很脏，肯定是这些天跑道太多，风尘袭的。他的头发全白了，短短的。他总是剃光头。每次给他剃光头，总想起幼时爷爷让刮冬瓜的情景，刮了多少冬瓜，他不记得了，反正不止八个月。爷爷让他把基本功打扎实。现在他真得感谢爷爷的严格要求。六十多岁的人了，不干活时手总抖，一捏上剃刀，就不抖了。这是功夫啊。现在的年轻人轻视这功夫，会后悔的。

文爷说：“伍保，还是叫小梅回你家吧，现在人心险恶，世风不古，我风烛残年，保护不了她呀。”

他有些感动，说：“老爷子有啥难处说说，看我能帮啥忙。”

文爷说：“伍保，你心好，我知道。可这事全镇就你帮不上忙。论文，你不识字，论武，哪家的男人都比你壮。你手无缚鸡之力，咋对付黑皮这个浑蛋啊？”文爷的泪下来了。他已经在乡里县里来回跑了好几天了，县里让乡里解决，乡里让派出所解决，派出所所长是黑皮的老表啊，说调查调查再说。这公道难以讨回了。文爷说：“让小梅到你家去。”

伍保默然，给他理了头，净了面，迟迟没有点晕。文爷问：“你咋还不点？让老头子再享受一回，快点吧。”

他灵机一动说：“老爷子，你不想看看黑皮的倒霉样儿？”

文爷问：“谁能让他倒霉？人作孽，不可活，只能等天惩了，只能等恶有恶报了！”

他做神秘状，悄声说：“我娘说的，这几天他要倒黑霉。我娘可是神婆子，你信她不信？你等着瞧吧。”

文爷精神一振，马上又要了杯酒，说：“好，我等，别说几天，几十天都能等。”

伍保说:“等他倒霉了,你再来点晕吧,看我娘说得神不神。”

他没有锁门,径直走向三龙家。三龙正在树荫下的凉席上睡觉。他捏了捏他的鼻子,三龙醒了。他说:“三龙,你去把地虎叫来,就说我要教他点晕。”三龙曾经告诉他,地虎在县城里开了理发厅,还招了一帮残疾人给客人按摩,生意做得很火。三龙总怨他保守,不把点晕的手艺传出来,他要是会那一手,就到地虎那打工去。三龙问:“你教他,教我不教?”伍保说:“想学就听指挥。”三龙不再说话,去推自行车。他问:“你老婆呢?”三龙说:“这几天,天天去小梅那里,还不是村主任安排的,怕小梅自杀。出了人命,事就大啦。”三龙跨上车时,伍保又拍了他一下说:“一定叫地虎过来呀!”

三龙、地虎来到他的理发店时,天已黄昏,店里没有客人,只有香喷喷的饭菜和酒气。地虎一到,说:“师傅,哪能让你破费,还是我请客,咱到饭馆里去吧。”他摆摆手,说:“不用,菜都放好了,全是凉菜,待会儿咱再熬个汤。”三龙问:“该不是冬瓜汤吧?”他一笑,说:“等会儿就知道了。”

他刚刚洗了头,用毛巾不停地擦着。

门帘放着,屋里暗下来。他并没开灯。屋里的东西一片朦胧。

三人坐下来喝酒。三龙说:“别节省那几个电钱了,我开灯去。”伍保一摆手说:“喝了三杯酒也不晚,又喝不到鼻子里去。”地虎见他端了酒,也端了起来。他们连喝下三杯酒后,他提过来一个小嫩冬瓜,说:“地虎,我想知道你长进了多少,把这冬瓜给我刮一遍。”地虎看不清他的表情,但听到了威严。冬瓜上别了剃刀。地虎不敢犹豫,他在朦胧中“嚓嚓”刮了起来。

等刮到一半时,灯亮了。伍保叹一声:“基本功啊。”他拿起一把剃刀说:“三龙、地虎,见过我给自己刮秃瓢没有?”说完拉灭了灯。屋子里只有“嚓嚓”的剃头声。

灯亮了。他的光头在灯影里闪闪发光。他拍了拍头,扭扭脖子,说:“你俩检查检查,看有没有残毛和血布鳞儿。”三龙、地虎谁都没动。地虎说:“师傅,我知错了,可我得挣钱啊。不过师傅放心，以后我还会刮冬瓜的，好好补课。现在人喜欢剃光头。”三龙说：“你要是能舍得下大娘，到城里还不把钱赚翻吗？”

他说：“喝酒，喝酒，明早教你们点晕。”

第二天早上他们来到伍保家院子后边的小树林里，这里僻静，只有鸟语，没有人声。伍保用黄土块在一棵大树干上几下便画出一个人头像来。三龙、地虎都惊奇，没见他平时画过什么，而如今画的人头像却栩栩如生。他特意用土块指了脖子处说：“这儿就是点晕的穴位。如果是个胖子，这儿有肉沟沟，瘦人就没有了，全靠你去判定。这儿有骨节，一摸便知晓。你们俩先相互摸摸，我看看找准没有。”两人以前都观察他点晕好多次了，当然能摸到穴位。

他说：“这要害就是，手指不能上更不能下。往上点，能把人点成‘皮囊’，就是人家说的植物人。往下点，就要了人的命。我爷爷曾往下点过一个土匪，往上点过一个当兵的。当兵的成了‘皮囊’，人家把我爷爷弄走了。点的那一刻，手指的力道要大，这需要练，用这两手指卡一鸡蛋，一下子能卡破就够了。我当初练习时家里没鸡蛋，我天天对准绵羊的脖子练，掐得它咩咩不停。要点就恁多，‘师傅领进门，修行靠个人’，看你们怎么练了。你俩脑子都比我强，虽说一个是独臂龙一个是拐脚虎，两三年后就得比我点得好，手艺养人，挣钱是迟早的事。”

两人在人头像的脖子处掐来掐去，早晨的光景慢慢过去。三龙回家吃饭。地虎跟了伍保回家。伍保突然停住，拉了一下地虎说：“我有一句话，说出来，你要是觉得不妥，权当我没说。”地虎说：“师傅，咱爷俩还有啥妥不妥的。”伍保说：“地虎，小梅的事你可能也知道了。我知道三龙心里藏不住事。你和她年龄相当，条件嘛，现在也差不多，她是我捡的，我得管她的事，你娶了她咋样？”见地虎一时没言语，他又说：“想想再给话，这是大事……”

到了门口，他又笑着问地虎：“如果我点晕失了手，会不会枪毙呀？”

地虎也笑说：“师傅想多了，你咋会失手呀？”

三龙和地虎泡在理发店里，每来点晕的，伍保会指着客人的脖子跟他们比画比画。有时地虎也给客人洗头刮脸。

这天午后，三人正在椅子上打盹儿，汽车声击得门帘响动起来。

地虎忙着去拨门帘。黑皮领两个弟兄来了。他们都喝了酒。黑皮两眼眯成一条缝，给人扶着，脚步踉跄，但手中仍在撕报纸，这是他的习惯，他一坐上理发的圈椅，头脑清醒了一些。指指地虎说："拿点水。"伍保赶紧给他倒一杯开水，黑皮接过水，眼睛盯了他的光头，放下杯，一伸手摸他的头，啧啧称赞："这头酷啊！"

伍保一笑说："咱是酷头嘛。"

黑皮和他的弟兄大笑起来，边摸他的头边说："这是裤头，这是裤头。"

地虎拉开了伍保。伍保依旧笑嘻嘻的模样，说："老表，别乱别乱，干正事呢。"他抓起剃刀在黑亮黑亮的篦刀布上"噌噌"比画几下。

他给黑皮刮脸时，黑皮已把手中的报纸撕成了纸屑，这回他没有用嘴吹起，而是撒在地上。

等到点晕时，他叫来三龙和地虎，他轻拍了一下黑皮的胖脖子，说："看见没有，他这儿刚好有条肉沟沟，正是下手的地方，不能上更不能下。"黑皮有点迷糊，双眼眯着，半睡中。伍保端了水，让他喝水，清醒清醒。黑皮说："你只管点吧。"伍保说："你迷迷糊糊的，我咋点？"黑皮说："以前迷糊时咋点的现在就咋点，你猪脑子吗？"伍保说："你还是清醒清醒，享受一下的好。"

黑皮喝了水，顺手拍了伍保的光头说："这裤头，这裤头。"

伍保朝三龙、地虎示意一下，卷了袖口，左手扳住黑皮肥硕的大头，右手的拇指和食指已经张成了虎钳状，移向黑皮脖子上那条肉沟沟。

地虎猛地一惊，叫一声："师傅，错了，手靠得……""可上了"三字没出口，被旁边的三龙一脚踹个趔趄。这一瞬，伍保的两指已经卡在了那肉沟线的上部位，黑皮头一歪，过去了。

伏　窖

秋粮贩子的四轮车在村口鸣了一会儿笛，便开始用电喇叭播放起了戏曲，什么《卷席筒》《抬花轿》《朝阳沟》，一曲接一曲，闹得村口如赶集般热腾。

秋收已经煞尾。只是有的人家还没把玉米秆运回来，有的人家却已经开始犁地，即使人手不等，做活的利索程度不等，但先后相差也不大。这些粮贩子来到这儿，刚好是村民欲用大豆芝麻玉米换钱的时候。不少人拉来秋粮，要粮贩子过磅。他们又嫌粮贩子的磅里有花窍，提出用新才的磅。新才有时也收粮食，用于他的养猪场。同村近邻，大伙相信他的磅公平，不压一分的秤。便有人疾步向新才家推磅。一会儿又跑回来，说家中没人。

“新才正和伍金打架，在北沟地里。”有人传话。

“这大忙的天，他俩肯定吃错了药，竟能闲得去打架。”人们议论道。

“快叫治保主任王小山去呀，出了人命可咋办？”有人说。

“王小山就在那地里收玉米秆哩。”有人答。

“他就不制止？”

“他说了，叫他们打吧，打一会儿没劲了，就会停下来。也省得他们说劝架的人向了偏。”

人群呼啦一下，分出了两拨儿，有的跟新才走得近，有的跟伍金铁哥们儿。大家放下粮车，纷纷朝北沟地里奔去。众人雄赳赳的背影里看不出丝毫秋收的疲累。

粮贩子惊愕地张了嘴，呼声“乖乖，要打大架了”。

有人笑笑说：“人越多，越打不起来。”这村子，丝丝连连，扯骨子带筋的，全能捋上亲戚来，球也打不起来。

北沟这边。新才和伍金全都光了膀子，你来我往，你冲我挡，互相击打着。两人约好了似的，比拳击比赛都显文明，他们的拳头只打对方的胸背，谁都不往脸上打，也没人用脚踢。别看满地坷垃，谁都不抓一块掷向对方。两人也不说话，憋着气击打对手。这没有裁判的比赛，累得两人呼呼地喘气。新才女人赶到那儿想劝劝，新才吼一声："滚一边去！"她只好蹲在地头抹泪。

王小山早就瞅出了门道。他将村口涌来的这帮人拦在地头上。他双手张开像翅膀一样呼扇呼扇，说："大家都别过来，好好看场戏。"大家停下，说："你治保主任就这样看笑话啊?!"王小山说："你们细瞅瞅，他们那体型、那肉膘、那身高，天定的一对重量级选手。再看他们的打法，清一色的高举高打，谁都不玩阴不使绊子，全都光明正大。这是一场难得的友谊赛啊！算是你们有眼福哇，这一看，至少三年不害眼。"

他成了这场"友谊赛"的解说嘉宾，说得轻松有趣，像真的友谊比赛似的。

论起友谊，正打得热火朝天的两位以前可是铁哥们儿，俩哑巴亲嘴——好得没法说。两人自小就是同学，中学毕业后一块儿到南乡贩过豆子和大米，又一块儿到关外卖过味精，都干过一阵子味精厂的推销员。厂子倒闭后，新才回村，农闲时继续零打零敲地做点生意，而伍金在外继续跑，娶了女人才收心，在县城里弄了个铺子搞小商品批发。生了孩子后，两人好得俗上加俗，打了干亲。新才认伍金的儿子为干儿子，自己的大女儿认了伍金作干爹，来了个好上加好，亲上加亲。

这几年，新才和大女婿办养猪场，用的饲料添加剂全是伍金从县城运回来的。据说用钱全是伍金先垫上，等年底栏里的成猪卖掉后，新才再还钱给他，其间也没听到过伍金有什么怨言。而新才的小女儿辍了学，不想待在家中打坷垃，也到伍金的批发铺来，吃住在伍金家里，像是他的亲闺女。伍金的田地生了虫长了草，他们夫妻在城里顾不上回来，全是新才女人帮助打药除草。

他们的友谊叫村里人羡慕得直啧啧称赞，但如今怎么突然打起来了呢?

等他们真的打累了,各自坐在自家地里,四只脚都蹬在地墒沟里,喘着粗气时,人群才随王小山靠了过去。

不等人群中的亲戚朋友安慰他们,他们已朝人们摆着手,说:“没事没事,你们该忙啥忙啥去。”这群人还算识趣,三三两两地离去了。有人跑过来要新才家钥匙,借磅。新才指指地头上正抹泪的女人,便跟了那人回去推磅。

此时只剩下三个男人,野地显得很静。

王小山拿出烟,想让他们吸。结果发现只剩一根烟了,他弹弹烟盒笑笑说:“不好意思,只剩下一根了,给你们谁都不合适,还是我自个儿吸吧。”他又将他们脱掉的上衣拎过来,分别给他们披上,说:“刚打出了汗,别感冒了。”

伍金从上衣口袋里摸出半包烟,抽一支让给他,然后把烟盒丢在地上。新才也摸自己上衣,没摸到烟,却不客气地拿起伍金的烟盒,磕出了一支点上。

伍金瞪着眼,指着新才刚刚犁过的地,说:“你自己瞅瞅,地边儿全翻到你家那儿去了,还犁的是伏窖,你为啥不犁绞窖呀?”

“我去年犁的是绞窖,今年该犁成伏窖了。”新才说。

王小山看看,就是伏窖。只有种地的人明白,犁伏窖是占些便宜的,两边的土往中间地脊上靠,墒沟翻过来,只能用邻家的土肥来填了。但是人家并不是年年犁伏窖,而是隔一年犁一回,也不算过分。地身中不可能堆成个伏子脊来。而伍金家的刚刚拉了玉米秆,还没犁呢。

“你也别想拿我的错,谁不叫你犁伏窖了。”新才说。

“我没你那功夫,啥家具都置摆全了。我用旋耕机犁,地全是平的,没有伏窖与绞窖。我不想占人家便宜,把墒沟都翻过去。”伍金说。

“再翻墒沟,耩麦时也耩不到你地里。地界石当家。”新才反驳。

两人又斗了会儿嘴。王小山一听,乐了,明白两人为了个伏窖打架，这与多年友谊比起来，太不值了。

王小山说："都消消气，忙完秋收还要种麦呢。别光掏力打架，留点劲种麦。"

也许，全村只有王小山明白这两位打架的根在哪弯着呢。他在城里的家电铺子与伍金的不远，他闺女经常向他通报信息。半个月前，新才的小女儿不在伍金那儿干了，自然也不住他家了。她来县城的新鲜劲儿一过，就觉得这儿太嘈太累。她开始偷懒。伍金也不责怪她，孩子嘛，贪玩贪睡，谁都从那时过来的。只是他不晓得这孩子天天上网吧，还在网上谈恋爱。忽一日，她留下一封信，跟个男孩子偷跑深圳去了。伍金觉得没负好责任，对不住新才，叫王小山把信转给新才看。新才看完就说："这个伍金，我把孩子交给你，以为你把她当亲生的对待，你咋也惯她？"气得将信撕得粉碎。王小山去县城看生意时，伍金拉他喝酒。酒后，他说了新才撕信的事。伍金的脸唰地红了，说："新才也不是原先的新才了，欠了三年的饲料添加剂钱都不还，我这儿吧，刚给孩子买了套房子，借了人家不少钱，急(挤)得像麻梭子一样。他竟说去年闹猪瘟，前年闹口蹄疫，养猪场光赔没赚。可是，他女婿的轿车是从石头里蹦出来的？他家的洋楼是吹起来的吗？他咋能这样不够朋友？是的，二妮我没看好，可你瞅瞅我忙的，天天像没头苍蝇似的，东一头西一头地撞，放屁的空儿都没有哇。我可没有他在乡下养猪潇洒啊！"

……

王小山比谁都明白，这俩人的友谊，与大海刚好相反，海面无风三尺浪，波涛汹涌，海中却是平静的。他们是表面和睦，内心已有了隔阂，这种隔阂也许更需要打一架沟通沟通，应了村中一句俗话："有一好就得有一孬。"

三人默默吸完半盒烟。王小山拉拉他们俩说："你们架也打了，气也出了，笑话也叫人看去了。但心窝的话却没有掏出来，多年的友谊如果这么抛了，我都替你们惋惜。时间就是金钱，耽误不起，我给你们五分钟考虑，下面咋弄？"

烟味弥漫，田野沉默。

过了一会儿，新才问："你说咋弄？"

王小山说："咱们找个静的地方唠唠，互吐委屈，消消隔阂，咋样？"

伍金接话："去哪？"

王小山说："我家怎么样？闺女拿回来的烤鸭还在冰箱里藏着呢。"

新才说："不能叫你破费，去我家。"

"也中，伍金一个人回来种地，也免得开锅了。"王小山说。

"不中，"伍金说，"去桥头饭馆里，清静。"

"中，"新才说，"我在那儿还存有酒哩。"

日落时分，众鸟归巢。村口的黄昏里，仍有不少人在卖粮。电喇叭声音小了点，依旧在唱豫剧名段。这些人看见新才开着犁地的手扶回来了，上面坐着王小山和伍金。他们没有回家，而是去了桥头的饭馆。

手扶嗵嗵驶过村口后，其他人没说什么，倒是新才的女人指着手扶的背影说："这些男人，打了架又喝酒，没囊气，都是些啥货呀！"

狮子的摇篮

通常情况下，午后是他一天中最惬意的时段。这时候，他从砖场回到院里，扭扭晃晃，歪歪斜斜，将手中的鸡鸭之类吊到槐树上的铁钉处，再扶槐树撒泡长尿。系裤带时，自会眩晕一下子，像砖机传送带上的砖坯，晕得身不由己。他明白酒劲儿上来了。他晃晃发沉的脑袋，又晃晃拴在槐树与枣树之间的吊床，躺上去眯一会儿，真舒服。但有时瞅瞅太阳，午后两三点的光景，只好拍拍脑门，告诫自己不能睡。一睡就失了砣，不定何时醒过来，误了后晌的工不值。又一想，那是给人家拨灯眼，亮不亮别累着了，几个工钱算个啥。眼下最该办的事是喝些水，解一解肚里翻腾的酒精。

以前口渴他从不喝开水，到井边弄半瓢凉水一饮了事。现在天凉了，不能喝了，喝了胃犯痉挛，会打上半晌嗝儿，打出的酒气难闻得很。酒是好东西，但由胃里翻出来的酒气真不是东西，叫人恶心。他喝开水时，总会情不自禁地喊自己女人。今儿也不例外。喊了两声如意家娘，没人回腔，只有枣树上啃残枣的鸟雀喳喳了两下。他一脚踹在了树干上，几颗枣子扑簌簌地落下来，砸得地面叭叭直响。他恍惚觉得是鸟雀，笑笑说："又多出个下酒菜来。"定睛一寻，哪是鸟雀，是干瘪的残枣子，气得他先骂鸟雀，再骂残枣子，最后骂如意家娘。这个女人怪会享清静，撇下老子不管了。老子喝口热水都得自己烧，过得真没劲啊！人家是少年夫妻老来伴，咱是少年夫妻老独条，死了也没人晓得。电视里还唱《好日子》，蒙谁呀？别蒙咱老百姓啦！

他口头上说没劲，抹抹油光光的嘴巴，再从牙缝里抠出一小块肉丝来，抿回去再嚼嚼，香味依旧在，日子依旧美好着。这时候，刘玫玫一斜一拐地过来了。他说："刚好，你给我烧点水，我口渴心里热辣。”刘玫玫说：“你还烧啥水，买个电热器，往水瓶中一插就行了。”他叹了口气，说：“电热器不是叫连生撅断了嘛！”想起先前叫二儿子连生撅断的电热器，禁不住又骂起来：“连生脾气比老子都大，老子喝醉了只是骂骂人，你小子喝醉了敢打老子，还砸锅摔碗，败老子的物件。如果有那电热器，老子还用得着烧地锅吗？把电热器往水瓶里一插，这边一插电源就行了。这个孬种呀，简直不是我狮子的种。我脾气恁坏，全村三千口人都晓得，我再醉酒，从来没打过自己的老子，更没败过他的物件——”那一天，若不是几个人拦住，夺下他握紧的菜刀，他非砍死连生不可。拦他的人将他抬到吊床上，劝他悠着点，千万别跟年轻人怄气，现在的年轻人不同从前了，喝了酒都敢对老家伙们吆五喝六的。要怄气，就得与时俱进，跟这个只讲金钱的时代怄气，挣到大把大把的钞票才是硬道理……他的女人给他沏了杯糖茶，说：“他爹，喝点水，消消气，你瞅瞅自个的肚子，比气蛤蟆的可大多了。”他折了身子，用双手使劲揉着鼓起的肚子来，只揉得暴高的肋条咯吧咯吧直响，搓下来一堆豆大的灰蛋蛋来。站在门边的刘玫玫虽然因偏瘫右边身子不灵，笑声听起来依旧磁性不减，吸引了他人的目光。

他指指刘玫玫，说：“你笑个屁，还不是因了你，我才出这个洋相。他帮你找人家的波尔山羊配种，你请他喝酒，醉了来寻我的丧气，骂我没本事给他盖楼，女人嫌他穷才跟人跑的呀……”刘玫玫一瘸一拐地走到了吊床边，用灵活的左手取下吊在脖子里的手机，说：“狮子呀，你气不顺，干脆打110吧，把连生那不孝之子弄进去，在黑屋里反省反省，总比你气坏了强吧。”

女人不干了，一身子攮在了刘玫玫与吊床之间，挤了刘玫玫一个趔趄，撞得吊床猛一晃荡，还顺势将他伸出来接手机的手打了回去。女人弹了一下他黑油油的鼓肚子，说：“你还真打咋的，你还真想派出所来抓连生吗？抓了他，你得劲了，他家里的事没人管，摞给了我，可苦了我老婆子了。他女人在外潇洒，他俩孩子的心没人操，他几亩地没人种，哎呀呀，伟大的光荣的狮子呀，你还是揉揉肚皮，咽下这口气吧，家丑不可外扬，你别干那丢八辈祖宗的事了，叫我省省心吧。”说着，她有意再碰了一下刘玫玫，虽没用力，刘玫玫已感到她的敌意，识趣地、一声不响地回到了门外的阳光里。

他瞅瞅阳光，再瞅瞅女人，心里打起了鼓。心里一打鼓，刚才还鼓胀的肚子很快平塌了下去。他也由挨打的苦恼中解脱出来，想了点很实在的生活问题。女人以前告诉过他，生活其实很简单，也就八个大字：“吃吃，屙屙，穿穿，脱脱。”乍一听，很有道理。你说终日忙碌有啥意思，这八个字全概括了。好像除了这八个字，也不剩什么了。因此，他有次碰上放羊的刘玫玫，问了她的看法。

而人家刘玫玫则不以为意，听到他说这些时笑个不停，本来不稳当的身子摇晃得更加厉害了，惹得他不由自主地上前搀扶了她一下。她说：“要是生辰八字，我信。她王秋兰自己总结的，我不信。”

刘玫玫帮他烧好水后，吹了一下哨子，院外的十几只羊集合起来，随她去了野地。

刘玫玫虽过花甲之年，脸上的枯皱皮有点硌眼，但笑起来依然有种韵味。什么韵味呢？他讲不清楚，但这种韵味可是几十年都没有离开过她。你说怪不怪。有时狮子在砖瓦场干活累了，停下来抿一口酒，从腰间找一块熟肉嚼下去，会鼓动着腮帮子和年轻人一起探讨原因。他说人会老，但也有永远不老的东西，这种东西会一直附在一个人的身上，一直到进土堆。可是没有人听他说话，大家都不是闲人，每一分钟都忙着切砖坯、装窑、挖土，忙着挣钱。寂寞的他除了自言自语，便是喝口酒，嚼口肉。他会自嘲：“老子死了也值了，这辈子终算熬到了时时刻刻吃香的喝辣的地步了。”

自会有人嘲笑他：“你那也叫吃香喝辣？你吃的啥香，喝的啥辣啊？”

他笑笑，晃晃两块五一瓶的白酒，摇摇手中的熟肉，说：“这不叫辣，这不叫香吗？你们小熊孩，除了认得钱，还认得什么？！”

没人敢戗他的硬茬。大家都躲着喝了酒的他，连砖瓦场的老板会计都不敢拿他怎么样。反正，在这儿干活是包工，你干多少，自会有人记着，自会有人在傍晚散工时发给你钱。这儿之所以有恁多的人来干活儿，主要因为当天的账当天结，从不拖欠。算起辈分来，老板的辈分比他还低。老板骂过不少人，可从未骂过他，只会递烟给他吸，这就暗暗抬高了他的身份，让他脸上极有光彩。大伙儿对他客气，开的玩笑也是他所喜好的。有人会指指窑下田野上放羊的一瘸一拐的身影，悄悄地说："快瞧瞧，你老相好的在那边等你呢，去帮她拢拢羊吧。"他马上顺人家的手势看一眼田野上的刘玫玫，但他没有帮她拢羊。他朝她的身影喷口烟，说："这女人也不容易，搁在城里，该退休了，跟人打打麻将，到公园玩玩太极拳什么的，也不会让儿子儿媳气成一身的毛病了。"如今倒好，儿子一家进了城，只剩下她一人在家守窝。几亩地，她是种不成了，租给了别人，每亩给 100 斤小麦，另加 100 元钱。她只能放羊了。与她做伴的是十二岁的外孙女，在村办小学里上学。女儿两口儿带着外孙在城里，日子过得紧巴巴的。她照顾外孙女的吃住，从未要过一分一厘的操心费。她倒开朗，不说没钱的话，一只羊就是几百元，何况这一群羊呢。她每次接到女儿的电话总会说"过好你们的日子，别挂念我"之类的话。

他当然不忌讳别人说她是自己的老相好。自从如意家娘弃他而去，他倒是想过跟刘玫玫合伙拢锅灶过下去，但马上又摇了头。比起自己的女人，这个刘玫玫更是爱干净。自己女人走时没说别的理由，就是嫌他太脏。衣服、鞋子、手脸倒是外部现象，是次要的脏。主要的是内部——天天吃肉、吃香的是不错，可都是些死猫烂狗等被人扔掉的东西，他全都捡回来煮煮吃掉了。令女人更为恶心的，也是不与他一锅耍勺子的直接因素是他从野地捡了只死兔子，半边身子已生了蛆，他竟用刀切掉坏肉，将另半边给煮吃了。女人恶心了两天，再不用那口锅做饭，却又没有多余的锅能用。她只好到小儿家去了。跟小儿在一起，不过是多辛苦点，多为孙子操些心，但总能吃上"干净"的饭菜。因此，她说，狮子太脏了，是个坏了芯的萝卜，是个吃垃圾的机器。他的全部生活用她的八字箴言来套，全部命中了。

但是，人家刘玫玫不以为意。她用撵羊的拐棍敲着自己另一边的残胳膊残腿说:“别说八个字,再多八个也套不了。至少还有快乐吧。到我住的房里看看,满屋子刺鼻的羊膻臊味,可我与外孙女还不是快乐地过日子吗?我放羊,个个膘肥体壮,乖怜可爱。她上学,一个奖状接着一个,贴在当堂的墙上,熠熠生辉,瞅着养眼。唯一的担心是小偷偷羊,所以我一夜醒好几回,还将镰刀压在枕头下。这样的人羊同室,问问王秋兰享受过没有。她那脑子,死板筋一根,还想什么八字方针,不定从哪个死人牙缝里抠出来显摆呢!”她话中透出的不满与不服,狮子早有耳闻,但他装作不知道。在他心里,这俩女人这辈子是掰扯不清了。年轻时俩人不但当街骂过,还当着一群干活人,在野地里下过校场,你撕我的头发,我搔你的脸,总之不能待在一片天地。直到有一次刘玫玫扯断了女人的裤带,女人露了白腚面乌腚沟,丢了面子现了丑,俩人才由武斗转为文斗,再由文斗转为冷战状态,反贴门神不对脸,多少年没有搭过腔。

国际上的冷战时代都过去了,她俩仍互不理睬,涛声依旧。这叫狮子头疼起来。因为刘玫玫男人病死后,她一个寡妇领俩孩子,需要帮助。刘玫玫男人没有兄弟姐妹,他们在村里挺孤单。但刘玫玫与狮子有点远亲,远得绕了好多弯,连狮子都弄不明白。反正他只晓得她喊他表哥。“表哥”,在本地绝对是个暧昧的名词。更何况他俩又拐了那么多的弯绕子呢。村子大,人嘴也杂。不知何时扯出来他俩相好的事。尽管是些背后的悄声议论,但这东西像风一样,见墙缝就钻,理所当然地传进了他俩当事人的耳朵里。他俩尚未做出反应,他的女人绷不住了,不断向情敌挑衅,天天发狠,说早晚有一天扯光她的头发,叫她当尼姑去。更恨不得将她粉白的脸蛋抓个稀烂,叫她变成丑八怪。

女人不止一次地诉说,当初刘玫玫没进乌坡镇时,狮子对她好得不得了,什么都宠着她。她有铁证,是套被子那档事。这个大家虽晓得了,仍然有人爱听她说下去——

他们刚结婚的冬天,两口子睡在一头,俩身子无论怎么挤,被子头无论怎么卷，两颗头之间仍有空隙，嗖嗖往里进凉风，狮子怕她冻着，总是搂着她的脖子，让她枕在自己的胳膊上。他宁愿自己受冻，也不叫女人受冻。这种热切的体贴让女人欣喜不已，却让他得了个肩膀痛。刚开始那阵他不在意，只顾得白天干活挣工分，晚上加班抱孩子，弄得筋疲力尽，腰酸背痛遮盖了肩膀痛。等到明白床笫之事不能过频，悠下劲以后，却发现肩膀依旧痛个不止。老中医的膏药非常管用，但他睡觉再不敢叫女人枕住胳膊了。这么一弄，他觉得怀里少了东西，女人觉得耳下少了后垫，双方都觉得空落落的。但中医告诉他，肩膀痛与他白天干活关系不大，是夜晚“干活”造成的，受风蚀了。又问他是不是两口子睡在一头呀，他说当然是，睡两头，被窝里脚碰脚有啥滋味呀。中医笑了，说他们两口子就是睡两头，照样有滋有味，尤其现在冬天，想干那事了，就搔女人的脚心，女人再拉拉他的脚，用两条肥软的大腿夹一下，他立马会意，爬到女人那头去欢乐，然后再回来睡，将被头裹得严严的，哪会受风蚀啊?!

他把这些学给了女人。女人也觉得有理。但两口子各睡一头总是舍不得分开。在农村，一般到生过孩子，夫妻才分开睡。一张床不分开睡，怕孩子出去乱说，叫人家笑话。女人拉了他的手拍拍自己光软平塌的肚皮，说：“种子没发芽呢，不能分开。”她说自己当闺女时讨厌与人一张床，现在与狮子一睡，不愿分开了。他身上有黏人的东西。这可怎么办？当时狮子是生产队的小队长，干活走在前边，得起带头作用呢，总不能一直肩膀痛下去吧。两个热烫的光身子搂了半个寒冷的雪夜，狮子一拍她的肚皮，说：“有办法了。”

刚刚悄声说出办法，老婆笑得嘎嘎响，弄得床也嘎嘎叫。另一个房间的老爹老娘开始一个接一个地咳嗽，借此把她的笑声压下去。因为这一带有听房的烂规矩，人们把偷听来的笑料兜出去，公公婆婆脸上都觉得尴尬。至今，村里偶尔还有人会讲狮子两口儿洞房第一夜的笑话。听房人趴在窗户上，将纸糊的窗棂捅成洞洞，听里面的动静。有的人还用自制的土熏烟朝里吹，呛得新郎新娘不得安生。第一夜，一般不到人脚全静，新郎新娘是不敢睡一头的，怕有人躲在屋子某个角落，突然点亮灯，揭了他们的被子，闹出尴尬来。狮子听过人家的房，有点经验。他检查了屋子，仍不敢与女人一头睡。等人脚已定，他有点按捺不住了。抓了抓女人的脚心，女人的脚一伸一蜷地，躲着他的骚扰。这时候她不识时务地放了个响屁，狮子问她什么声音，她说："是蛤蟆在打哇哇。"窗外的听房人一阵狂笑。第二天折饭场里全在说这件事，搞得老爹老娘好一段不敢去那里吃饭。所以他们一咳嗽，这边的人马上蒙了头，将笑声闷在了被窝里。

"蛤蟆打哇哇"的余热尚未消去，狮子女人再度曝出给力又提气的事。她制造出了全村、全公社、全县，也可能是全世界的第一床"棉裤筒被子"。鉴于这一带的人太守旧和这种被子的做工太复杂，这种极好的取暖工具很遗憾没有流行开来。

"棉裤筒被子"，是刘玫玫叫起来的。她与狮子女人脚跟脚地嫁到乌坡镇，她晚来两个月，却很快把村里的成年人认完了。她爱说笑，嘴巴甜，长得也开眼，深得大伙喜欢。村里人喜欢比较，那段时间，就她们两个新媳妇，人们自然把她们烩在一个口腔里绞来绞去地去比较。狮子女人见了人不爱搭腔招呼，所以大家都说她大样，性闷，嘴巴金贵，比刘玫玫差了半车的麦秸。

但她这项发明倒是高人一等。这种被子，顾名思义，就像一个巨大的宽裆棉裤。夜里睡觉，两口子分别钻进两条"裤腿"里，裤腿很短，能护住脖子与肩膀。他们的手和身子便能在裤腰处相缠绕。"裤腰"很长，占整条被子的五分之四左右。正是由于这种改进，狮子再也没有犯过肩痛病。可大伙却说她夜夜搂男人不放，才想了这邪乎招儿。

肩膀不痛了，狮子的干劲也起来了。那时虽是个小队长，可总是样样带头。一次县里干部来检查冬季积肥情况，见一个精瘦的人光了膀子站在粪坑里往外边出土肥，招呼他上来，给了他一支烟。这位领导说，像这样的小伙子，每个村里多个十几二十个，何愁咱们的社会主义建设不会多快好省地搞上去啊，何愁咱们赶不上英美啊！

当听人说狮子是个小队长时，他指着狮子说："你是小队长，叫狮子？"狮子点头，他马上在空中打了个嘹亮地响指，笑着说："狮子带头，好哇，咱们就是东方的巨狮啊！我看他能当大队长嘛！"

一句话，吹糖人似的简单，狮子就成了大队长。原先他指挥百十人，一夜间他便能指挥三千人马了。当然，他只是生产队长，在党支部里没权力。他曾积极申请过入党，提了两瓶酒找过刘玫玫的男人给他写入党申请书，可由于他一个舅舅参加过"红枪会"，打过解放军，他未能如愿。尽管如此，刘玫玫依然用羡慕的口气告诉他："表哥呀，你算是走了官运啦，你老婆也跟着沾光，成了官太太了。你再听听，没人再说她大样啦，性闷啦，嘴巴金贵啦，全都夸她沉稳啊，大度啊，深沉啊！又夸她手巧啦，'棉裤筒被子'天下第一啦，没人再说她啦。"狮子咧了咧大嘴巴傻笑一下，瞥瞥周围无人，快速地在刘玫玫细白的脸上摸了一把，说："这算个啥啊，当初你若肯嫁我，这荣誉可全跑你头上了。"刘玫玫自然不怕他，有意扩大了声音："你若有意，咱俩都离婚，重过一家，怎么样？我照样会套那种被子的，我照样夜夜搂着你！"

吓得狮子在她的笑声中狼狈逃掉了。等他静下心来，禁不住扇了自己一个嘴巴，骂自己一句"缩头乌龟王八蛋"。这刚好让井边洗衣服的女人听到了，没听清，大声把问他：

"你想吃葱花蛋，也犯不着扇自己的脸呀！"

"我想吃豆腐。"他气不顺地说。

"家里没有豆子，换不成豆腐了。"她甩甩手上的水珠，把湿衣服搭在绳子上，"可咱家有俩鸡蛋，我能做葱花蛋。"

他连忙朝女人拱拱手，说："我太累了，嘴有点馋。"一句被老婆听错的话，叫他吃上了喷香的葱花蛋，他还就着菜喝了几两老酒，心里美滋了大半天，啧啧地夸了女人几句。可一到野地送粪，他总爱看刘玫玫扭动的曲线。刘玫玫有意硌他的眼睛似的。那辫子、那腰身弄得他心旌摇曳，心猿意马。也难怪古人都是一夫多妻，一个茶壶配好几个茶盅了。因此，他对村里一个老地主的话很不理解。有一次老地主被批斗得晕晕乎乎的，刚下台就歪在了树根上。

狮子扶他起来，他说："你们这些娃呀，真是没生虱子不晓得皮痒啊。你们批斗我娶俩女人，你们不晓得呀，一个男人要想过得不痛快，那就娶俩女人吧。一个被窝时哪能容得下两个女人哪！"

由狮子创意、他女人制作、刘玫玫命名的"棉裤筒被子"，渐渐沦为了笑谈。等到春暖花开以后，家家将厚棉被晒好叠起，换上薄被子，他们便开始嘲笑那种被子了。入了夏，不少女人拆了被子，浆洗被面，卷好套子，准备到秋天再缝上。大家一起干活时也不让嘴巴闲着，扯住这个话题不放。刘玫玫问媒婆："咱村到底有多少条'棉裤筒被子'啊？"媒婆年纪并不大，是个热心肠，好占小便宜的主儿。为了一口好吃的，她能从村东跑到村西头。村里人一论到婚姻大事，马上严肃起来，对她起了几分的敬意，从而原谅了她的毛病。她自然对各家各户的情况比特务都熟悉。向她打听这个，等于是蚂蚱蹦到嫩穗上，寻到了好嘴口。本以为会有不少条这种被子，哪想到就狮子家一条，蝎子放屁——独一份。众女人嘎嘎大笑，像一群下河寻食的鸭子。刘玫玫笑岔了气，倒在一个坷垃上，用大坷垃顶了肋部，按摩了半天才缓过气来。

"那是条浪被子。"女人们给出了这样一条结论，只有浪媳子才能做得出来。当然，这些取笑，在狮子当了大队长以后就自动消失了。女人嘛，以夫为贵，夫贵妻荣嘛。但也有像刘玫玫这些的，照样会说，她的舌头谁都管不住的。

后来，一直到今天吧，狮子女人虽然与他分开了锅，但也不断会想，狮子这个年轻时很能干的男人什么时候变成了个酒鬼？想来想去，觉得与他年轻时当干部有干系。

那时候村里年轻人有的想当兵，有的想当民办教师，有的想当工人，有的想当赤脚医生，甚至有的想进大队部，这些人都会偷偷地请客。那时候严禁送礼，大家又都穷，送不起什么。但请人吃饭喝酒，还是常有的。乡里乡亲，天阴下雨，吃个闲饭，喝个闲酒，沟通一下感情，也不是什么过分的事。但往往是这样，你有什么要求，备上一场酒席，一网打下去，将主要干部拉过来，一吃一喝，酒桌未下，事就办成了。

打她嫁过来，狮子就经常被人请吃。她也实在记不起是谁第一个请的。刘玫玫绝对不是第一个请他的。她请他时，他已经在大队部里了。所以，有一次她听到刘玫玫说第一个请他喝酒的是她时，她悄声骂了一句刘玫玫，骂得歹毒，幸亏刘玫玫没听到。刘玫玫请他是为了解决王赖孩的"工作"问题。其实，王赖孩一点也不赖，初中毕业，有点文质彬彬。但他体质太差，冬怕冷夏怕热的，干不了重活。刘玫玫将干部请到家之前，已经兜了十几个鸡蛋来了，偷偷塞给了狮子，央求他叫王赖孩去菜园也行，当饲养员也行，干民办教师更好，反正别再叫他跟其他的壮劳力一样了。再这样叫他去广阔天地锻炼，非要了他的小命不可。

菜园里的活比大洼地的活轻多了。平时那里有三四个老头刨刨铲铲的，连绞水车这样的活儿都不叫王赖孩干，只叫他负责分菜，他使秤比使锄头熟稔多了，拨算盘时手指如同鸡叨食，叭叭弹个不停。不光别人，连刘玫玫都说，这回男人找到了用武之地。她为了感谢表哥的帮忙，见了王秋兰也总笑脸相迎。

她们两个第一次翻脸，其实是场误会。大集体里，妇女们干活都不纯粹，而是一边干公家的，一边偷空干私家的。她们每个人的裤兜里都别着鞋底鞋帮之类，得空抽出来纳上几针。那是冬天，男人们往地里送粪，地里卸成一堆一堆的。女人们把粪堆刨开。在刨的过程中顺便把大粪块打碎。这种活很轻，但女人们磨洋工，三四个围着一堆粪拨拉一上午都拨拉不干净。虽然她们一手拿铁锹，一手拿针线，干着公私分明的两样活儿，但她们并不累，七嘴八舌，叽叽嘎嘎个不停。她们仿佛围着的不是臭烘烘的粪堆，而是一个戏台。

她俩并不在一块儿，两个粪堆相距十米远，彼此间的臭气都难闻得见。刘玫玫扒粪时扒出一个脏兮兮的避孕套。虽然那年月已提倡计划生育了，但只是提提，没多少人响应，大家都做着多子多福的美梦。大队卫生室发过这玩意儿，但很少有人用它。这个脏兮兮的东西给大家扯出一个话题来。女人们开始议论男人套了这个，两人还快不快活。没人承认用过这个，发的那玩意儿全让孩子们偷出去当气球吹了。孩子们吹起它们，用红黑蓝墨水涂上去，画成图形，往空中抛，色彩晃动，仿佛有动物飞起来，还蛮好看的。刘玫玫最先扯到了“浪”字。她指着身边这几位开起了玩笑。大家笑起来，互相打趣。刘玫玫也是图个嘴巴痛快，指指狮子女人那边，说：“人家才叫浪呢，做了条棉裤筒被子，治好了男人的肩痛病。”女人们边笑边朝那边比画呢。狮子女人对刘玫玫早就看不惯，一时火气冲天，扑过去大骂刘玫玫。大家尚未反应过来，俩女人已经拧巴在一块儿了。一群女人竟然拉不开，还是男人扔了粪车，过来才拉开。瞅瞅双方除了披头散发，脸上有几道血口子，并无大碍。

但是刘玫玫与她算是结下了梁子，再也不说话了。干活的时候不在一块儿，呱呱吃饭时也不进同一个饭场。可她俩都与狮子保持了一层亲密关系。刘玫玫不进他家大门，有了事就在门外喊表哥，喊上两声，如无人应，转身离开。当然，王秋兰即使在家，也不会搭她的腔，只会低声骂她。刘玫玫的声音真是不赖，喊出的“表哥”水灵灵、脆生生的，刺得王秋兰耳朵痛。

别说是两个女人，就是全村的女人都打将起来，狮子也不会关心的。妇女们之间的事自有妇女主任去调解，他懒得过问。他只喜欢干活与喝酒。干体力活，脑子木木的，也不错。他不爱动脑筋。那一年，还真有不少人家请他喝酒。因为发了一场大水，外地支援过来一部链轨拖拉机，惹得很多年轻人心头撞鹿，想当驾驶员。比起在洼地里撅着腚盘子干活，开拖拉机是件不错的美差。可是，在全大队只有区区四个参加培训的名额中，王赖孩却在其中。不少人不服，说王赖孩那身板，分分菜还差不多，哪里当得了驾驶员？他能入选，肯定没少请大队干部吃喝。因为不少人请了吃喝也没能入选，暗自埋怨自己请得太少。也许只有刘玫玫与王赖孩两人明白，他们一次都没有请大队干部喝过酒，只请过狮子和几个朋友。

别看王赖孩表面木讷，心里透着亮呢。这一点，每个干部都心知肚明。以前那几个老头分菜，全是稀里糊涂地分。而人家王赖孩可就不同。分给干部与普通社员的表面上斤两差不多,实际上真有差别。比如黄瓜,他给干部们嫩点的。青菜豆角呢,给干部们没有虫眼的。萝卜给他们大个儿的。仔细一想,世上的每一行当都能拉关系,都能香近人,也能疏远人。除此之外,刘玫玫勤俭持家,养了不少鸡鸭鹅什么的。逢年过节,鸡鸭鹅蛋也一小兜一小兜地偷偷送到干部家。这些糖衣炮弹看似不多,可暖和着人心哩。大会上干部们讲起反腐败来,一个比一个激昂,一个比一个刚正,可刘玫玫从未发现有谁拒收过她的礼物。为此,她偷偷问过狮子:"你们大会讲拒收礼拒吃喝什么的,为啥还照干不误呀?"狮子回答得倒是干净利索:"乡里乡亲的,吃点喝点拉近了感情,至于会场,那是戏台,演给糊涂人看热闹的。没有不吃虫的鸟,没有不尝腥的猫。"说这话时,他的小眼再次骨碌碌地瞅了瞅四周。发觉无人,他会借机拧一把刘玫玫的屁股,占个意外的便宜。他从她眼中读出了她并不讨厌这个。她的屁股又鼓又软,比自己女人王秋兰的好受多了。真是一个女人一个味呀。感叹这的同时,他会耸耸鼻子,细品一下刘玫玫的气息,确实比王秋兰的好闻,诱人。

狮子自己都说不清从什么时候贪上酒瘾的。但王秋兰却固执地认为,是刘玫玫把他惯成的。全村三千口人,没有谁家酿酒。大家喝酒,全都跑到五里外的蔡都坞去买。那是刘玫玫的娘家。蔡都坞有四家个人酒坊,而刘玫玫老爹的酒坊生意最好。他是个瘸子,没有谁去干涉他做生意。即便他到集市上卖,市管会的人对他也会客气一些。大家都说刘瘸子家有三宝——酒香、院敞、闺女亮。三个闺女赛过仙女,撩拨着小伙子的眼与心。去打酒的小伙子,多半是想瞅瞅他家的仨美女。说院子敞,是因为他家不砌院墙,酒糟晒在院子里,不少猪拱过篱笆去偷吃,他老婆天天坐在酒糟边举着拐棍赶偷嘴的猪。刘玫玫家的猪之所以比别家的长得快,长得肥,与她经常去娘家拉酒糟喂养有关。

从那些粗黑的酒糟里散出的酒味,诱惑着狮子。每次路过刘玫玫家时,他总会驻足,张着鼻翼吸酒气。刘玫玫只要一看见,马上喊声“表哥”，再偷偷塞给他一小瓶烧酒，从不多给，就那一小瓶，是男人用掉的墨水瓶。王秋兰发现后，警告狮子：“你是干部，小心糖衣炮弹的侵袭。”狮子不在乎：“又不是别人，我表妹的，称不上受贿与变质。”王秋兰一直以为这是刘玫玫的阴谋，否则为什么不多给他点，只给一小瓶呢？但她又说不出什么，只在心里恨刘玫玫。她认为狮子喝的是毒瘾，刘玫玫却说那是福气。

她们的较劲由来已久，没人不会注意。大家在她们其中之一面前尽量不提另一个，否则她非给你个冷脸子瞧瞧不中。

国家领导都提倡和谐发展，谁还去撩拨她们的不和谐呢？乌坡镇村西四板桥头是个闲人汇聚的地方，可只要她俩过来一个，人家绝不会谈到另外的那一位。她们一旦不在，大家便拿她们与和谐发展扯到一块儿聊，自然也聊不出三个狸猫六个眼来。她俩的对错，没人弄清楚，连大名鼎鼎的酒仙狮子也未必能弄清楚。刘玫玫给的一瓶瓶烧酒让他喝迷了、喝糊涂了，把干活与喝酒以外的许多事忘掉了，有时大队书记会悄悄提醒他，呼着酒气，带着人干活影响不好。他只是点点头，从不反驳，但也不改悔。但谁都明白，他肚中的酒，多是刘玫玫给的，他们是亲戚，也上不了纲与线，只能议论一下而已。

真正嫌他喝酒多的是王秋兰。她奈何不了他的这一恶习，只得把怨气撒到供酒的刘玫玫身上，说酒瘾都是那个刘玫玫给惯出来的。骂她的同时少不了捎带着她的瘸腿老爹，如果没有那老头儿酿酒，也就没有酒鬼了。

老实说，瘸子的酒喂出了不少的人物。在本村，就有包括狮子在内的八名“酒仙”。如今，别的“酒仙”不是偏瘫就是听蛐蛐叫去了，或者干脆戒了酒，只有狮子照样喝起来激情澎湃，雄风不减。刘玫玫说这是他上辈子修来的福分。

如今的刘玫玫依旧喜欢钻人堆儿。别看她有点卒中后遗症，但口齿和思维跟先前差不了多少。她没事就到桥头来，这儿有王大奎的一幢三层楼，一层的三间是个小超市，二层是棋牌室，三层是自家人住。王大奎是王赖孩的堂侄子。当初建房时，宅基地不好批，是刘玫玫、王赖孩领着他到乡政府找亲戚办的。这家伙有眼光，这儿风水不错。桥头本来就很热闹，他又一弄超市，更是锦上添花。加上河里渔船上的人傍晚上来买东西，村里人买他们的鱼，这儿的傍晚成了临时的小集市。因为这是村子通往砖瓦场的必经之地，这会儿窑上下来的人，大多会晃着精疲力竭的身子，到超市要一包花生米，再抿上二三两白酒，才嘘着悠长的口哨回家去。这个时段的超市有点令人应接不暇。刘玫玫刚好赶着羊回来，王大奎女人亲切地喊一声“婶子”，将羊群赶进自家后院后，叫她到柜台前支应一阵子。等到忙完这阵子，王大奎仍不让她把羊赶回家，嫌她一人在家不保险，来了盗贼，偷光了也没办法。她家虽在村里，但成年的男女都进了城，比村外都寂寞。不像在这里，后院有灯泡，桥头有路灯，又有闲人打牌喝酒，半夜不散，小偷不敢轻易下手。所以，刘玫玫只赶了两只大肚母羊回家，其余的都留在这儿。

狮子与刘玫玫约好了似的，天天傍晚到这里来。他是光喝酒，不要酒肴。好心的刘玫玫有时偷偷塞给他一包花生米，他也不推辞，揣上就走，从不吐半个谢字。刘玫玫来招呼生意，主要是记账。因为不少人不带现钱，带现钱的也喜欢赊账。她右胳膊右腿失了灵敏，但左半身没妨碍。她用左手写字记账，字迹虽有些“迪斯科”模样，账目却记得清清楚楚，一丝不苟。当然，有亲三分偏向嘛，她会为狮子打埋伏，一斤酒记成半斤，半斤呢，会记成三两，没有谁发觉这个善意的猫腻。有时王大奎的女人见狮子光喝酒不吃菜，问他：“狮子叔，你省个啥？天天在窑上干，累死累活的，总不能连包花生米都舍不得吃吧？”狮子一笑，说：“买那个干啥，喝酒的人在乎喝酒足兴，不在乎菜肴。那花生米又香又脆倒是好吃，却是两元一小包，够半包烟了，不如省下来买烟。再说啦，我喝酒，用的肴全是肉，吃花生米干吗，净硌牙。”

他一走，王大奎女人弯下腰大笑，指着他的背盖子说：

“瞧瞧，他多潇洒啊！他的肴全是肉哎！”

口气里浸满了嘲讽味儿。

狮子转身回来，笑眯眯地说：

"我不吃肴也对,因为我是半日制,他们可是全天候,咱不辛苦啊!"

王大奎女人闭了嘴,怕他找碴儿。刘玫玫出来打圆场,推他走,也笑着说:

"你是半日制,潇洒!你的肴全是肉,潇洒!不是你天天吃肉,如意家娘还不抛你哩!快回家看电视去吧。"

旁边喝小酒的人接了话茬儿说:

"混了一辈子,年轻时辉煌过,到老了,落了个光棍儿,没了母狮子,他是潇洒了!"

众多的笑声随着风中的落叶飘向远方。大家晓得,他也只是偶尔半日制,那是午睡过了头。多数日子仍是全天候干活。

王秋兰离开时,正是花生锄草、黄豆锄芽的时候,狮子天天一会儿田里,一会儿窑上,累得够呛,酒喝得自然比平常要多,心也毛躁。

王秋兰离他而去时,省不了跟他大闹一场。自从俩儿子娶了亲,分出去各自单过,唯一的女儿也嫁出去以后,这个院子算是安静了一阵子,但很快又热闹了起来。眨眼间长大的俩孙子和一个孙女过来了,这叫狮子恍惚觉得时光倒流了,三个孩子分明就是如意、连生和小花啊!但仨娃自然喊出的是"爷爷",结结实实地提醒他,又一茬人出来了。这些孩娃自然是吃他们的喝他们的,有时还在这儿过夜。而如意进了城,女人闲得东游西逛,不断找几个同茬的女人在家里打牌赌小博,中午也不做饭,几个女人什么时候累了,便兑钱买速冻水饺,煮好吃掉继续玩,根本不管孩子们的事。二儿子连生可怜点儿,女人跑了,带个孩子,出不了门,天天说窝在家里挣不了钱,快憋疯了。他没钱买烟,便来蹭狮子的。狮子指指村西说:"砖瓦窑场用人多,你去运砖坯装窑,一天也挣个十元二十的,总比闲着被憋疯强吧。"连生一拍自己瘪凹的肚皮,说:"那活儿不是人干的,把我累成了腰椎间盘突出,孩子谁养活?"狮子给戗得咳嗽几下。他想说"你儿子天天在老子这儿,你有脸说是自己养活的?”他还想说“窑上的活有轻有重,你干点轻的,少挣点总比不挣强吧”。但一瞥连生那不屑一顾的大少爷神情,马上往口中倒一杯辣酒,将嗓子眼的话冲回到肚里暖肚子去了。还是女人会说话,叫连生该进城只管进城,她照顾孩子:“不就是一个孩子吗,我把你们兄妹仨都养大了,还怕这一个吗?”表现出了巾帼英雄的气度来。但她毕竟不是巾帼英雄呀,她有高血压,还经常腰酸腿肿的。人家连生似乎就等她这句承诺的,马上往她面前一跪,说:“我的亲娘哎,我这就进城,不混了个人模狗样,可没脸见您了。”可事后他又推托庄稼该浇水,并没进城去。

第二天还是第三天的午后,狮子醉乎乎的,记不清了。他提了条死狗仔回来剥皮。刚剥了半条腿,王秋兰过来跟他干上了,说:“狮子呀,你啥都敢吃,这死狗都生蝇子了,你不嫌我还嫌哩。”狮子晃晃沾了血的牛耳尖刀,说:“你嫌也是瞎嫌,我吃,你不吃,我也不掰着嘴喂你,你激动个啥啊!”

王秋兰咬牙切齿,指指天,说:“狮子呀,这是大夏天,小心吃这东西中了毒,到那时叫你上吐下泻,全身都抽搐。”她欹过去夺那死狗,要扔掉它。

狮子剥着狗皮,背后却生了眼睛一般,屁股扭着,阻挡她靠上来。王秋兰拿他的屁股没招儿。她带了哭腔,说:“你若不扔了它,咱俩打铁的拆炉——散伙(火),我可不跟你等着中瘟疫。”狮子扭着屁股,头也不回,说:“请便,拜拜,想滚哪儿滚哪儿去,只要别坏了我的雅兴,误了我的口福,爱咋咋去。”

骂骂咧咧又哭哭啼啼的王秋兰真的回屋收拾了个包袱,出门时往狮子屁股上踢了一脚,说:“你就好吃好喝吧,撑死才好哩。官到尚书吏到部,人到讨饭尽了头,你比讨饭还恶心,没过头了。”出了门,径直去了二儿子连生家。

脚步声真的远去了。老太太纳鞋底,她还认上真(针)了。狮子扬扬剥皮的尖刀,甩掉上面的血,说:“瞧瞧这血,谁说肉坏了?老子连生了蛆的肉都吃过,身子骨还不照样棒棒的。老子天天干活,装砖头卸瓦的,不吃点肉喝点酒,还不累瘫啊?!滚吧滚吧,反正不是你套‘棉裤筒被子’的时候了，嫌弃我了。赶明儿我跟刘玫玫一块儿过，气瞎你的眼，气烂你的胆，气得你吃饭不香，睡不着觉，血压高到250去……”

院子里早已静了下来，偶尔来股凉风，树叶才会飒飒作响几下，落下几片打到死狗身上。刚开始，狗的周围还有几只舞动的苍蝇，这会儿全是他喷出的酒气，一只苍蝇都不见了。别看他喝了酒，剥起狗来，刀法一点儿也不乱。他将卸好的狗肉用盐腌上，将狗皮挂到墙上，用五颗图钉分别将头部与四肢固定住，晒干了再卖出去，又能换回几瓶老酒来。

一切就绪，他忘不了洗了手脸，到槐树与枣树之间的吊床上眯一会儿。如果不是剥狗，他早已眯上了。

打了个嗝，自己都能闻见嗝中的酒气。这种气可不好闻。也是邪了怪了。这酒呀，没进口时香喷喷的，一进口，在肚子里转了一圈，再喷出来，呛人得很。不赖酒，赖人的肚子坏，将好东西污染了。身体本该是个“仙境”才对，因为俗事的熏染，成了臭皮囊了。要换成纯洁的孩子喝酒，喷出的酒气肯定不会呛人。他这样想着，忘记了刚才与王秋兰的不快。闭上眼，他用脚蹬一下树干，吊床摇摆起来，幅度不大，令他很舒服。他不止一次地朝人宣传，酒后躺上吊床，微微晃动，那滋味比什么都得劲。人家问他得劲的滋味究竟是什么。他想了想，说是眩晕，一飘一飘地晕，忽高忽低地晕。浮在半空里，躺在白云上的那种晕。凉风从身下吹过，腾云驾雾一般，得劲“死”了，神仙的滋味。

论到神仙，村里没有，但大伙封了八个“酒仙”，称“八仙”，狮子排行第三。昔日的“八仙”，如今只剩下六人了。第一第二全都成了棺材瓤子，窖进土里了。剩下“六仙”中，老四老五，两个偏瘫，走路东倒西歪，点头哈腰，不喝了。有个老六，酒后上窑运坯，摔伤了腰，只能坐轮椅了。但他依旧不戒酒，只是有点忌惮，有所保留了，不再喝醉。老七呢，赶了个郎猪，四下里给人家的母猪配种，他身上也总是臊烘烘的，年轻女人老远就躲了他。但他“臊”钱不断，却滴酒不沾了。因为两年前脑溢血，幸亏救得及时，医生在他头上打了两个洞眼，好了以后，仿佛一下开了窍，迷糊过来了，再不沾酒。老八呢，早已跟了当包工头的儿子去了城里为人家看大门，因为小区内丢失几辆电动车，说是他醉后不负责，赔了钱，也戒了酒。

有一次，狮子放工到桥头，刚要了一杯酒，有人喊他。一瞅是老六，正坐在轮椅上，右手举着酒瓶子朝他晃。他过去，见老六面前的短桌上已摆了几个菜。老六叫他坐下，说："哥，咱俩喝一个。"狮子虽有点别扭也没推辞。当初老六没摔伤时，他们在窑上搭伙送砖坯，天天一块儿喝。老六酒后摔伤，与窑主打官司，让窑主赔了些钱，窑主与狮子沾点亲情，曾经埋怨过他。狮子也有愧意，说："如果将来我出了事，一分钱都不花你的，空口无凭，我可以立个字据给你。"这件事，怪老六自个儿，你自己酒后上工摔伤反过来找窑主索钱，狮子总以为不地道，因此他也一直躲着老六走。

他喝了一杯，二两吧，忽然闻见了一股浓烈的臊味。他还没反应过来，轮椅上的老六乐着喊起来："过来过来，赶郎猪的，过来。咱们聚一次不容易啊！"

老七将郎猪拴在桥栏上，那肥硕的郎猪老老实实地卧下来，看着主人走过去，它一点反应没有，只是犯困想休息。屁股上有两只苍蝇乱舞，它的尾巴也懒得悠动一下赶它们走。

狮子顶不了他身上的臊气，喝口酒，喷到他身上，说："老七呀，你都戒酒了，还凑啥子热闹，赶紧回家去。"

老七一点也不尴尬，嘿嘿笑着发给他们烟，又颤抖着摁亮火机给他们点上，说："我可不喝了，改净了。"捏个花生米，嚼得嘣嘣响。然后抓了他们的手摸自己的头，那两个洞眼表面平了，一摁里面还软乎乎的。他离开时撂下一句话，把狮子说乐了，呛了酒。

"我看呀，头上还是七个洞眼好，多一个就难受哇！"他指指鼻孔、眼睛，又揪揪耳朵说。

瞅着他赶了郎猪过了桥朝村里去，狮子点了他的背影说："你哪是牵郎猪，分明是郎猪牵了你嘛。"旁边的人便哄笑。这话等于在骂老七，骂他连郎猪都不如了。"牵郎猪"这种职业不是谁想干，到集上买头郎猪就能配种了，它是有讲究的。在过去，它的社会地位最低贱。想干这职业，得备三个条件：一是绝户头，二是寡汉条子，三是劳动力差。否则，你牵头臊烘烘的郎猪，四下哼哼着寻母猪，亲戚邻居都不愿意，都嫌丢人。这三条，老七只与第三条沾边。加上时代变了，不以职业论贵贱，谁钱多谁是爷字辈的，所以无人干涉他了。尽管如此，狮子与老六都觉得他丢了“酒仙”们的人，瞧不起他。老六说，老七堂堂的“酒仙”，或者说是个退了休的“酒仙”，酒可以戒，却让郎猪“牵”着走，成了什么玩意儿？郎猪是啥托生的？是太监啊！把郎猪与太监搁在一起倒挺合适，可把它与“酒仙”绑在一条绳上，那成什么体统了？！

老六端起杯仰脖呷下一口，放酒杯时，忘不了用手在酒杯上沿来回扇上几下，要扇净刚才的腥臊气。他叫声“老三”，说：“也就是你敢这样对待老七，没生病之前，他也算是条好汉，干活下棋，从不服输。谁都想不到病好以后，他变了个人。把家中的酒和酒具全都送了人，还光着头出来，在头边的洞眼处贴了胶布，一边写了‘戒’字，一边写了‘酒’字。”两人大笑着，周围的人不住朝这儿看。

老六本想叫狮子多陪他会儿，但狮子指指渐渐暗下来的天，说家里有个死猪仔没褪毛呢。本来午后该褪，可那会儿太困，睡着了。他站起来去柜台找刘玫玫签字，没见到。老六喊他回来，说：“没人陪，喝酒没劲，你把酒拿走吧，我去结账。”

狮子朝他一拱手，拎起桌上的半瓶酒，上了四板桥。

他真的回家煺猪毛了。这是村南的金堆家死的。论辈分，金堆喊他表叔的，门第远一点。但他圈里只要死了猪仔，马上通知他。当然，若是成猪死了，他会偷偷卖掉。本该几百元的，几十元就处理了，神不知鬼不觉的。他自己心疼，怕人家看见，回院扶了猪栏又是叹息又是掉眼泪。他不是养猪大户，每年十几头，除了投资的粮食与添加剂什么，赚不了多少。小生意折一点肉疼心也疼啊！有一次狮子安慰他：“你瞅瞅人家王大奎，摩托车刚买两天丢了，还是笑眯眯的。”他一拍猪栏，一抹眼泪，号一声：“王大奎是鳖大，围的窝也大呀，我咋能跟他比？”声音悲怆，吓得圈里的几头猪都缩向一角，又是低叫又是拉稀。

之所以死了猪仔通知狮子，还有一层隐情：金堆死的成猪能顺利处理掉，全是狮子联系的客户。这些年，周围几个集市上的肉架子，可能不晓得刘德华、赵本山，但绝对没有不认识“酒仙”狮子的。别看一年四季，他很少到那里买上一次肉。村里人明白他私下与那些肉架子有联系，故意装糊涂，打趣他。一俟发现收死猪的人来了，总先说狮子没在家，跑到南乡当倒插门去了。收猪人会笑着散烟说：“他呀，当神仙了吧。”等人家一走，有人又问狮子，说：“这些收猪人平时横得很哩，见了你为啥会毕恭毕敬，点头哈腰哇？”

狮子马上学了小沈阳的腔调，反问提问者：“这是……为什么呢？”

大伙儿与他打着哈哈，说都是因为他以前买猪血不买肉的事，与这些肉架子都蹭熟了。他说：“那还不是因为女人好吃猪血吗？”有人损他：“别为自个儿囊中羞辩解了，腰里软，没钱，又馋嘴，买猪血划算。”他马上闭口不争了。

这几年一上窑，他除了酒瘾，还有了肉瘾，喝酒时总要弄个肴来下。人家扔掉的死猫烂狗，漂在河里的死鸭子，只要是身上有肉的，他什么都捡回来，捯饬捯饬煮了吃。他家的房子虽破，但天天都能冒出郁郁的香味。人家问他：“又改善生活了？”他一笑：“全是不掏钱的肉。”

王秋兰早就受不了了。有年秋收，因为他割豆子时用活蚂蚱与蝉下酒，两口子在野地里打了一架。王秋兰问他，吃出毛病来咋办。他说，有酒能杀毒，屁事都没有。很多人跟王秋兰观点一致，那些死猫烂狗，生蚂蚱生蝉哪是人吃的东西？现在又不是困难时期，何苦那种馋相。他不以为意，说：“正因为不是人吃的，咱吃起来才有滋味嘛，要不也枉有‘酒仙’的名号了。”

别看他表面粗手大脚，不像个干细活的主儿，可他特别会收拾死猫烂狗、死鸡烂鸭之类的。他将猫皮狗皮整得干干净净的，一张张晒干码好，再卖出去。把鸡鸭鹅毛褪下来装进塑料袋里，也卖掉。他花钱的地方不多，除了廉价烟酒，红白喜事随礼，种庄稼收庄稼的机器费，农药种子化肥——这些好像也用不了多少钱。但他却整天笑呵呵地叫穷，说自己什么都不差，就差钱。尽管如此，王大奎的几本账上他的欠账极少。他大多数时间是交现钱，能不签字就不签字。王大奎背后夸他："全村人都像狮叔，我的商店比现在要膨胀。其实现在已经很膨胀了。"

大伙不相信狮子"就差钱"，说："你天天蚂蚁搬家似的忙，吃不掏钱的肉，又将毛皮卖出去赚一把，钱弄哪去了？该不是偷工减料塞给相好的吧？"这话自有所指，全赶在刘玫玫不在场的时候说。

他大嘴一咧："相好个屁！自家的老婆都嫌弃我，哪还勾个相好的？"

在别的事上，他从不辩解，独独辩解与刘玫玫相好这一宗。岂不知越描越黑，弄得王秋兰都有点相信了。王秋兰离开之前，已经跟他捣鼓了好几回。她言语不多，不是那种爱同男人算细账的人。但在两人面对面吃饭时，她会突然自言自语：

"这一年从头忙到尾，钱都花哪了？"

狮子只顾吃喝，不接话茬儿。他吃相差，发出的吧唧声响彻庭院。光从这一德行判断，他不像干过大队长，一点官样都没有。

"怪不得刘玫玫说，一年到头，忙得跟摇铃一般，浑身又出汗又发痛，就是不见钱呀！"她继续自言自语，可这次捎上了刘玫玫，狮子不得不接茬儿了。

他蹾了一下碗，瞪了一下眼，说：

"我吃喝嫖赌，败精光了！"

"噢，你也有不打自招的时候啊！"王秋兰嘲讽他。

他霍地站起来，指指破旧的房屋说："王秋兰呀王秋兰，咱娶了俩儿媳妇你知道吧，是咋娶来的？人家是自己走来的吗？还不是咱先盖好了房子，买好家具，吹吹打打用车把人家热热闹闹拉来的吗？如意的事花 6 万多吧。那时候房料便宜点，物价低点。连生的呢？花了 8 万多吧。就这，媳妇们还嫌咱没盖楼房哩。咱一年挣多少钱，你心里没数吗？不都是经你的手存上的吗？欠的账到现在还没还清呢！我只恨自己是个人，我要是神仙多好，会屙金尿银，啥也不愁了。我不会，你会了也中呀，我也跟着沾点光。”

见他急了眼，王秋兰马上换了笑脸，连说：“你该会屙金尿银啊，你不是人，是仙，是大名鼎鼎的酒仙哩！”

那时的王秋兰还没变躁，挺温顺。可自打跑了二儿媳妇，他们父子干了架以后，她突然像变了个人，变得焦躁起来，变得不会容忍，也许是更年期综合征爆发了。反正她突然讨厌男人往家里带死猫烂狗、死鸡烂鸭了。她甚至不与他同锅吃饭。但家中就一口锅。有几次，狮子煮好了肉，留着肉汤下面条的，却被她一锅端起将汤泼在了院子里。狮子不恼，只顾吃肉喝酒。她呢，嫌锅脏，用沙子将锅刷了好几遍，刷得沙沙作响，如同人家炒茶叶。倒了沙子，又用清水涮了好几遍，才下了面条独自吃。吃饭时，她缩在屋子里，尽量离院中吃肉喝酒的狮子远一点。

后来，情况越发糟糕。她不光用沙子刷锅，还用沙子刷碗，还要嘟哝个不休，口口声声日子过不下去了，跟个乞丐落在了一起。狮子不惹她，对她的叨叨只当耳旁风。孙子孙女过来时，她坚决不叫他们吃那些肉，只让他们吃自己做的饭。可那香喷喷的肉更具诱惑力，孙子孙女背着她偷吃。她发现了，关上门，提了扫帚满院子追着打，弄得一院子鸡飞狗跳，不得安宁。孩子们躲不过，就往狮子怀里钻。他当然不能袖手旁观，夺了扫帚，朝她吼：“你咋啦？神经呀！”

“你才神经！”她说，“乱七八糟的东西都弄回来吃，中了毒，我看你咋向儿子媳妇交代！”

她又说：“人家老鹰老虎狮子都不吃死东西，你连它们都不如，枉叫个狮子了。你是野兽，孙子们是人，中了毒，就天塌地陷啦！”

这话倒起了作用。他什么都敢吃，因为有酒，酒能消毒、杀菌。孩子们可从来不喝酒的。还是预防着中毒为好啊。他只好将煮好的肉吊起来，吊在二梁上，让他们够不到。这样，每到他去窑上时，会拍一下王秋兰，用目光射射半空中的肉篮子，有点得意，放心地出了门。王秋兰也放心地出门，到庄稼地里锄草施药。

他们这种做法，等于对孩子们智商的侮辱。上四年级的大孙子跟三年级的弟弟交头接耳一番，目光蔑视着那个肉篮子。等没了大人，他们先抬桌子，桌上搁大板凳，大板凳上再摞小板凳，如同玩杂技一般。哥哥叫弟弟上去，他来扶凳子。弟弟摆摆手，说："我晕，现在看着肉筐在晃呢。"哥哥踢了他一脚，骂了一声："你扶好，我上，瞧我是怎么搞定的。"

等他够到了肉筐子，谁想到那里有只老鼠正偷吃嘴。老鼠受了吓，并不慌张，从容地顺着绳子朝二梁上爬，还尿了他一头。二孙子在下面喊："有耗子。"大孙子抹了一把老鼠尿，身子一抖，栽了下来……这回差点要了他的命，住了半个月的院。儿媳天天抱怨他们，两口子大气不敢吭，只能乖乖付药费，怕被张扬出去，人家笑话。如意还算大度，没埋怨他们，在电话里骂自己儿子活该。但他们两口，尤其王秋兰，内疚得很，天天后怕，夜里睡觉也会瑟瑟发抖，如临大敌。醒来时，也不管半夜不半夜，一个飞脚踹在了他的腚盘上，没等他发脾气，她先哭起来：

"狮子哎，你非把我杀了不中啊……"

再后来，她一个人睡一头害怕，便钻到狮子这头来。按理说，躺在男人的身边，应该勾起诸多美好的回忆来，至少会想起那床轰动一时的"棉裤筒被子"吧，那可是治好狮子肩痛的被子啊！也见证了两人的亲密无间与缠缠绵绵。但她很快发现，过往的一切都找不回来了，都烟消云散了。别的不论，光是气味就完全不同了。那时她枕在他结实的臂弯里，如同靠了一座山一般，很有安全感。从他胳膊上、腋下散出来的特殊气息令她眩晕。现在这一切全都没有了，如同一扇门彻底地关上了。现在他根本不搂她了。他只管打着呼噜酣睡，口中的气味是烟酒混合的，比大粪缸都难闻……他们自从有了如意，再没有好好一头睡过，这已经有三十多年光景了。三十多年后，他们老化的身子不再蠢蠢欲动，一星电感都没有了。

他的口臭、汗臭，还有裤裆里的臊气，都叫她无法忍受。他简直成了个坏芯萝卜，只有一张皮还算整齐，内部零件都不再中用，全都朝外散臭气。这与他吃那些乌七八糟的东西有关。吃脏东西，能不放脏气吗？他吃的是什么香，喝的是什么辣啊?! 思前想后，与他过不下去了。她并不是有洁癖，却实在忍受不了他的“脏”。

除了他，二儿子连生也叫她抓心挠肺。这孩子跑了女人以后，成天不干活，唉声叹气，似乎这个村子的一切都跟他有仇，只有城市才能给他想要的东西，天天嚷着进城去。他也喝酒，只不过不吃那些死猫烂狗之类的。再不离开村子，他非废了不可。环境对一个男人很重要，得叫他鼓起劲来挣钱去，虽没了女人，可他还不到三十，路长着呢。连生住在村外的新宅基地里，这里全是年轻人，盖房也一律按新农村建设的标准房盖的。村里人称这为“新农村”。按说那儿是个好去处，为什么王秋兰迟迟未去呢？主要因为那儿的男人全进了城，剩下的女人们天天在一起打麻将。她看不惯这些人，女人打麻将，哪还像个女人？女人们三缺一时，会喊上连生入伙搭帮。揪心是揪心，如果不与狮子怄气，她仍然下不了去那儿住下的决心。

按说王秋兰走几天消消气，还会回来看看。这个男子再脏，也是与她同过甘共过苦的。可这次她上了憋性，一次都没回来。狮子想去叫她，不是图脸上无光，而是恨连生砸过他的锅，他发誓不去他家。他孤零零地过了一段日子，觉得家中没女人不行，忙了大半天，回家连口热水都喝不上。无奈，他便叫媒婆去“新农村”做工作。

自从那年媒婆一句话，惹得王秋兰与刘玫玫大干一架以后，刘玫玫再也不理她。但媒婆却与王秋兰亲近起来。狮子的两个儿媳全是她当的红娘。狮子跟媒婆因为个笑话，而扯在了一起的。还别说，经过这么一闹笑话，两人的关系似乎近了一层。之后媒婆一旦听说有了救济粮救济款什么的，马上赶到狮子家，左一大哥右一大哥地叫，狮子也真的帮了她一些忙，以至于有一阵村里还传出他们有一腿。这话自然也传到了王秋兰的耳朵里，她一丁点儿都不信，瘪瘪嘴说：“俺家狮子呀，是弹花锤擀烙馍——心里厚。”又觉得自夸，改口说：“俺喂的狗，咬不咬人，俺了解……”

媒婆果真找到了王秋兰，说：“你们老了老了尽闹笑话，咱们这一代哪有老两口子分居的事啊？！你叫他一个人留在老宅里，酒后连口热水都喝不上，你不挂念？再说啦，万一那刘玫玫杀个回马枪，他俩拢铺过起了日子，你受得了吗？再者说啦，老宅那儿没人，万一哪天人酒后出点事，你后悔都来不及……”能说的她翻烧饼一般说了好多遍，王秋兰王八吃秤砣——铁了心地不回来。媒婆将狮子送她的半包烟都吸完了，一点效果都没见，只得起了身，说：“劝人劝不醒，不胜猛一送。”她拍屁股出了“新农村”。

王秋兰不回来，两个孙子却照样来老宅里。他们趁着上学与放学路过，都要来这儿翻翻锅盖，揭揭缸壳，闻闻馍篮，像猫寻老鼠一般寻找有肉块的地方。找到了就吃，找不到就拿他的吊床撒气，他们拉住床绳打吊肚，做些引体向上的动作，想扯断绳子，不让爷爷睡舒服。

这天他们没找到好吃的，两人一嘀咕，便把爷爷晒干的两块狗皮偷偷卖给了收破烂的，然后拿钱到桥头商店里买东西吃，刚好给下了窑的狮子逮个正着。狮子问他们哪来的钱，他们互相瞅瞅，吞吞吐吐，终于实话实说。再问他们卖多少钱，大孙子伸了手，把钱递给他。狮子“唏”了一声：“乖孙子，不是爷舍不得，是你们卖得太便宜了。你们不是想吃肉吗？走，跟我回家吃去。”

俩孙子看看他，摇摇头说：“我们把你那儿翻了个遍，没找到一星的肉。”他们由着不走，想叫爷爷买好吃的。

狮子一笑，拍拍他们的屁股说：“小屁孩儿，我过的桥比你们走的路长，吃的盐比你们吃的米多。我藏的肉呀，别说你们，就是老鼠也找不到。”

他买了两瓶低价酒，俩孙子警卫员一般跟在后面，半信半疑，交头接耳地回到有吊床的老宅里。俩小子一个在枣树下，一个在槐树下，再次扇动鼻翼搜索香味。

狮子点了一支烟，往小凳上一坐，说：“想吃肉容易，过来先给爷捶捶腿，爷给你们弄。”俩小子听话地过来，俯下身，一人守一条腿击打起来。他们发觉爷爷的腿上没多少肉，几乎全是硌手的骨头时，禁不住发问：“爷，你天天吃肉喝酒，你的膘跑哪儿去了？”狮子说：“我属蚂蛤蜊的，肉都在壳子里。”

扔掉烟，他扯起俩孙子，来到水池边。夕阳的余晖黄澄澄的，水池边的东西也抹上一层橘黄。池边有个大瓦盆，外皮脏黑一片，以前当猪糟，久而不用，没人注意它。狮子掀去上面的木盖子，俩孙子一看，大的高兴地叫，小的惊恐地叫。盆里盘着几条正在蠕动的长虫，有擀面杖粗细，伸着尖头往盆外钻。小孙子吓得躲在他的身后，大孙子找了根竹条，敲打耸起的蛇头。狮子说：“里面有水，盆壁又光，它们爬不出来的。”大孙子反问他：“爬不出来，你盖上盖子干吗？”狮子说：“怕谁家的狗跑进来偷吃了。”大孙子推推小孙子笑起来说：“爷爷，咱村里谁不晓得，哪个狗不怕你呀？你不在家，这院里也没狗来，你瞅瞅墙根上那些狗骨头全都好好的，没有狗啃过。”狮子说：“你知道个屁，狗有灵性，什么都吃，就是不吃狗骨头。”

他找了把锤子和一根钉子，让大孙子拿着。他端出来一口铝锅和一只瓦碗，往铝锅里舀了一碗清水，将它们并排放在枣树根上。然后吐掉烟蒂，拎起酒瓶，往口中送了一口酒。这时他才开始抓出一条蛇来。那蛇曲连曲连地绕着他手臂挣扎，他对准蛇头喷下酒来，那蛇老实了些。他要过锤子与钉子，将蛇头钉在了枣树上。放下锤子，他从口袋里摸出一根牙签来。俩孙子还没弄清怎么回事，他已经扒去了花花的蛇皮。没了皮的蛇细白细白的，依旧在动。孙子问怎么不打死，他说打死了味道就不好了。他还扬了扬手中的牙签，说：“扒蛇皮不能用铁器，否则肉就腥了，要用竹签子。”他用牙签给蛇开膛破肚，取出一个透亮的蛇胆来，放在碗里。最后才拿了刀，朝蛇头砍去。呼的一声，蛇头依旧钉在树上，无头无皮的蛇被他团成一大砣，咚地一下，扔进了铝锅里，溅出了水珠，让小孙子向后躲了躲。

总共有五条蛇，全是红花的肥硕房蛇。媒婆家扒老屋子时发现的，别人不敢动，媒婆更不敢动。但她近来眼睛不好，看东西模模糊糊的，像蒙了一层雾，而且发酸发涩。她说眼睛可不能出事，还得给人家寻人说媒哩。有人给她出单方，用蛇胆，就酒喝下，保证管事。她赶紧跑到窑上喊了狮子……

狮子毫不费力地将两条长蛇变成了一锅香喷喷的肉。刚想盛出来，门外传来了媒婆的声音：

“狮子哥，蛇胆开出来了吗？”

“喂狗了。”狮子笑骂她。

“还要臭嘴，自家的老婆都跑了。”媒婆反击他。然后她夸奖他会煮肉，香气直打鼻，在院外都闻见了。

狮子拉亮灶屋的灯，告诉孙子如何用筷子撕扯蛇肉，他自个儿在外边陪媒婆。他有意急急她，东扯西拉，就是不给她蛇胆。媒婆呢，也不急，吸上烟，坐在矮凳上。这时黄昏的余晖正在褪尽，院子已是一片朦胧了，归巢的鸟雀在树上一阵叽喳。等媒婆吐掉烟蒂，再次索那蛇胆时，狮子问她：“你晓得怎么吃蛇胆吗？”媒婆说：“用酒送呀。”狮子说：“这谁都知道，可闹不好会呛住，因为那味太腥，第一次吃蛇胆最好有人指点着才保险。”媒婆在朦胧中扔他一支烟，说：“你能指导，我就在你这儿吃，快把院子的灯拉开。”

“可我这儿没酒啦。”狮子耍了赖说，“你明儿再来吧。”

媒婆骂他一句：“狗窝里放不住剩馍。你这人，没酒咋不早说，害得我干坐了半天，俺家别的没有，就是有酒。”狮子说：“俺贫下中农哪能跟你比，俺喝的是血汗钱换的，你是空手套白狼。”媒婆嘎嘎笑说：“你是啥贫下中农，你是时代的落伍者了。”她马上用手机往家里打，她的上门女婿很快提了两瓶酒过来。

他往放蛇胆的碗里倒了一些酒，两颗蛇胆在白酒中旋转起来，像两只欢快的蝌蚪。他将碗端给媒婆，说：“你要屏住气，一气拿下。”媒婆说：“这小半碗的酒，喝完我还不醉吗？”狮子说：“醉了回家就睡，效果更好，一觉醒来，说不定眼病全消了。”媒婆果真照办了，狮子叫她女婿搀了她回家去。

媒婆刚走，俩孙子出来了，说：“爷爷骗人，你刚刚买了两瓶酒，为啥说家里没酒，占人家的便宜。”狮子笑笑，拍拍他俩的头说：“你们还小，大了就明白了。”

他给俩孙子背好书包，悄悄吩咐他们，回家可别说在这儿吃蛇肉。他怕这事叫儿媳与王秋兰知道，以后拦住不叫他们来了。俩孙子“哎”了一声消失在黑洞洞的大门外。他回灶屋一看，苦笑了一下，俩孙子把蛇肉吃光了，他只有喝汤的份了。不过喝一口酒，再喝一口汤，味道也蛮不错。树上有几只归巢的麻雀又喳喳了几声，他仰了头说：“咋的啦，你们也想喝吗？你们呀，当下酒菜还差不多。”

媒婆女婿送来的是优质高度白酒，比自己平时喝的劣质低度酒好上许多倍，劲儿又大又烈。本来白天干活有点累，回来又剥了两条蛇，弯得腰酸背痛的。现在大半瓶高度酒下肚，痛感完全消失了，眼前也空蒙起来，他在空蒙的夜色中轻飘飘的。世界呢，一下子变得宽阔而静谧。没了白天砖窑上忙碌的身影和嘈杂的声音，没了那种坚厚与浓郁的汗腥，更没有砖车轧地的吱呀声，只有安详与平静，一切都停止了运转……他喜欢这种氛围。起了身，拉灭电灯，锅碗也不再管了，跌跌撞撞摸爬到吊床上去，仰面放平身子，那种酒精作用后的眩晕上来了，头重脚轻，身子飘动的感觉真好受。他的手在暗淡的星光里划动着，划动着梦幻中托他身体的朵朵白云。“这才是神仙过的日子啊！”他叫道。他香甜的呼噜声传到了院外。这会儿就是刘伶、苏轼甚至高阳酒徒们邀他玩耍，他也不会离开这吊床了。

盆里的几条蛇叫他开心了好久。不但俩孙子天天过来给他捶腿又点烟，就连高傲的媒婆也提酒过来，一来就夸他好人。狮子摆手说：“别，别，我要是好人，王秋兰也不会甘愿到新农村当‘寡妇’了。”她取了三回蛇胆，提来六瓶好酒。媒婆第一次吃了蛇胆以后眼睛亮了一些，以为此方可用。但狮子家里没有候婚待嫁的男女，自然不会巴结她。取蛇胆，也跟她为人说媒一样，该有报酬。她不是傻蛋，一听狮子说酒，马上从背后抽出来两瓶，不多不少，两只酒瓶一碰，发出清脆的叮当声，说："老酒鬼，这是你要的'猫尿'。不瞒你说，以前家里多，又没人喝，都低价卖给王大奎了。"狮子一看好酒，抱酒入怀，喜出望外，说："还是你好，可惜我老了，若是年轻，非跟你亲热一番不可。"媒婆骂他："别胡诌了，小心孙子学给王秋兰听，快用酒给我冲蛇胆去。"

这是最后一次吃蛇肉了，即出了事。媒婆走后，他们爷仨坐在门外的小桌边吃肉喝汤。狮子边喝酒边吸烟，因为他是大口喝酒，对着瓶口往肚里灌，醉意渐深。俩孙子嘻嘻哈哈吃肉，偶尔招呼他一块儿吃。他微闭着双眼，恍惚觉得这俩孩子是如意和连生。凉风一吹，他又明白过来。在恍恍惚惚中，他摁灭烟蒂时，竟然将火红的烟蒂摁在了大孙子的后脖颈里，把那儿当成了烟灰缸或者桌子角了。大孙子"嗷"的一声，他才彻底醒了，忙问大孙子碍事吗？痛吗？大孙子倒坚强，没有再叫，自己到井池那用湿毛巾溻在受伤灼痛的地方。狮子则埋怨媒婆的酒太冲了，还没怎么喝就晕了。

与媒婆相反，俩孙子吃蛇肉吃出了毛病，流起了鼻血。小孙子是连生儿子，一流血吓得直叫唤，连生一问，马上全招了。连生火冒三丈，正欲找老爹理论时，见大嫂拉了侄子过来了，侄子的鼻孔里塞着棉花，像扎了白胡子似的滑稽。大嫂说：

"连生，流鼻血的事先不说，你瞅瞅他的后脖颈吧。"

后脖颈已发炎了，又红又肿还起了明溜溜的大水泡，小家伙痛得只得勾着头走路。如意女人口中含沙，说"狮子老家伙神经，不往人上混，还教唆下一代走邪路，咱们家族要完蛋了。"

两人各自扯了儿子直奔老宅，王秋兰也不拦，只是蹲在门槛边抹眼泪，边嗑瓜子。她嚼着瓜子，觉得气顺点，好受点。

如意女人这两天手气不顺，输得憋屈，刚好有了发泄处。连生见侄子那样子，为自己儿子没受伤感到侥幸，火气反而小了不少。他们杀上门来，哪会说好听的话？

一个说："越老越浑蛋，蛇都敢吃，还引小孩子下水，背了俺们，干些偷底摸张的事。看看，把我儿子烫成啥样了？睁睁你老鼠眼看看。"

一个说:“你年纪大,活够了,孩子可是花骨朵,没开呢。你害人也瞅瞅年龄段啊!”

俩孩子吓得往外挣,哪里挣得脱?只得乖乖地木在大人的屁股后,一个低着头抹泪,一个低着头摁鼻孔上的棉花,都不敢正视眼前的现实。

午饭刚过,很多人正在树荫里聊天,自然有人跟过来看热闹。喝了点酒的狮子正想上吊床眯一会儿,见他们吵吵着进来,干脆拎了把凳子,往门口一坐,点上烟,沉沉气,不慌不忙地说:“老子今儿会会你们,是文斗还是武斗,随你们挑。老子干大队长多年,整个村子,谁家的灶门朝哪都一清二楚,还怕你们不成?”

儿媳妇问:“文斗何说,武斗何讲?”

他喷口烟,说:“文斗就是斗嘴巴,大鸣大放大辩论,我若输了,以后再不吃肉喝酒。武斗嘛,就是打架,十八般武艺,随便用,谁死谁活该。连生以前不是跟我斗过吗?就是那样子。”说这话时,他的手不住地掐着屁股下的凳子,这可是一把顺手的家伙,他经常踩它上下吊床,有时碰上煮熟的狗头猫脑弄不开,就用它去砸。如今面临大敌,他纹丝不乱,不像上次喝醉,让连生揍得东倒西斜,没有还手的力气。这一次他只喝了五六成,正是血脉偾张,筋骨舒展,显身手的好机会。心里有底,他才显得镇定自若,身披静气。

也许是上次揍了父亲,别人背后的议论起了作用,这次连生光叫唤不往前冲,没有动手的意思。大儿媳见连生不动,她一个女人,上去撕扯公公有点不体面,也光吵吵。

见他们光说不练,狮子笑了,说:“那就来文斗啦,咱大鸣大放大辩论。我先回答你们刚才的问题吧。”

“儿媳妇,你先听真。第一,你骂我老浑蛋是吧?我来问你,没有我这老浑蛋,会有如意那个中浑蛋,会有你儿子那个小浑蛋吗?!也就是说,没我老浑蛋,你们一家根本不存在。这是我老浑蛋的悲哀呢,还是幸福呢?第二,蛇为什么不能吃?吃吃蛇肉就变成蛇蝎心肠了吗?就六亲不认,没了伦理纲常了吗?你问问如意,他在南方打工,人家饭桌上是不是经常有蛇肉,还贵得很哩!”

“连生。你说我年纪大，活够了，孩子是没开的花骨朵。你是怕我害了他们吧。这也对，你也是当爹的人了，知道关心孩子。可是，你爹是谁呀？是我狮子呀，我再老都是你爹，我就没有舐犊之情吗？你小时候破伤风、败血症，我背你一口气跑二十里去医院，鞋子掉了，我都不晓，脚板磨出了血，我不觉疼。你忘了，我可没忘，二十里，一万米啊！你在电视里看看人家专业吃这碗饭的运动员跑下来累成了什么样？何况我还背着你呢！我想害你们，那时候走慢点就行了，用得着等到现在吗？……好了，我发言完毕，请你们辩论。”

他吐口痰，揩去嘴角的白沫儿，点烟吸上，闭眼倾听。

半天没有人响。

突然听到有女人发笑，笑声很熟悉。他睁眼细瞅，眼前哪有连生他们的影子，连看热闹的人都没有了。只有一个脖里挂着手机的刘玫玫。刘玫玫说：“可惜我这手机不能录影照相，否则非给表哥留下一段好影像不可。你当年当干部时，嘴巴像捆住了一样不爱说话，今天怎么啦？”狮子苦笑一下，说：“我也没发现自己还有演讲的天才。”他搬凳子回了院，看看太阳，觉得时间尚早，干脆爬到了吊床里，身子随床忽悠起来。刘玫玫劝他：“表哥，你老了，咋就变了，成了呱嗒嘴，能唱莲花落了。你没瞅外边那些人，笑得嘴巴都咧到耳朵上了，没一个劝架的。是我叫连生他们走的。”

狮子看着头顶上晃动的树叶，那里藏了一个知了，此刻刚好撒了一泡尿，小瀑布一般落在了他的脸上。他抹一下脸，笑了说：“表妹，还是你的话叫我熨帖。”这时有一片树叶落了下来，等它快落到狮子眼前时，他一把抓住了，揉巴揉巴，伸开手，将碎屑吹去，说：“我跟他们不一般见识。”

“你以为你见识高呀？”刘玫玫说，“你是酒仙，身上总该有点仙气吧。城里人总说超脱，淡定的那一类。”

狮子弹了一下身子，下了吊床，他洗把脸，说要到窑上去。刘玫玫塞给他一个黑色塑料袋，说这是新烙的油饼。狮子有点感动，心想：“她咋知道我没吃饭啊？”但他嘴巴不软，说：“我有酒就行。

酒是粮食精,越喝越年轻,一分酒一分能耐。酒仙,就不该以五谷杂粮为食,那是常人的食品。既然是酒仙,就得用酒滋养。”话虽这么说,还是吃了几口香喷喷的油饼。刘玫玫乐了:“你真成仙了,说啥都一套一套的,难怪王秋兰那个俗物跟你生活不到一块儿。”

他拍拍自己又黑又瘦的胸脯说:

“算你看透了。你哥我恁多年没超过120斤,却从没害过病吧,这不是酒的功劳吗?她王秋兰啥眼神,只重外表,不解实质,大俗物一个。”

他倒是真没有什么病。前年春天上面来了个什么医疗队,给全村六十岁以上的人免费体检,全村三大队的老人体检,人家不是血压高,就是血脂稠,或者冠心病、肺气肿什么的,独独他一个,一切都是正常指数,医生都说他是个少见的完人。

让刘玫玫稀罕的是他也说王秋兰是个俗物,跟自己想的一样。她身残心不残,甚至心窍比别人还要多一窍呢。她突然想起心有灵犀一点通的典故来,禁不住唏嘘感慨一番。几十年前他们俩倒真有成为夫妻的可能,怪只怪老爹不想让她嫁个四肢发达头脑简单的粗人。他三个女儿,大女儿找的是医生,二女儿找的是教师,刘玫玫是老三,也最漂亮,经常帮爹卖酒算账,让周围几十里的小伙子都垂涎三尺。她喜欢狮子这个远房的表哥,但老爹却叫她嫁给了王赖孩。王赖孩倒是有文化,可是身子骨差呀,四十多岁就死掉了,闪了刘玫玫半辈子。当时很多人劝她改嫁,媒婆还真的为她撮合了几家,她不改,连面都不见。她带着一双儿女熬过来,好像也没遇过多少困难。狮子帮忙,有了救济的粮款,先为她争取,娘家那边富有些,也能接济。

常怀感恩之心的她,虽没说过感激他的话,但心底铭刻着呢。如今狮子被人笑话,她自然挺身而出,为他圆场救驾。谁都晓得,关键时刻,他最听她的。她不能叫人看他的笑话。

可是,有些时候,别说刘玫玫,就是天王老子下凡,也奈何不了他……

狮子年轻时敏捷如猿，爬树翻墙之类，村里无人能敌。这功夫一直没散。这些年来，谁家出树，往树杈上拴绳子，总叫他上去。他倒不推脱，只是感慨，近些年年轻人翻墙越脊、切门撬锁的倒是不少，但真正会爬树的几乎绝迹了。他都快七十的人了，依旧要爬树，有时候还非爬不可，譬如村里办丧事砍柳幡。

本地的规矩，死了人，出殡那一刻，孝男孝女手中的哭丧棍全得是柳树的。尤其是长门孝子，除去摔老瓦盆，肩上还必须扛一根两米多长胳膊粗细的柳幡子。这玩意儿必须得到大柳树上砍。谁家都不用小柳树上的。据说图的是逝者后人枝繁叶茂，兴旺发达。自然，爬树砍幡的事非他莫属，他有经验啊。因是白事，别说用人，就是借人家的一条凳子一根针，都得给人家五毛钱。人家当然不会白白使唤他。

村里的大柳树也就八九棵，全都长在后坑沿上。那儿可是乘凉的好去处，人们在树下打牌、下棋、吃饭，唯独没人敢在那儿睡觉。说是老坟里的柳幡全都出自那些树上，它们沾了很重的邪气，甚至树上有鬼灵出没，一旦睡着，魂让鬼灵勾去，人就凶多吉少了。有人曾用一包烟跟狮子打赌，叫他在那儿睡一夜。狮子不干，说还想多活几年哩。后来他想，如果对方用一瓶酒打赌，他可以考虑一下。

柳幡不是白砍的，这是白事用品，得掷钱消晦气。砍时死者家属在树下看，看中了哪一枝，便与树主人搞价钱，有时争执起来，狮子便从中调停。因为他就等着爬上去砍了了事。当然，他也不是白爬一趟，这也有报酬。首先，办丧事有几顿酒食，他都能参加，其次，他可以拿到现钱，有时 5 元，有时 10 元。也碰到过一个有恐高症的大方人家，看到他在树枝上晃晃悠悠，心疼得闭了眼，一下来就掏给他 20 元。这叫他很感动——在窑上吭吭哧哧干一天，才挣 20 元啊！

一到这时，死者的孝子贤孙便排排场场从外面回来了。在狮子印象中，在外面混的人没几个差的，多是开着车回村。很多年轻人不知不觉中，在城里买了房子，把孩子老婆接了过去，算是与农村脱离了。家里的承包地转包给别人，一年一亩 100 元了事。逢年过节，有些孝心的，会开车回来看看老人，失了孝心的便不再回来。只有碰上红白喜事，尤其是白事，他们才赶回来，载了从城里买好了的肉食烟酒，回来总先招待邻里亲朋，然后请来响器班子，哀乐四起，发丧出殡。等到死者入土为安，他们又开车回城，似乎又把老家忘掉了……每逢这时，狮子总会想到如意与连生，如意可是常年待在城里，咋就没有开回一辆车来呢？你们总对老子不满，你们也不比别人少什么，咋混的呢？

晴天还好，虽是土路，被人脚车轮碾得平实，走过去飘些浮土而已。到了雨天就不行了。村路泥泞，车子不能转动，人行时泥巴粘脱鞋袜。有的地方成了泥洼子，一汪一汪的水里可以养鱼养虾。闲人们看见汽车停在王大奎店前的水泥路上，感慨这儿的"村村通"不赖，可惜只通到村口，没有往里通。上面的人说，村中的胡同大街，要村民自己想法去弄通。

闲人以此为话题，指着村里一条比一条糟糕的路，赞扬一番上级的关心，又叫骂村委一帮人饭桶草包，不组织村民整胡同修街，弄成光滑平整的水泥路，而任它们如此"水泥"着，"水泥"得这些家心焦意烦。

骂得最凶的是坐轮椅的老六，一下雨，他的轮椅出不了门。他说："如果村委会里有一个像狮子那样的掌事人，咱们早就不踏泥泞了。"每到过年，开车回来的那些人一个个表态，如果村里修路，绝对致富不忘乡邻，纷纷争先报数，这个愿出五千，那个愿出一万，就是群龙无首，没人跑这事，把五千的、一万的钱汇聚过来修村街。村委几个窝囊废除了吃喝，就是互相拆台，支书一派，主任一派，会计又一派，代表着三个不同家族，面和心不和，鼎势倾轧，屁事都办不成。

老六只要一骂，便有不少人附和着。议论一番，还是觉得狮子当大队长那阵子和谐，没有拆台的事，还修了两座桥，一是如今的四板桥，另一个是三队门前的那座。

人一多，语就杂，秧子扯得也就长。有人扯到了风水。掐指头一算，发财的人，开小车回村的人，最多的就是三队的。上千万就三四个，上百万的几十个。而一队二队的年轻人多是跟如意一样，给他们打工当伙计的。

桥头这一带，来的多是一队二队的人。人家三队在村后边。过去称为塞外边，与这两个队隔了一道大坑。坑上的桥就是狮子他们修的，虽没有四板桥宽大，但质量不错，几十年不见有裂隙，更甭说坍塌了……这桥是狮子领人修的，当初为给三队的百姓行方便。不承想有了这小桥，气脉通畅了，那儿的人也一下子睡醒了一般，学会做生意了。一开始跑劳保用品，后来又在城里搞起了防水防湿，俗称“搞沥青”，一下子都发了。外人常说，别说整个三队，就是薅住他们的一个工头，便能吹糖人一般，把全村的街道胡同全都弄成水泥路。人一有钱就变脸。三队有些有钱的人，开车经过一队二队时，很少下车打招呼，更别提散烟了。这虽是个别现象，却叫一队二队的人很是生气。气归气，他们不少人放过话的，只要村里修路，愿意出钱。这仍叫人感动。

可是，没人支应这事啊。刘玫玫娘家蔡都坞那里，村街胡同全是水泥路，谁家雨天都不用踏泥巴。那是人家村委会组织发动的捐款，有钱的多捐，没钱的少捐，困难户不捐，一下子弄了几十万，事就弄成了。

一个阴雨天的午后，桥头的人们说干脆把狮子请出山，负责弄这事。刘玫玫明白，狮子如今贪上了酒，脑子越发简单，操不起这份心了。她岔开了话茬儿，指指正搬货箱的王大奎，叫了起来。

“大奎呀，既然村委不管，你来管吧，你也在村委，你也是咱这一带的老板呀！不就是收收钱嘛，汇聚够了钱，一个电话打过去，人家修路的汽车直接就开来了，咱们派几人监工就成了。”

王大奎根本不在村委，充其量是村委会的通讯员，跑跑腿，通知个什么会，乡里送信送报的来了，把东西放他这。乡里来了人总把车停在他这儿，他负责叫人。他一心只顾自己的生意，没事不往村委会去，怕那几人打架，溅他身上血了。再说了，反正“村村通”通到他家门口，弄不弄路，他无所谓。现在刘玫玫这么一叫，其他人跟着帮腔，给他加油鼓劲，他沉默了一会儿，觉得大家像耍猴的，敲着锣叫他爬杆儿。等大伙静下来，他才说：

“我可当不了这带头大哥。你们再想想，那些有钱人口头上说的比唱的都好听，这个五千那个一万的，心里是不是这样想的呀？他们在城里生活，也不踏咱这泥巴，他们会出钱吗？真正找上门去，他们不给钱，你拿他们啥办法，又不是大集体时代了，你扣不了他的粮食，也开不了他的批斗会，恐怕净赚一肚子窝囊气吧。”

沉默下来的人们面面相觑，回味一下他的话，有点道理，人家再有钱，那钱也不是天上掉下来的，也没有一个中了彩票大奖的。人家不给，你又逼不得。修了路，那帮人确实年头年尾走不了两趟。说到底，属于献爱心活动，献不献，只有他们当家。商店门前的叹息声像扎破的轮胎泄气的样子。

恰在这时，有点醉意的狮子晃了过来，他在桥上跺掉鞋上的泥巴，到商店要了一包劣烟，有人拉了他一把说：

“老队长，这事你得帮助王大奎呀，修桥铺路，是积阴德的好事，保不准你孙子将来就当大官了。”

狮子瞅瞅刘玫玫，刘玫玫摇摇头，用眼色叫他离开。他剔了牙缝中的一丝肉，嚼嚼咽下，又哈出一口酒气，说：“我早不干了，谁会听我瞎咋咕啊。”又有人给他戴高帽，拍着桥栏说：“这可是你干的好事，咱们这儿能记几辈子。你要是再帮王大奎修成村街，死了也能坐莲花盆。”狮子咧着嘴笑了，他爱听这种话。

倒是刘玫玫，推了他一把，说：“你是‘酒仙’，仙家可管不了凡间的事，你还是趁下雨睡觉去吧。明儿一晴，又得上窑掏力了。”

人家并不放他们走，说：“中不中，你先咋咕咋咕呀。王大奎跟你当助手，跑腿收钱，联系施工队全由他干。你就负责咋咕。你对三队有恩，说出的话肯定管用。”

淅淅沥沥的小雨降不下大伙的热情，桥头人越聚越多，全都赞成狮子出山，与王大奎联手弄这事。王大奎一看太热闹，言多必失，他干脆回商店，到二楼的棋牌室看人打麻将去了。

不知是谁乘着混乱，偷偷把老支书从家中请了出来。他满头白发，又有腰痛和冠心病。虽早退出了历史舞台，但没人敢斜眼看他。为什么？因为他的儿子有本事，大儿子二儿子分别在郑州、开封当教授、当医生。老三差一点，在家养猪，同时侍奉他们老两口儿。老支书没事不到桥头来。他跟狮子搭班子从没闹什么矛盾，狮子把他当作长辈尊重。一看到他，狮子马上晃晃地迎过去，跟他握手，又让烟。

老支书不吸烟，他拍拍狮子的肩膀说："既然大伙有此想法，你就咋咕咋咕吧，也累不掉几斤肉。是好事。试试吧。有时你喝多了，没人理你，你也照样咋咕的。"

老支书的话他得掂量掂量，这老头肚里有文化，从不轻易发表看法。这么一想，狮子有种回到几十年前的感觉。那时他是抓生产的，领着人干活，二杆子脾气，冲在前头，老支书掌着舵，搂着台，配合得不错。以至于回头一想，禁不住热血沸腾。他咳了两声，对啊，不就是咋咕咋咕嘛，又不是到台上演戏，用不着全挂子的武艺。这利人利己的事还犹豫个啥啊！他一拍胸脯，打个响指，说："我干。"支书带头鼓了掌。

说着容易，弄起来就难了，简直是引火烧身。

三队有钱的年轻人多，他们的老人也跟着傲了起来。前三十年看父敬子，后三十年看子敬父。他们全都缩在三队地盘上不出来，在坑边的树下打麻将赌小博，对路过的行人看也不看。人家那些游乡的换苹果、橘子和大米的三轮车过来，刚刚放开电动喇叭叫两句，那些打牌的老家伙就撵人家走，叫他们到一队二队那去，他们这儿不缺这个。乡里人老规矩，碰上个问路的，一定热情地告诉人家如何行走。他们不行，人家问路，他们谁都不答，只顾打牌。是游乡的那些人传出来他们傲的。王大奎桥头一队二队的老人也说，三队那些老家伙多是跟了儿子们在城里待长时间了，变得城市化了，不再淳朴可爱。

这些狮子不太了解，他每天三点一线——砖窑场、商店和家。再加上天天醉乎乎的，踏着醉八仙的步子干活做事。除了酒与人家扔的死东西，他两耳不闻窗外事。他很少去三队，对三队的印象还停在三十年前，一下雨出不来的那土疙瘩。

为了咋咕得轻松点，他借了窑主的电动喇叭。窑主问他弄啥，他说去三队那儿咋咕咋咕，弄些钱修村街。窑主诡秘一笑，说："去归去，咋咕归咋咕，人家不响应，你可千万别上火。"他说："他们有钱，拿出来便利大家，积点阴德，是双赢。"

一个午后，已经许多年没有在村街上放声咋咕的狮子，左手举着白色的电动喇叭，右手在半空画着什么圈圈，真的咋咕起来了。他自然先到富有的三队地盘，站在当年自己带人修的小桥上，举目一看，三队可不就是老样子吗？那么大一片，连一幢像样的二层洋楼都没有，哪像有钱的样子？回头看看一队二队，二层三层的洋楼多了去了，在气势上完全压倒了他们。他瞅着坑边树下四五台正忙活的麻将桌，借了几分酒力，闭了眼喊了起来。他大声说话，总要闭眼。

"老少爷们，鉴于村街泥泞，大伙商议，推举我和王大奎煽呼大家集资修路，钱多多出，钱少少出，没钱的捧个人场便是。咱村三个队，你们这最富，先带个好头，将来你们孩子开车回来也不走土路了，这还是积阴德的事，将来呀……"

他在桥栏上半闭眼喊了一阵，没反应，睁眼一看麻将桌子尚在，却走得不剩一个人影。他仿佛做了一个梦，是坑这边的刘玫玫喊他回商店的。喝了两杯冷水，清醒了的他才明白自己口干舌燥咋咕了半天一点作用没有，激情洋溢的演讲等于放了个哑炮。三队的人太不是东西了，为富不仁啊！

早已预测弄不成事的王大奎给他一支烟，笑笑说：

"别骂，别骂，那里有你家的几门远亲哩！"

"狗屁！"狮子一拍大胯说，"那群人，跟我做亲戚，我还嫌丢人哩！"

不管他如何否认，事实可是秃子头上的虱子——明摆着呢。三队真有他几家亲戚，是从王秋兰身上拐出来的。王秋兰的表姨是那儿的，如今表姨不在了，还有两人的表哥。每到春节，王秋兰还要到那里走动走动。他表哥的一个孩子就是大款,在外边娶了三个老婆,买了三幢别墅,如意就是跟了他干活,每月工资3000元,别人的都是1500元,又是管吃又是管住的。工资是净赚的,纯赢利。等连生去了,工资也不会低于2000元。这可是她表哥许诺过的。这些事,狮子不管不问,也不去那里。

按常理来说,三队人应该感谢他才对。如果不是当年他为他们修了桥,他们出来还得绕一长段路。不绕就得走独木桥。晴天里还经常有老人孩子过独木桥时掉进大坑,更何况雨天呢。有次王秋兰差点掉下去,双手扒着木头好一会儿哭叫,脸都吓绿了。有人过去给她一根长竹竿才脱了险。将救灾款为三队修了座桥,这让一队二队的人很有意见,有人还向公社反映,说狮子是以权谋私。公社真的来人调查了。如果不是老支书为他写了证言,他大队长的宝座就坐颠了。

这次没有叫响,别人除了说些三队人不地道的话,不再多议论此事。他们顾忌狮子的颜面,怕伤了他。大家有一大段时间根本不再讲修街的事,似乎把它忘掉了。

狮子却记在了心上,别看他也没再提这事。半个月后,临近秋收时,窑上放假几天,大家各回各家,磨镰锉锄头,准备割豆子杀芝麻砍玉米。他倒不忙这些,依旧天天喝酒晕乎乎地在街上转一圈。以前他很少到三队那里去溜达,这回他去了,顶着午后炽热的阳光。

他依旧站在三队的桥上,拍拍炽热的桥栏,朝树下打麻将的咋咕起来:"咱们要修村街,你们三队得带个好头,你们这些老人家,天天打牌倒悠闲,得为村子的未来想一想啊,快给你们的大款孩子们打电话联系一下,你们的一句话可是顶上几千块钱哩。"他还提醒自己千万别闭眼,可又不知不觉地闭上了。只要是酒后,他闭了眼,脑子一片澄明,想的东西有条理,嘴巴呢,也很会配合。等他睁开眼,树下的麻将桌边又没了大人,只有两个孩子正欢快地跳着皮筋儿。坑里的水闪着阳光,刺着他的眼,他有点犯晕。胸口一阵难受,竟然呕出两口酒菜。

又是亏得刘玫玫赶羊路过，见他僵在那儿，脸色不好，马上打电话叫王大奎，然后摇着手机喊狮子接听，王大奎说窑上人喊他呢。一个窑门塌了，叫他去修。他低低骂一句，朝坑里吐了口唾沫，离开了那里。

到了没人处，刘玫玫劝他："现在的人都精得像兔子，没有利益的事都不愿做，修路这种事，你也别掺和了，还是叫村委会的人去弄吧。供奉是神，打碎是土，你不在那位子，还是好好喝酒过日子吧。"狮子点头应允，以后再不咋咕这事了。他帮助她赶羊，赶到窑砖那边的沟塘里啃草去。

此后的一段时间是秋收。干一天活，傍晚时他往王大奎商店门前一坐，想慢慢喝点酒，可是别人只要一扯上修村街的事，他提起酒瓶便走，似乎那话题是窝毒马蜂，能蜇坏他。

人们不死心，聚在桥头时，看着这儿的水泥路上全都铺着厚厚的豆秧，将原先放桌子的空场占去了不少，便会鼓捣王大奎说："如果村街也铺成水泥路，你这儿也不会给豆秧占去了，吃喝的地方也宽敞利亮了。"傍晚时，豆秧的主人要起场，趁着晚风扬扬，豆糠随风起舞，弥漫一时，弄得喝酒人赶紧往屋里拉桌子，怕豆糠与灰尘落到菜与酒杯里来。

王大奎是个明白人，他当然也想弄成此事。但见到狮子没了热心，也不提这事。他毕竟还算个"有钱人"。当人们论起此事时，他依旧大将风度，拍着胸脯做保证，说："只要狮子叔支持，我愿与他绑在一起，弄这个功在当代利在千秋的美事。如果最后的工程差个两万三万的，我把商店转让了，也垫上去完成。不就是八条街道，两公里的路嘛。"

说得轻巧，他心里比谁都清楚。如今修水泥路，保证质量的话，一公里得用三十万，这可是六十万元的大事情啊！但他毕竟经常出入村委会，心里早已有数，只要几个有钱人带头，六十万并不是多难的事。村里通往乡里的公路两边的白杨树都成材了，除掉卖给门板加工厂，可以弄个十万。砖窑场挣钱多，还有两个水泥板厂，加上他的这商店，弄上五万也不犯难。剩下的四十五万，只要三队的那些大老板承兑诺言，也就差不多了。其实，四十五万，搁在三队，九牛之一毛哎。

他的劲头一天天鼓胀着，狮子却一天天缩瘪着。他天天躲着这个话题。

秋收结束，整地种麦时，天气寒了下来。有人发现三队的大坑里漂了七八只死鸭子，告诉了王大奎，王大奎跑到狮子家时，狮子刚喝完了酒，躺在院子的吊床上睡午觉。吊床微晃着，像婴儿的摇篮。他身上落了几片黄叶。王大奎推醒他说："外边冷飕飕的，你该回屋睡了。"

他坐起来说："大奎，你若是谈修路的事，趁早滚蛋。"

王大奎笑笑，递他一支烟说："我生意还忙不过来，哪有闲心弄那屁事。再说啦，三队那帮人有几个臊钱，目中无人了。我来告诉你，三队那坑里漂了七八只死鸭子，你要不要？"

狮子霍地跳下来，说："这两天做梦光吃北京烤鸭，正想不明白，原来在这儿等着咱呢。"

他拿起一根竹竿，飞快地来到了三队的桥头上。坑大，有三只死鸭子在水中央，竹竿够不到。他先捞起五只水边的，放在桥栏上。然后捡了不少烂砖头，抱到桥上。桥北边树下的人依旧有说有笑，打麻将，没人理他。他站在前两次咋咕修路的位置，把烂砖头投进水里，荡出的水浪缓缓将三只死鸭子推到坑边。烂砖击出的水声极响，扑通扑通，如同打雷，有意破坏坑北岸树下人的雅兴似的。有的水花溅起来，甚至能溅到他们的身上。这些人议论起来，说狮子疯了，为了吃烂肉，演起了小丑，也不怕丢人打家伙了，还得叫连生去揍他，砸他的锅，摔他的碗，叫他吃个空。狮子酒后的听觉异常灵敏，将这些难听话听得一清二楚。但他理都不理，只顾击水，将死鸭子赶往北岸那儿去。

一群上学的孩子停下来，觉得好玩，也捡些瓦片，往鸭子身上打水漂儿，帮他的忙。狮子抹抹汗，夸他们好孩子，晚上放了学，到我家吃烤鸭去。

北岸人群议论纷纷，王秋兰的两个亲戚顶不了压力，嫌狮子丢人，悄悄溜掉了。狮子看都不看他们一眼，认真地投着砖块，直到将鸭子击到离北岸不远的地方，他才举竹竿捞了上来。两只手提拎了三只鸭子的脖子，上了桥。八只肥硕的死鸭子，他双手哪能提得完？干脆解下腰带，将所有的鸭脖子紧紧地捆好，背起来回家。他的背后，由死鸭身上淋下来的水滴将白白的路面打出湿黑的一条线来。乍一瞅，像新铺的一线路。

孩子们吃没吃到烤鸭无人晓得，大家纷纷推测，这几只烤鸭可能含有兴奋剂，再度叫狮子咋咕起修村街的事来。

这一次与前两次的策略大为不同，也许他真的吸取了前两次无人理睬的教训吧。前两次可谓光说不练。这一次他肉填中气足，酒壮英雄胆。酒足肉饱之后的一个午后，刚好坑北的树荫下有不少人端上饭食，麻将摊的人也未散尽的时候，他扛了一把三齿钉耙，踩着八仙步，蹒蹒跚跚，走上了桥面。

路过一队二队的村街时，有人问他扛钉耙干啥，地都整好了，窑上也用不着这个啊。他朗声笑答："我去拆桥去。"

"我没本事修路，但有本事拆桥。三队那桥是老子修的，老子今个扒了它，叫那些人出不来，憋死家里当守财奴吧。"

有人以为他开玩笑呢，没有上前阻拦，任他昂首而去。

这一回他没有任何的铺垫，而且一句话都不再说，上来就拆桥。桥面太坚实，钉耙也啃不动。他干脆用钉耙背击打桥栏，当当几下，一段一米长粗细的桥栏让他打掉了。破碎的混凝土落进了水中，发出的声响比他击赶死鸭的声音大多了。细细的钢筋裸露了出来，已经锈成黑色，让他一钉耙砸断了。

坑北岸那些人心头随时震动起来，他们相互看看，站了起来说："坏事了，狮子酒疯又上来了，扒桥哩，断咱们的通道哩。"这一下，他们纷纷放下手中的饭碗和麻将，跑了过来。

大家劝他停下来，他当然不干，抡开钉耙像耍大枪，当当砸在桥栏上，直冒火星儿。

终于有人抱了他夺下钉耙，有人敬他烟，说："有话好说，何必这般上火。”

他说:“反正我老了,屁用也没了。年轻时的一点成绩要一同带到墓坑里去,向阎王爷汇报汇报没白活。再说了,这破桥留在世上,后人见了它,念起我的功德来,感动得睡不好饭不香得了什么病,我岂不成了千古罪人吗?”

有人说:“老弟,醉了,睡一觉,别耽误到窑上挣钱。”

他说:“钱有屁用,死了,两腿一蹬,一分也带不走。”

有人问:“你咋不拆四板桥?”

他说:“我天天上窑,还得走哩,等啥时不想走了,也扒掉一块儿带上到阎王爷那报到。”

有人说:“省省力不行吗?”

他说:“我活动一下老胳膊老腿,今个扒不完,明个我接着扒,明个扒不完,后个再来。扒累了,好回到吊床上去,睡得更香,比孩子的摇篮都好哇。我没钱,儿子也没钱,等我死了,他没钱给我扎座金桥银桥,金山银山的去坟里烧,我就带这座小桥就够了,说不定阎王爷一高兴,叫我下辈子也成个大款,也在城里买车买楼,找两三个老婆养几个小秘……”

有人叫来了王秋兰。一群人将他弄回老宅里,将他放上吊床,他抓住床绳不上去。王秋兰满面通红,嘴唇青紫,骂他活成傻子了,竟敢拆桥,咋不拆房啊?!她将剩下的鸭肉统统倒在门外,几条狗疯抢,发出混乱的狂吠声。她还找他的酒,没找到,便砸那堆还没来得及处理的空酒瓶。仍不解气,将他攒的半袋鸭毛散开了去,迎风飞舞。院里院外,热闹一片。那些送他回来的三队人不拦王秋兰,让她闹。还是刘玫玫电话喊来了王大奎,才阻止了她闹下去。

不管怎么说,还是这招儿灵验,三队的人果真开始带头集资。半个月吧,麦苗才露出了青头儿,他们已经打到王大奎账上二十多万了。

狮子依旧天天醉酒,只不过,王秋兰回来了。他喝归喝,那些死猫烂狗的，不再往家带，他在窑上弄。窑上有几间闲屋子，他负责值夜班。窑主说："反正这儿空旷，你想咋折腾就咋折腾吧，权当你修仙了。"他把吊床拴在了值班室里，总说晃着睡觉更踏实些。

他在街上踉跄时，只要一碰上三队的人，马上拱手作揖，再扇一下自己的老脸，说"那天喝醉了，叫爷们儿见笑。我干的傻事你们千万别往心里去。我现在羞愧难当，无地自容，若不是怕窑上的东西丢了，对不住人家，我非投干坑以死谢罪不可啊！"

刘玫玫讽刺他；"你是舍不得好酒好肉，尤其是好女人吧！"

女 扛 包

再热再累，就这几天的生意。

当然，再有利可图，也是这几天的生意。

大孩说这话时，银妮还以为在敲打她呢。他们四人中，只有她是新兵蛋子，其余全是老兵油子，都有两年以上的“扛”龄了。

麦罢了，四乡八里的卖麦人赶着马车，拉着架车，踩着机动车，往乌坡镇粮站运来了大包小包的麦子。麦子都是刚从麦穗上卸下来的，鲜腾腾的。这让平时死气沉沉的粮站热闹起来了。院子里的青草被车轮碾得渗进了土里，弥漫着浓郁的草汁味。多数卖粮人，将车子排上队，自己则蹲在院子的槐荫里吸着烟。别看这儿的墙上写着白白的“禁烟火”几个大字，可似乎没人看见，当然也没有人管。收购站的两个仓门口四台大磅全都派上了用场，叽叽喳喳的争吵声嬉笑声从那里散出来，散向满院盛不下，越墙跑到了街上。街上乘凉的闲人摇着蒲扇说：“还是活儿不累，再累点，用二百斤的包装粮食，压得你们气都喘不匀，压得你们背都挺不直，还有力去叫唤？”

银妮到院外的桥头奶孩子时，听闲人们这般说，心里禁不住一咯噔，他们咋能这般说，这不是站着说话不腰疼吗？

束了怀，将孩子递给婆婆。婆婆用扇子扇着她的湿上衣，让她多待会儿。她说，不中，活儿是大家的。银妮从闲人们身边过去，有点惴惴，怕他们会当面指责自己。如果他们问“银妮，你们扛着包，咋还叫哄哄的，像一群知了子”，自己该用什么表情应付，该用什么话回答呢？

没料到，一个老太太却说：“银妮，一口吃不成个胖子，一天扛不满仓库，你比不得大孩他们老扛家，可要悠着点，正奶着孩子，别累得聚了奶呀。”一个老头儿说：“他嫂子，看磅的跟卖粮的咋总吵个不停呀？”她明白了，这些人不是骂他们扛包人的，是骂那些吵嚷人的。这稠密难听的吵嚷声打破了镇子先前的平静，让镇子浮躁起来。镇子在这声音中吵热了，树下乘凉的老年人也躁了起来。

银妮回到一号仓门的磅前。

大孩、宝花、老肥也刚刚喝完水，正解下绑在手腕上的毛巾擦脸擦身子。

当然，擦的方式不同，内容却一样。大孩光着后背，脏兮兮的毛巾先在粗短的脖子和光头上搂了一遍，然后将毛巾扯成细长条，两手捏了两端，在前胸后背滚动一遍，黑厚的肚皮和脊背不再闪光了。宝花手腕上的毛巾，白底蓝道，尽管湿，却干净。几乎看不到她擦汗，她爱用毛巾轻抿脸和脖子，抿湿了，便解下毛巾拧一拧，将汗水拧到脚边的草丛中。她旁边的那簇草葱绿茂盛，上过化肥似的，明显强过其他地方。她的浅色上衣背上永远湿漉漉的，黏在皮上。

相对于她的讲究，老肥显得太土了。在众多卖粮人眼里，所有粮站的工作人员，不管拿捅锥进行质检的，还是看磅的，还有写票据的，也包括这些扛包送仓的，都是“公家人”，都比老百姓高一层次，都洋气些。老肥跟众多头脸上沾了尘沙的卖粮人一样土。她没有胸罩，里面有个小背心，深色的。她的上衣更湿，但谁也瞅不出她衣内的肤色。但想晓得她的肤色比什么都容易，因为她随时都会解下手腕上的毛巾，撩起衣襟，将毛巾探进去擦肚皮上的汗。这当儿她乳下的白肚皮全都裸露了出来，散着白光，比她黑黑的粗脸皮诱眼多了。而毛巾，黄底红花，头边已经破了，散着炸炸的边。当她展开来，蒙在脸上，双手捂上去，从额头向下抹时，一眼能瞅出中间的洞口。当然，人们注意更多的是她的白肚皮，厚厚的，朝外拱着，会弹动。这可能就是大家喊她“老肥”的原因。

银妮刚来不久，她从不擦汗的，任汗水将上衣渗透。这样有好处，障眼法一般，让那些不主贵的眼睛分不清她衣上哪儿是奶，哪儿是汗。

比起别人的孩娃,她该给孩娃掐奶了。两岁的孩娃总是那般弱不禁风的样子,见了她,叫声妈,就往怀里钻,寻奶吃。娃又害个经常头痛发热拉肚子的毛病,让她不忍断奶。不断奶也好,听说这样一直哺乳,可以避孕。她真的不打算再生了。

她隐隐约约知道,麦收以后大孩叫她来扛包时,老肥和宝花都有点不同意。

他们原先的四人班子,有个女人累得腰痛,不能扛了,去城里卖米沫,才闪出一个位子来。大孩想找个男的,比女人有劲,省得装磅卸磅时,只他一个支住磅沿,扯了包角子往女人肩上递了——这是扛包环节中最掏劲的活儿。但他在镇上转了三圈,男人中除几个身子如虾的老汉,就是小儿麻痹症的修鞋匠,其他的壮劳力要么进了城,要么到砖瓦厂去干长工了。这种短工,没人看得上眼。他见银妮到诊所抓药,想起她男人得了脉管炎。他以前只听说过气管炎,不晓得什么"麦"管炎。后来见他竟拄了拐,又不能下洼地劳作,知道那是个缠秧子的大病。

大孩跟银妮丈夫是远房的老表,他觉得这等挣钱的好事该叫上银妮。听说老表的那"麦"管炎病得天天吃药,花了不少钱哩。叫上银妮,虽出些力流些汗,但每天都有哗哗响的票子呢。庄稼人嘛,力不算啥,汗也不算啥,钱可是算啥,有钱能使鬼推磨。有了钱,别说他的"麦"管炎,就是"豆"管炎"米"管炎,也不怕了。

大孩喊住匆匆而去的银妮:"你到粮站扛包吧,总比闲着强。"

银妮先是苦笑一下,洁白的牙齿闪了光,心说:"我能闲着吗?俺那家虽不大,四口人,两个腿有病的(婆婆中风后,也瘸了腿),跑前跑后,全由我了,想闲也闲不住。总感到一只手掐着喉咙,紧着气哩,哪能闲下来。"

但她很快做出反应,低低地说:"大孩哥,我这身板,干那活,能中?"

大孩说:"中,扛包并不像想的那般累,也就是头两天累点。"

银妮想起刚刚过去的麦忙天,虽然是联合收割机收麦,但打下的麦粒要晒干,还要趁风扬扬,将麦糠弄出来。丈夫干不了重活,家中的几十袋麦粒,全是她一袋袋抱上架车,拉回家,再倒进麦仓里,累得散骨头抽筋的。这几天似乎才刚刚歇回了身骨。扛包,可是一干一整天,她当然担心胜不胜累,倒不是可惜自己的单薄身子,而是怕干不好,让老肥和宝花闲话,说她走了大孩的后门进去的。她跟老肥、宝花的身板没法比,老肥个不高,一身肉,一瞅就有力。宝花个高,又匀称。而自己个头低,又显单薄。再说,都晓得扛包这阵子能挣钱哩,她俩会不会觉得争食吃?

大孩说:“你快回家收拾收拾,别忘了弄条毛巾缠腕上,好擦汗,其他的啥也不用带了。”她问:“不带点水?”大孩摆摆手,说:“有你喝的。”

去了一看,老肥正抱着塑料桶喝水呢。他们在喝水方面不含糊,喝的是人家卖的纯净水,放在自动饮水机上的那种,五块钱一桶。如今桶内已不多,老肥才对着桶嘴喝,不倒进茶缸里,省了一套程序。

她没有空手,路过桥头商店时,买了几块薄荷糖,这糖解暑。她喊老肥嫂子,给几块糖,又喊宝花嫂子,给了几块。两人说她客气,她说:“以后靠你俩帮助呢。我可没干过这活儿,干不好了可别骂我呀。”

真正干起活来,不像想的那样可怕。

原先她想,干一上午,还不得直不起腰?事实是,不但能直起来,还能进厨房做饭。只是中午要加班,卖粮人催着呢,或者说是可爱的钱催着呢。她索性也不回家,叫婆婆做饭,是那种简单的捞面条。等婆婆一瘸一拐送来饭,她抹一把汗脸,也不洗手脸,坐在一个麦包上飞快扒饭进肚。将空碗还给婆婆时,婆婆问她喝不喝面汤,她口中还在嚼动,顾不上答,就摆摆手,指指大门外的车辆,提醒婆婆小心别碰了。回身去,她到纯净水那喝一气,下巴上正淋漓着水,又去扛包。

一旦干起活来,虽然他们只有四人,关系却很微妙。

刚开始,她跟宝花一同卸车、上磅。因为老肥已经推着大孩去卸车了。卖粮过来的车厢有大有小,装的粮袋却都满满的,一袋袋纵横交错地摞在那里。他们四人分两组。如果是拖拉机、四轮车这种车厢高的，大孩先上去，弄出一袋放在车厢边缘。老肥在车厢边等着，见袋子来了，她一哈腰，用手揪了袋子角，大孩双手捏袋，往她肩背处一放，她扛起就走了。到仓门口，将袋子铺放在磅上。卖粮人蹲在树荫里，夸老肥有劲，能当举重运动员，到奥运会上为国争银夺金，增光添彩。老肥一脸的得意，说："可惜岁数大了，练不成冠军了，否则老娘真不能在这遭洋罪。"

刚开始，除了感到背酸腿疼以外，银妮并不晓得这干活中还有花哨呢。

宝花不是与她搭档嘛，卸粮袋时，宝花让她上车去，将粮袋搬到车帮上。宝花却站在车帮边，等她将沉重的粮袋刚放上车帮，宝花在下边就柔声细语地说："放到我肩上。"银妮马上推粮袋到她肩背上，见她扛包而去，才抹把汗，喘口气，又去搬第二袋粮食上车帮，脑子里连弯都不拐。

她脑了不转弯，胳膊、膀子、腰累得可是要转弯了。她口干舌燥，刚想跳下车，去水桶那喝水，宝花风风火火过来了。赶得巧，她的奶水溢了，溢透了胸罩与汗褂。大孩过来，说："你喂孩子去吧，这里我对付。"她刚想问"合适吗"，大孩已推她下了车。

等她奶完孩子，树荫下的凉风渐渐把她麻木的脑子吹活泛了。她想，扛包可是累活，而递包是轻活，宝花为啥叫我递包，她去扛？大孩比谁都有劲，他为啥不去扛，而是在车上递，让老肥扛。

这问题一进入脑子，就觉得有些蹊跷。

不等她把这想明白，大孩便告诉了她。

她还没到车边，大孩喊了声老肥，叫她上去递给宝花。他去喝口水，顺便把一把磅上的麦袋垛，省得压摞不实，歪掉了再费二茬子劲。以前没有垛垛经验，真的干过这种倒霉事。这样，老肥和宝花自然而然地组上了队。老肥虽肥，爬车子时身手却很敏捷，一点不显笨拙。两扇大屁股一颠，已经坐在车厢的麦袋上，两手一使劲，一袋麦掀到车帮上，再送到宝花的肩膀上。

银妮见大孩回来，正欲上车，大孩说："别上了，磅上满了，等着进仓吧。"

他一句话，老肥也下来了，到桶边喝了水。尔后撩起衣襟，用毛巾往肚皮上抹了两下，跟了宝花到磅边立住。

磅上的麦袋垛了老高，比大孩都高出半头来。瞄上一眼，能猜出至少二三十袋。旁边的闲人不知如何垛成的，边吸烟边啧啧赞叹这一男三女的本事。也有人议论这时将拖鞋扔给光了脚板的老肥，说地上给太阳晒得烫皮燎肉的，她的脚板该不是打了马掌吧，恁不怕烫？

他们在人家称麦重量时稍稍喘了喘气。

大孩吸烟，她仨谁也不说话。

银妮看执磅人加着砣。老肥看脚下的几只搬弄死苍蝇的蚂蚁。只有宝花站着不老实，一只手叉了腰，另一只用毛巾在脸前悠着风，有意叫卖粮人瞅她的身条似的。她的身条的确不赖，该突的突，该凹的凹，在乡下女人中难得一见。有些男人边吸烟边议她，相互打探她的背景。他们只晓得，她男人前两年办养猪场，赔了个精光，跑得没了影儿。有男人说可惜了她，这种人品，不如再嫁个有钱的，省得扛包。也有人说她干这活可惜了，还不如当小姐呢。有的话，微风一吹，能星星散散送到宝花耳朵里。宝花自然听到了，但她面不改色，站不改姿，任那话被风吹远了去。

过完磅，新一轮扛包开始了。

他们的组合方式有了变化。人们发现，宝花到了袋垛边，为他们三人递袋子。她个子高，两手一扒，垛上的一袋应声而下，正好落在一个人的肩背处，这人扛起便进了仓库门。

这时人们才发现，他们四人，只有好看的宝花穿了塑料凉鞋，其余三人已经全将拖鞋脱在磅边，赤着脚扛包进仓去。有人踅到门边，朝里探看，想寻赤脚的因由。很快给找到了：从门口往里面的麦堆上，有一斜上的厚木板，扛包人进门踩木板上去，到上面的麦粒堆里，将麦袋打开，倒了去，再下来。如果穿了鞋，麦粒少不得钻进鞋窝里，扛包人就得脱鞋倒掉，不倒就硌脚，极不方便。还是光脚丫子利索。反正这也是扛包的最后一道程序了，弄完，又可以喘喘气，喝些水，穿上鞋再去卸车装磅。

没有人偷懒。宝花虽不愿将鞋子脱来脱去，但这种活儿比扛包重。

这是银妮以前不晓得的。

银妮很快晓得宝花不脱鞋的原因了。她扛最后一包时，不知是旁边那些卖粮吸烟的男人有意还是无意的，将一个没着完的烟蒂扔在了她的脚下，烫得她猛一抬脚，身体失了重心，一袋麦子掉在了仓门口，袋子绷裂了四五处口子，溅出许多麦粒来。她正想骂是谁看笑话时，老肥从仓里出来，提了空袋，也踩了一个着火的烟蒂。老肥一蹦三尺高，开始叫骂起来："没见到姑奶奶赤脚吗？幸亏姑奶奶没扛包，闪了腰谁负责？你们咋不把烟扔到你娘鞋里呀?!"旁边的男人们只管笑，将骂当了表扬一般。她指着他们："吸个啥，笑个啥，有能耐，赤脚过来，扛两包试试，啥玩意儿！"

银妮听着觉得很解气，就是自己骂，也没这解气。

大孩抱了个烂袋子，走向仓门，麦粒流水般跟着他的脚板洒。

银妮在仓里端出一塑料盆，又用扫帚扫了地上的麦粒，一捧一捧，弄进盆里，再端进仓库。

大孩掏了烟，散给那群男人，笑着说："可别再乱了，这仓门口可是防火的。如果谁打了电话，粮站的保安马上过来，不骂个老坟冒烟才怪呢。到那时，咱们都倒霉。"那群人中有人接话茬说："无意的，无意的，多多包涵。"

老肥吐了口唾沫，在脚板上抹了抹，仍骂骂咧咧。

银妮脚板也疼，也吐唾沫往那里抹了抹。

宝花嘴角挂着笑意，慢慢走往粮车，等人往她肩上递袋子。银妮看见了她的笑，心里咯噔一下子，不知道是什么滋味，赶紧停了涂抹，将盆送进仓里。她在闷热的仓内有意停留了一下，解下毛巾，撩起衣襟擦了擦胸前的奶与汗。仓里没有其他人。看仓人只在门口徘徊，很少进来，里面更闷热。

重新开始卸粮上磅时，大孩和银妮回来得晚了一步。老肥已经上了车，为宝花递袋，宝花已经扛了一包，上了磅。

大孩上了车，轻松地搬一袋到车帮上。他指着银妮说："过来,扛。”

银妮马上勾肩扛了那包,几步到了磅前,歪身子,将粮包压在磅上。

来回几趟,倒也轻松。大孩在车上朝她打了个响指,使个眼色,要她瞥一下老肥。她一下子明白了。强壮的老肥此刻正边喘边抹汗。这叫她看到装前一磅时的自己,也是为宝花递包,也是累呀。这才是花哨。扛包比起递包来,可要省力多了。包在肩背上,并不像想的那么沉,只是头勾得难受。而递包,累的是手、胳膊,一阵子下来,两膀生疼生疼不说,手指头抓包抓得刀割了一般难受。

宝花发觉了他对她的眼色,故意捏了腔调说:“哟,还是大伯哥关心弟媳妇呀!”老肥仰头看看,没明白。大孩从肚皮上搓下一个灰蛋蛋,弹在宝花胳膊上,笑道:“再胡说,小心我的‘仙丹’打进你嘴里。”宝花一努嘴,说:“恶心,谁愿理你们的事。”

这些话,是本地人都会的。拿大伯哥跟弟媳妇涮在一起,取笑人。但银妮的脸红了,心里疙疙瘩瘩的。大孩虽是远房的表兄,平时并没多少的话语,也不近。宝花的玩笑,让她难受了半天,让她想离开大孩。

傍晚时分,仓库关了门。院子里没了卖粮人,空敞起来。大孩将塑料桶中的水喝了精光,坐在磅上,边吸烟边点钱。三个女人站在他面前,像三个学生。树上的知了依旧嘶嘶哑哑地叫,此刻显得很刺耳。老肥有点儿急,说:“你能不能快点,我得回家做饭哩。”大孩说:“急个屁呀,早急二年,你该应奶奶了吧。”老肥说:“儿媳腆着肚呢,有母鸡还愁鸡蛋?你快点,我得做饭呢。”

小麦多少钱一斤,跟他们的工钱挂了钩。他们的工钱是按斤数算。一斤麦四厘钱,一百斤四角,一千斤四元,一万斤四十元。

银妮没想到,他们一天内竟然扛了三万多斤。每个人分了三十五元。这渗了汗的钱,沉甸甸的,还总是哗哗响。

大孩手里还有些零钱,他说这个不分了,明天买纯净水喝,刚好够一桶。

银妮不用做饭，晚饭已经做好，婆婆做的。

她一进院子，孩子挣脱婆婆，朝她怀里奔，也不嫌她一身刺鼻的汗腥，美美地吸了一顿饱奶，才仰头问："妈，你身上啥味？"银妮拍拍他的头说："钱味呀。"

孩子离开她老远，说："钱味好难闻哩。"

她说："长大了，你就晓得钱是好东西了。"

丈夫坐在矮桌边，吸着烟，盯着她看，一言不发。

她将钱递给婆婆后，便将浴盆端进堂屋里，又返回井台提水。关了房门，将自己身上的衣服全都脱下来，赤条条躺在浴盆里，任凉水浸着汗腥黏腻的身子。眼睛斜睨窗户上的光，令她有点眩晕。那炽热的阳光和一包包沉重的麦袋仍在眼前翻动着……

婆婆见她半天不出来，敲了敲门，问她要不要搓背。她一震，完全清醒过来：婆婆、丈夫还等着她喝晚汤呢，不能再耽搁了。她用双手撩着水，在身上搓动起来。骨头真的有点散架了。她躺在浴盆里，根本不想起身，只想好好睡一觉。

吃饭时，丈夫并不看她，不冷不热地抛一句："你若累，别干那活了。"她扒着饭，不理他，心想："不干当然好受，可钱从哪来？像人家那样，将刚收的麦子卖掉，换成哗哗作响的票子，点一点，也怪潇洒。可咱家麦子还得等等，等到明年春天涨价再卖，每斤可以多赚个二分三分的。"现在的价格，她真的舍不得去卖。

夜里她早早睡去。婆婆心疼她，抱了孩子到自己房中，为了让她好好休息，明天还得扛包呢。

她一倒床上便睡着了，没有像以前，为丈夫倒杯茶，让他吃药，并口口声声地重复着："四板桥的老医生可是从城关医院退休回来的，他说只要好好吃药，保证一年后治好腿疼脚疼，让你扔掉拐杖。"她像哄小孩一般哄他。

今夜丈夫喝药时觉得少了许多，他自己倒水，自己到抽屉里寻药。喝完药，靠在床头看起电视来。

电视节目没有结束，他已经犯了老毛病。

他开始脱她的小背心，又脱她的裤头。先是双手不老实，从胸脯朝下摸，摸到腿根处。她挣了一下，侧了身子，不想让他骚扰。但丈夫将她身子扳过来，平放好，他仿佛比健康人都麻利，一下子爬了上去。

她一点激情都没有，有的是干涩的撕痛。她在半梦半醒之中，一动不动，任丈夫折腾着。

第二天的扛包是从早上开始的。

她刚吃半个馍，大孩就骑了车子叮叮咣咣过来了。他没下车，叫她快去，有一车麦子等着呢。

她半饥着肚子干起了活儿。

老肥边扛包边摆理，骂儿媳蹬着鼻子上脸，昨晚跟她斗架，说挣的钱给了宝贝女儿。老肥女儿有小儿麻痹症，干不了重活，老肥有钱，总会偷偷塞给她。儿媳旁敲侧击，点着儿子的脑门说："人家怀孕可是又是鸡又是鱼又是牛奶的，我可没吃你家好东西，将来生出孩子缺了钙，成了小儿麻痹，你可别怨我，我可提醒你了。"老肥耳朵马上热了。她掏出一百元甩给儿子，说："明天买只鸡、买条鱼、买箱牛奶吧。"儿媳说："你挣钱不易，还是留着自己花吧，自己花不完，给闺女送些……"老肥忍不住了，说："你咋能说恁难听。"儿媳说："常香玉、申凤梅的戏好，你听不成了。刘德华、宋祖英的歌好，你也听不起啊！"老肥说："听成听不成，听起听不起都没事，我一个寡妇，就熬一个儿，有钱不给他，还舍得扔进水中？"儿媳说："扛了好多天了，才给一百块，亏你还说出这等话，甜蜜蜜的，蒙俺二百五还差不多……"

老肥生气，没吃早饭就来了。

这车麦包卸完，进了仓。老肥说："挣钱还不是为了花？不过了，老了谁也靠不住，吃到嘴里才是真的。"她骑了车，到四板桥的饭摊上买了四斤油条，让他们仨也吃。大孩摸出两块钱塞给她，说："不能白赚你的便宜，给你一斤的钱。"老肥没推辞。

看来大孩、宝花早饭也没吃好，这一斤油条很快吃完了。瞅瞅老肥的那二斤，也不剩余。

今天比昨天稍稍凉快，知了也没有昨天叫得刺耳。卖粮人却比昨天多了不少，一辆辆车相抵着，一群群人在院子里挤挤扛扛，熙熙攘攘。院子里的空气很快被汗味充塞了。

开饭馆就喜欢大肚汉。虽然累，但几个扛包人心里高兴。老肥的话比平时多了，不是感叹世风日下，就是骂儿子儿媳不孝。她没有上车递包，有空余时间跟卖粮人摆理。在车上递包的是大孩和宝花。老肥一走，两人在车上就笑话她，论说会说，论力有力，文的武的，老肥都能戗住儿媳，就是没本事戗住，还感天嚐地，真是笨蛋一个，草包一堆。

不说话的只有银妮。

幸亏脸色已经晒得通红，让人瞧不出她的痛苦。她那地方刺刺地痛，一走，两腿带动裤头，磨得那里非常难受。她咬牙忍着，仍然觉得双腿打战，不想移动。她心里恨着丈夫："人家医生都说叫你节制，你一点儿不节制，天天跟自己过不去，现在也跟我过不去了。"

她实在不愿走动了，干脆爬上车，叫宝花下去，她递。

宝花不推脱，立刻下去了。还顺便拍了大孩一下，说："你跟弟媳聊聊吧，我扛一会儿去。"

幸亏午后下了一阵暴雨，不然她都坚持不住了。暴雨一来，停了磅，卖粮纷纷用备好的塑料布遮住粮食，再躲到屋檐下。老肥和大孩骂起了鬼天气，让他们少挣了不少钱。宝花也不远去，站在屋檐下，随着谁手机上的彩铃，低声唱《老鼠爱大米》。

银妮心里猛一轻松，一块石头落了地，苍天有眼呀。她急忙跑去厕所，在那一角蹲下来，好好喘一会儿气。厕所里有舞动的苍蝇，有浓烈刺鼻的臭气，但她此刻已不愿起身。瞅瞅没人，她开始仔细看下体，是不是有了损伤。

等好受一些，她赶紧跑回家，说是奶孩子，其实为了下体的事。她弄了热水，放了盐，关了屋门，洗了起来。

暴雨直到黄昏才停，她也睡到了黄昏。这样自然蓄出精神头来,晚上为丈夫倒水,看他喝药,然后跟他一块儿靠在床上看电视。丈夫一伸手,她会意地解去内衣,跟他缠在了一起。事后,她拍拍丈夫:“以后咱节制点。”丈夫鼾声已起。

第三天的活儿自然多了。耽误了一下午,聚了不少头天的车辆。

但银妮已经恢复了些,不停歇地扛,并不觉得太累。由于人多,乱糟糟的,大家也不再多话。老肥跟儿媳的那股气平缓了,不再感天喟地。大孩跟宝花也不再说笑话,只顾忙活计。不同的是,宝花一直在低低地哼唱着什么流行歌。相同的是,四人都用毛巾不住地揩着汗身子、汗脸。

午饭仍是婆婆送来的。婆婆一手拄杖,一手牵孩子,饭盒子装在食品袋里,挂在她拄杖手的指头上,随她的走动而晃荡。

她脱掉一只拖鞋,垫在屁股下坐下来,敞了半怀。孩子钻进怀里,寻到奶子吮起来。她则飞快地扒着饭。她扒完时,儿子仍没吃饱。她嚼动着,瞧一眼院子里的卖粮人,他们很多人显出焦急来,因为西南方向又飞来一块厚厚的黑云彩。“暴雨三后晌”,他们担心再下雨。咽完饭,她想,还是扛包轻松,只管扛,什么心都不操,比不得他们,一会儿看一下天,一会儿到磅前,数一数排队的人数,催催过磅人。

没有下雨,天却又闷又热,一丝风都没有。

在这个大院里,你能轻易闻见各种汗味,尤其是那些浓烈的狐臭味。知了的叫声低沉而压抑,仿佛有绳子勒了脖子一般。

黄昏时,一阵大风,院子里沙尘四起,凉爽异常,但是已经没了粮车,院子空敞下来。

他们几个点钱分时,看到另一个仓门口也有几个人在点钱分。原来粮站的头儿担心下雨,扛不完粮包,打电话又找了几个外面的人,都是男人,个个矮墩墩的,一看就是扛包的好料。

大孩发完钱,弹飞烟蒂,指指那几人,说:“大家都看见了,来了抢食的,明天咱得更下劲,不用扬鞭自奋蹄,都回家养精神去吧,明天老早来，别叫我通知了，别跟钱过不去。”

晚饭后，外边已暗。她关上大门，将浴盆提到水池边，打了半盆凉水，躺进去，身子一下子软了，再也不想出来。连太阳穴都突突跳着痛。今天挣了五十多元，明显比前两天累得很。

婆婆已哄睡了儿子，过来轻声问她：“我帮你搓搓背，中不中？”

她仰起脖子，说：“不用不用，我自己来，你照顾孩子去吧。”

屋子里传出来武打片的厮杀声。她爱看武打片，但现在真的不想看，只想找床、找枕头睡去。

她睡在床上，丈夫拂了一把她的大腿，木木的。丈夫说：“身子真好，真光滑。”她哼了一声，便睡去了。

丈夫关了电视，开始抚摸她。她没反应。

丈夫下床倒了水，又从抽屉里寻出药，喝掉。

婆婆从另一间屋子里轻轻喊了丈夫的小名，说累了一天，该睡觉了。

丈夫小她三岁，两人有远亲的。当初恋爱时，丈夫还喊过她“表姐”。俩人结婚好几年，没有孩子，他们表面平静，心里都在打鼓，莫不是因为有血亲？终于有了孩子，孩子身子弱，容易头疼发热，她又暗自打鼓，莫不是因为有血亲？但她爱丈夫，丈夫也爱她。丈夫生病以后，脾气有点怪，她都谅解他，像姐姐谦让弟弟一样。

丈夫开始抚摸她的身子，依旧从上往下，不过，手到脐下，突然停了。

她侧了身子，肩膀、脊背、大腿，没一处不疼的。加上灯光有点亮，闭着眼，半梦半醒中的她，眼也酸痛，开始流泪了。她晓得，丈夫又该折腾她了。

可是丈夫没有脱她的背心和裤头，而是为她揉起了肩，又揉起了背，再平放了她，为她揉起了双腿、双脚，尤其是脚心和脚趾。

他关了灯，在她身边睡下，还背对着她，有意让她放心似的。

她翻了下身，突然觉得少了点什么，但很快就沉沉睡去。

雾 烟 颂

干了一上午的活儿，还雇了四个女人为我掰玉米棒子。我呢，又是拉玉米棒子，又是拉大豆秧子，总算挽了个疙瘩，累得真够呛啊。日头早偏了西，我在院子里喝了一瓶啤酒，喘了口长气，起身进了灶屋，拧开煤气灶，给自己下了碗鸡蛋方便面，蹲在门口刚吃了两口，玉新女人就来了——这是她第三次来找我。她没有靠上来，而是静静倚在院中的椿树下。两眼恍惚的我以为是帮我干活的堂兄土堆呢。我头也不抬地说："堆哥，快来喝点啤酒吧，咱俩还客气啥。"那影子没吱声，我才细看。哎哟，我的头一下子就大了。怎么又是她呀?！我马上低了头扒饭，本来香喷喷的饭突然寡淡无味了。

她说："道生，那个事都掰扯个把月了，你该有主意了吧？"

我没接她的话，心里说："我有个屁主意，你净是瞎掰扯。"

她说："我来这儿叫旋耕机的，顺道过来问问你。咱们村搭村的，哪有多远的人？你们砸了俺的东西，锅、碗、窗玻璃就算了，那煤气灶该赔吧？煤气罐该还吧？"

我说："你说的什么，我全不晓得。"

她也不急，说："道生，你可不能这样说呀。我知道那群人为你去的，不然他们咋会说替你出气呢？你不能抱着葫芦不开瓢呀！"

我继续低头吃饭。偶尔抬头，边嚼饭边看天，顺势瞥瞥她。

她就倚在椿树下，距我六米远近，花白的头发在风中抖动着。她穿了一身灰衣服，可能是干活多，没顾上洗的缘故，上下灰蒙蒙的。光从衣着上，一时分不出性别，倒像只硕大的灰老鼠，在啃椿树皮的样子。

我心说："我开个屁，那事跟我啥关系没有。别说赔偿，你来说说，我就不乐意。”第一次她来，刘磊女人陪着，我给她一口锅，纯粹出于同情和刘磊女人的面子。

见她不走，我说：“我老爹在医院里，我马上就走，我现在想分成俩人，一个在医院，一个在家收拾庄稼。你有什么事，找政府去吧！”

她说：“咱们私了不好吗？”

我跳起来呵斥道：“跟我八竿子打不着的事，我私了个屁呀！你该报案就报案吧，你脖子上不是挂个手机吗？直接打 110 就是了。”我指指屋檐下成袋成袋的玉米棒子，说：“我得锁门了。”那女人没有赖着不走。但她在胡同里犹豫着，看着两边的屋墙，没有走开的意思。我推出电动车，锁了门，开了出去。经过她身边时，我闻见了她头发里的浓浓汗腥。

村外的雾烟浓了起来。田野里的秸秆都在一堆堆燃烧着，发出噼噼啪啪的响声。我深吸了几口雾烟，觉得不过瘾，又点上一支烟猛吸着，心里乱极了。只觉得千头万绪，剪不断理还乱，泪水涌眶而出。我不想流泪都不中。浓密的白色雾烟劈面而来，呛得我鼻子发涩，嗓子发燥，眼珠发硬，禁不住泪流满面。

好在浓烈的雾烟中，人人都在流泪，谁也不会注意我。

下午三时，我开了电动摩托从村子奔往县城。双肩让车把抖着，有点痛。这几天的农活还真是累人啊！我想起我娘拍我左肩时的话：“你是个爷们，记住你女人的恶心事。”又想起瞎大娘拍我右肩时的话：“将你女人的恶心事全都忘掉吧。”可我哪里能都忘得掉？！

这条路除了柏油路段就是水泥路段，没有一步土路。路两边是广袤的黄泛区大平原。路上人车不多，我顺利地奔向医院。

在医院里，我跟大哥在外吸烟时，将这烦心的事告诉了他。大哥笑了，说：“你干的啥事啊，怎会找人砸人家的东西呢？这事可不地道。”我赶紧解释：“那不是我的主意，是土堆几个干的，事前我不知道。”大哥说：“冤有头债有主，要寻仇，找玉新呀。”我说：“谁知道那货哪去了。”大哥想了想，说：“人家没告你，便宜啦！这事还真不好掰扯，只能抱着葫芦不开瓢了。”我俩都笑了。

刚轻松一下，倒掉老爹的便壶，儿子的老师给我打电话，说：“杜道生呀，你儿子从教学楼上掉了下来，你能不能到乡医院来一趟？”

便壶掉在了地上，发出极响的声音。旁边的护士问我怎么啦，我木木地说没事。捡起便壶，我深吸了一口烟，提醒自己冷静下来。还是人家老师会说话，绵里藏针，我儿子摔伤了，我再忙也得去看看呀。我赶紧问他伤得重不重。他说：“不太重，要不要让孩子接电话？”我听到儿子的声音了，他说：“爸我没事，你看好爷爷就行了……”本是秋收季节，该喜悦才是，我却有点悲催。我的女人跟人跑了。老爹帮我秋收，摔伤住在县医院里。如今，儿子又从教学楼上掉下来，住在镇医院里。我——够倒霉的吧。不过，你们千万不要同情我，那样我会受不了的。因为自从我娘去世以后，三年来我的眼窝不知怎么搞的，变得越来越浅，一听到别人充满同情的腔调，泪水像戳了腚的乌龟一般朝外爬。一个泪流满面的五尺男人多么没有面子啊！

花坛里的月季花开着，廊边的树叶在风中响着，偶尔落下一两片来。县医院的门楼依旧那样的高大伟岸，反射着太阳光。虽是下午四时，楼门口依旧有不少晃动的身影，还有一波一波的说话声。真是河里没鱼市上见。别看我们村里没剩多少人了，也没见过住院的病人，可医院里人来人往，每个病房都没有空床位。我曾嫌老爹的病房和床号不吉利，要求他们给调换调换，那护士樱桃小口半张着，微笑着说：“你在病房楼里找找，找到了空床我马上调换。”老爹是 14 号房，44 号床。我一瞅见心里就像驴踢了一下那样别扭。经她一说，一下子开朗了，原来倒霉的人有的是。都爱说有啥别有病，没啥别没钱。这满楼的病人以及家属，一个个灰头土脸的。人逢喜事才精神爽嘛。那以后我再没提换房换床的事。谁知道大哥二哥回来时，二哥没有先问老爹的病况，而是说这房号与床号不好。老爹可能听到了我求人换房的事，马上像递烟一样递给二哥一句话：“我今年 68 岁，数字吉利吧，本该又顺又发的，哪想到有此一灾，差点交代了老命。”我看到二哥的嘴唇抽搐了两下才笑了出来说：“爹，大难不死，必有后福。”二哥不愧是直销高手，真会应付场面呀。

儿子这事，我没告诉老爹，只悄悄告诉了大哥。大哥是厚道人，想跟我一块儿去看儿子，我没同意：“爹床前离不了人。”大哥拍拍我的肩：“你要冷静啊。”我点点头。

我真的冷静了下来，将车子开得四平八稳的。在城里，我看见好多人戴了眼镜和口罩，心里止不住发笑：这点雾烟算什么，值得去护眼捂嘴？值得戴驴暗眼和笼头吗？现在雾烟扑眼刺鼻，我觉得他们爱惜自己的生命，做得有道理，会活。

雾烟来自原野，阡陌之上，秋收秋耕的机器声遮掩不了玉米秸燃烧的噼啪声。当然，还有那些燃着的麦秸垛。麦收时上面不让烧，乡里的宣传车抓贼般地巡回游动，喇叭一会儿放段轻松的流行歌曲，一会儿一本正经地宣读禁烧条令。谁烧谁挨重罚，没有谁跟钱过不去，大伙甚至在有麦秸的地方不敢吸烟。大批麦秸只得就地垛垛，一个个坟包般地撒在田野里。加上如今的村民烧地锅的很少，它们兀立在那里经受着一夏半秋的雨淋风吹。垛里进了水，长时间蕴藏着黏湿，垛心坏了，沤成了湿湿的一团糟。现在急着耕地，谁都不想让它们占着茅坑不拉屎，只有烧掉。它们起不了大火头，只会慢慢熬着火，冒着黏稠的烟，污染空气。

我并不讨厌这气味。一是这种气味与炊烟味相同。二是它叫众人流泪。这样，我的流泪变得合情合理，不再难堪了。若是父亲和儿子问我怎么流泪了，我可以堂而皇之地回答“雾烟太厉害”。但我说喜欢它，一定有人说我变态，非挨板砖不行。

这可能是我小时候烧地锅太多，练成了。

兄弟三人，数我烧锅最多。我烧锅之前，是老爹烧。我娘光做饭不烧锅。二哥偶尔客串一回两回的。那种烟熏火燎的滋味，那种一手拉风箱，一手塞柴草的动作，到现在都忘不了。说起来这也是命中注定。我娘生我之前生了四个男孩，成了俩，待到生我时，她想生个闺女，却生了我这个带把的。而且是倒生，出生时就跟她过不去。我的名字就这么来的：杜道生。烧锅不是什么好活，但我并不怨愤。村民好说，老小老小，锅门前边找。老小就该鼻涕一把泪一把地烧锅。那时我最羡慕大哥，我知道谁是老大，什么荣光呀关爱呀庇护呀全会降到他头上。如果老大是个女孩，那可就另当别论。我们这儿有句俗话："老大闺女是丫头，大儿媳妇领墒牛。"男尊女卑嘛。

眼前的雾烟比那时的炊烟味更呛人、更刺眼。

我不住地掸着泪。到了村外，忘不了朝我娘乌黑的坟头瞅上几眼，心里酸酸的。我许久没有烧过地锅了，更没有在老娘唠叨声中烧了。如今一想，少了许多啊！那时无奈的事现在却生出一种柔软的温馨来。人到中年，有时候发愣，真想让老娘敲过来一擀面杖。但那是不可能了，娘的坟头浑圆而发黑，擀面杖却又白又细长，联系不上了。

摩托车一下子开到院门口，远房堂兄土堆哥过来问我爹的病情，又递我一支烟，问犁地不犁。我吸两口，摇摇头，说："顾不过来，老爹还没出院，儿子又摔伤了。"土堆哥了解我的脾气，没有大惊小怪地发出同情的声音。

他静静地看着我换了身新衣服，帮我接了盆水，指指我的脸与脖子，我会意地洗了脸和脖子。然后又梳了几下头发。

在大门口，他拍了我一下，说："道生，缺钱了言声一下。"他顺手推了一下我的车屁股，车子呜一声飞向了官路。

之所以先换身衣服，整理整理自己，主要是怕给儿子丢人。咱也是经常进城打工挣钱的人，虽不是什么大款，几件好衣裳还是有的。这样去见儿子的老师，人家自然不会小瞧咱，至少不会说咱是土鳖二百五吧。尽管我个子不高，也显瘦削，但稍一打扮，也有几分的洋气。到了乡医院门口，我还买盒好点的香烟，准备敬给老师和医生。真的，我想得最多的是不给儿子丢脸，并不太担心儿子的伤势。

我很冷静地递给老师一支烟,然后才朝儿子看了一眼。儿子用没有扎针的那只手朝我挥了一下,我竖起拇指朝他画了一下。我没有像其他人那样热急火燎地扑过去问儿子伤势,以至于老师都说我有大将风度。我笑笑,说:“碰到这种事,急也没有用,一切有医生安排呢,咱来这儿,只是给孩子精神鼓励。”那老师马上敬我一支烟,夸我的素质高,遇到大事有静气。我连连摇头:“谁让咱摊着这一篇呢,只能硬着头皮念下去。”

这老师是儿子的班主任,说学校那边事多。我让他回学校,别耽误了上课。送他到医院门口,他握了我的手说:“考虑到你家的特殊情况,明天我让其他老师来帮你照顾孩子。”没等我推辞,他说:“你家情况其他同学已给我说过了。”

回到病床,先将儿子查看了一遍。儿子的一条腿已打上了石膏,另一条腿上擦掉了不少皮,有乌血渗出来。我说:“乖,你真坚强,没有哭叫,你爷爷摔伤,在医院里嚎了半夜呢。”儿子眨眨眼,说:“不怎么疼。”我赶紧抓起床头柜上的香蕉,剥了一根送到他嘴边。儿子说中午放学时摔的,好几个老师还有一群同学将他送来的,用一个行军床抬的。他一声都没哭。

趁他吃香蕉,我扫了一下病房号与病床号:3 号房 6 号床。我心里更加舒展了。这两个号码我喜欢,吉利,先顺嘛。儿子肯定会很快好起来的。闹不好他出院了,老爹还不一定能出呢。

屋子里来苏水味很浓,也有些热,我脱去外衣,推了窗朝外望去。窗外有几棵泡桐树,正在落着叶子。远处是田野,田野里弥漫着灰白的雾烟,这时的黄泛区田野没了长秆庄稼,本该一望无际,一马平川,但却给雾烟弄得朦朦胧胧睡不醒的样儿。雾烟里,有旋耕机和人走动的影子。影子有点发虚,发飘,像是假的。

半个月里,我们家摔伤了两个人,一老一少。夹在中间的我叹了口气,这到底是怎么啦?倒霉事怎么就瞄上了我家?

儿子听到了我的叹息,喊了我一声。我过来,坐在他床边。儿子说:“爸,医生说没事的。”他在宽慰我呀。这孩子不但成绩好,也很懂事。可伤筋断骨一百天,耽误了学习是大事。这孩子是我的骄傲，在外人面前，我几乎没喊过他的名字，总是喊他“大学坯子”。

我有两个孩子，大儿子十八了，已经去南方打了两年工。他跟我一样，不喜读书，初中都没毕业。我家的希望寄托在了这个“大学坯子”的身上。在城里也混了恁多年，打了不少的工种，我算真正明白了，只有知识才能改变命运。我这辈子除了多挣点钱，为儿子做做铺路石，基本上完蛋了。

这种话，这一段跟堂兄土堆喝酒时，噌噌往外冒，几乎全都倒给他了。尤其前天晚上，倒得最干净、最痛快。

土堆虽是条光棍，五十出头的他这辈子恐怕也不会有女人了。他因为瞎眼老娘而出不了村，只好窝在村子里。但他过得还滋润，几乎天天喝点小酒，没有一丝的沮丧情绪。我那几亩秋庄稼、玉米与豆子，如果没有他帮忙，可能还有些烂在地里。他在村里干活，帮人打除草剂，帮人收割耕种，农闲时跟人家搭帮盖房子，手里也不紧巴。我请他喝酒，他还抢着付钱，舌头发硬地说：“道生兄弟，只有跟你喝酒，我才醉，平时我可只喝二两的。一碰上你，就超标了。”我扶他回家，说：“喝酒不醉没意思，还不如喝羊肉汤哩。”他说：“我不能醉，老娘要骂的。”我拉他到我家先喝点茶，醒酒了再回家。我们喝茶时，整个院子静悄悄的，只有他家的花猫在墙头上，偶尔叫一声。我把什么话都竹筒倒豆子一般倒给了他。但我忘记了，小儿子正在另一间房里写作业，什么都听去了。我说的委屈是女人跟人家私奔，骂的是女人太贱，将我与大儿挣的钱倒贴给了玉新。我一吐为快，忘记了她是儿子的娘。

为什么这样呢？我也是最近才跟土堆玩到一块儿的，为什么对他这般信任？我自己都不明白。

在城里打工时，我可是少言寡语，说出的话唯恐人家不高兴，在肚子里和面一般颠倒几回才吐出一半来。入秋以来，因为女人跑了，我不得不留在村里，照顾小儿子。村里最热闹的是桥头，那儿有刘磊的商店与小饭馆，很多人在那里打麻将、打扑克。当然多是些老年人和女人，我爹有时也去，但他不赌，哪怕是一角二角的他都不赌。我打麻将，小赌无输赢，权当消磨时光了。土堆跟我想法差不多。别看是同宗的兄弟，因为不同岁茬，平时聊得少，走得并不近。这一打牌，我俩竟成了好朋友。晚上没事，总是他请我我请他的，弄几杯晕晕。虽喝了酒，我俩谁都不发酒疯。好几次，他都拍着我的肩说："兄弟，想开点，别叫女人闹了心。你哥我光棍一条，还不照样有吃有喝，日子过得不比人家少一个角少一个棱嘛。"这是肺腑之言呀！如果不是夜色掩护，我的泪光肯定会被他发现。尽管如此，我还是高兴的。

当然，最叫我扬眉吐气的是，土堆他们砸了玉新——我女人的野男人——的家。事后我虽然花钱请了客，但我心花怒放，钱花得值啊！

谈到女人，土堆有自己的一套理论。他说："这世上本来就男多女少，咱打光棍，支援别人了，是学雷锋，是积德行善哩。"

可我毕竟不同，不像他是"原装"处男，劝得再好，我心里总少不了疙疙瘩瘩的，干净不下来。

我爹看出了我的沮丧，悄悄告诉我："跟土堆多玩些，没有错。多往他家去点儿，他娘眼虽瞎，心里啥都明白。"我明白他的意思，有那么几次我正做午饭，老爹进来了，帮我淘米择菜。看得出，他想说几句安慰我的话，因为儿子在旁边，他什么都没说，问儿子几句功课难不难、学校严不严的多余话，悄然而去。他想让土堆的乐观感染感染我，驱散我心头的阴云。可怜天下父母心哪！

我去过土堆家几次，土堆家的房子早该翻修了，上面的瓦缝里射下一束束的光线。土堆说不漏雨，瓦上面蒙了一层塑料布。他家里收拾得干净，显得也宽敞。但屋里的气味我受不了。他娘每天至少焚三遍香，这些香的质量低劣，跟大寺院的没法比，闻起来刺鼻顶嗓子。靠后墙的供桌上有三尊佛像，佛像前放了一盘橘子，一盘糖果。我坐了一会儿，光咳嗽，只好到院子里。我问土堆娘："大娘呀，这气味你受得了吗？"她说："你这孩子，佛祖享受的气味有啥难闻的。噢对了，你是俗人。"我看到屋子里丝丝游动的白烟，有点迷茫，不知如何说话，怕伤了佛祖。土堆递了烟，朝我递个眼色，我们不说话了。

她问："道生，你晚上睡觉好吗？"

我说："好。因为晚上多喝了几杯，脑子晕乎乎的，一沾床就睡着了。"

她说："男人心要宽敞，忍字高呀。"

我说："只是半夜醒来，得好长时间睡不着，在床上翻来覆去，跟驴打滚儿差不多。"

土堆嘿嘿笑，将半截烟吐到了地上，指着我说："兄弟成了赵本山了。"

他娘一点儿也没笑。等土堆不笑了，捡起地上的半截烟重新栽在嘴上，她才轻咳一声，说："道生呀，我教你个法儿，保管不叫你再翻烙饼，不知你愿不愿意要。"

我连说要，这法儿能治失眠，我当然要。

她一说我就傻眼了。

原来她叫我念《大悲咒》和《心经》。《心经》吧，因为我去过相国寺，听讲解员们讲起过，什么"色不异空，空不异色，色即是空，空即是色"的。《大悲咒》没有听过，一听名字，就有点悲凉。老太太一张口就把我镇住了："南无喝啰怛那哆啰夜耶，南无阿唎耶……"我根本没有分辨出字音来，也许她背得太快了，光听到嗡嗡的一阵响。等她诵了一段停下来，我说："大娘，您是老神仙，别难为我了，上学时我就怕背课文，背英语单词，您说的这个比那还难哩。"老太太合掌念一声"阿弥陀佛"，连说："佛缘佛缘，一切靠缘，你若想学一点不难，我一个字都不识，还是瞎子，都能学会，你咋就怕难呢。土堆，你把那两本红皮书拿出来，叫道生看看。"

我朝土堆摆摆手，问他："老太太是怎么学会的？"他说："西村的老姨会，教她的，书也是老姨送的。刚开始老娘记不住，半夜里还喊醒我，翻书念给她听。你不知道，那些字，有的我也不认得，只好秀才认字读半边，奇怪的是，我一读错，老娘马上纠正我。"

"这么说，你也信佛？也会那个？"我问。

他摆摆手，扭头瞅瞅屋里的老太太，说："反正咱也没心没肺，人家有难事我帮忙，也不把事闷在心里，跟信佛的也差不了多少，四大皆空吧。”

从他家出来以后，我就没去过他家了，怕老太太问我话。说实话，作为男人，不少根不少梢的，女人跟人跑了，这事别说本村，就是整个黄泛区恐怕都晓得了。我非常害怕人家像土堆娘这样，变着法地安慰我。他们不安慰我，我心里似乎还平静一些。他们一安慰，我的头轰一声涨大了，眼前一模糊，面颊上落下两道湿热来……

儿子突然流起了眼泪。两串泪一下子冲到了下巴尖。

我连忙给他擦，问他："是不是疼得难受，真撑不住就哭吧，医院里不怕有人哭。反正咱这房里没其他人，你就大声哭出来吧。"

儿子反而不流泪了。他眨了眨红红的双眼，盯着我。我装作为他掖被子，避开了他的目光。真的，这些天，我想得最多的是自己的失败与倒霉。作为丈夫，女人跟人跑了。她若跟的是陌生人或者大款，也就算了。她所跟的玉新是我的小学同学，没有钱，在刘磊的砖窑上垛砖头的。而我的女人是往那里送坯子的。他俩勾搭成奸，刘磊该知道的。他为什么不提醒我一下？要知道，原先我们仨关系最铁，我的大儿还认刘磊作干爸。我的手机号一换，总是先告诉刘磊和玉新的。刘磊有了钱，他就瞧不起我了。玉新给我戴绿帽子，他刘磊知道，为什么不管不问？至少也该告我一声吧。这不是秃子头上的虱子，明摆着看我笑话！看我丢人现眼吗？……我真的不敢与人对视，哪怕是此刻躺在病床上弱小如兔的儿子。

"你想问什么？"我看出他有心事，想问我东西。我知道有些事不能回避的，他已十三岁了，现在的孩子都早熟。

"我想妈了。"儿子眨眨红红的眼，说话时他没有再盯着我。他说："我想叫你给妈妈打个电话。"

我明白了，原来前天晚上与土堆说的话他全听到了，一定是那些话触动了他。但我真的不想给那女人打电话。

前天中午我在县医院照顾老爹时，二哥请几个医生和护士吃饭，让我和大哥作陪，大哥不去，我去了。路上还在想还是二哥会办事，请人家的客，人家自然对老爹倾斜一点政策，老爹会恢复得快一些。到了才知道不是这回事。二哥直销化妆品，跟这几人有了业务联系，人家帮了他的忙，让他做成了一笔生意，他酬谢人家的。我的心马上起了酸液，大哥二哥一同回来的，大哥天天守在床前，二哥呢，站一会儿就溜走，原来跟人家弄直销去了。情绪一低迷，喝酒也不对劲，有点高了。是二哥把我扶到老爹床前的。路上他说了我很多，无非是叫我找女人回来的话，我一声不吭。坐在病床前，我接过大哥递来的一支烟，刚吸两口，大哥也叫我给女人打电话，就说爹摔伤了，叫她回来看看。我真的打了电话，我按了手机的免提键，彩铃声全病房都听得清清楚楚，那是周杰伦的《青花瓷》。这娘们也学会时髦了。我一听就怒火中烧。老爹挥着手，示意我好好说话，别光上火，上火解决不了问题。

女人的声音斩钉截铁："你还打我电话干吗？你的拳头还没打死我吗?!"

我压了火气，平心静气地说："咱爹帮咱秋收，摔伤住在医院里，想叫你回来。"你猜那女人怎么说？她说："有难事想到了俺，没事时只会打俺。"不等我解释，她已经挂掉了。她的话让我想到黄泛区一句老话，叫"下雨天打老婆，闲着也是闲着"。但我打她与这种说法完全不同。这种说法现在也过时了，如今娶个女人不容易，谁还敢像消遣一样打她呢？女人已经翻身了，我算服了气。

半天我才合上手机，朝他们三人苦笑一下，说："你们都听到了吧，她不回来，我再妥协都没用。她只记得我打她，却忘记了她先用碗砸了我，幸亏我一歪头，砸在肩膀上，否则我的脑袋非缝上几针不可。""我们打架时你也看见了。"我对爹说。老爹叹了口气，说："会打人的打屁股，谁叫你打得不是地方呢。"我又苦笑，啥都不说了，我那时确实急了，打架已找不到该打的地方，没想到一拳头杵在了她的胸上，那女人当下就趴下了，把手中的圆头锹扔在了一边，将枣树皮铲掉了一大块。

下午我回到村里，准备割剩下几分地的豆子时，玉新女人第二次来了。

这回她还领了个小女孩。小女孩秀秀气气的，一眼便能看出，像她的大女儿。她的大女儿刚开始与刘磊家大儿子定了亲，她还来过刘磊商店多次。不用问，眼前的小女孩是玉新的外孙女。我吃了一惊，咋能叫小孩子知道这事呢？这时刚好我儿子写完作业，我给了他五块钱，指指小女孩，让他领妹妹去买糖葫芦。儿子瞅瞅玉新女人，很明白地牵了小女孩出了门。看着他们如同兄妹的样子，我的心揪了一下。我们这拨人中，玉新结婚早，我结得晚，结果小儿子和他的孙子辈差不多。他们一走，我责怪那女人："你咋能叫小孩子知道这事呢？"

女人说："她根本不知道。我接她下学的，顺便过来见见你。你看，俺家的损失那事……"

不等她说完，我赶紧摆手，说："那事我真的不知道，跟我没半点关系。你不能这样强按我的头皮呀。你叫人欺负，我深表同情，给了个锅，但你不能认定是我干的吧。你想想，我天天忙得蹄爪闲不住，忙了田里忙家里，顾得上给人使坏吗？"

她等我说完，半眯着眼缓缓地说："道生，我知道你不是个是非人，你若是恶人，你女人也不敢那样了。但这事确实是你的人干的。他们虽都戴了眼镜，可他们边砸东西边说'给道生个公道呀'。咱这一片，叫道生的就你一个。另外，也只有俺家臭男人与你女人勾搭吧……"

我的心被她的话一次次刺痛，头也大了许多。在许多热闹的场合里，只要人家一讲到"相好""通奸"之类，我会马上心揪着痛。特别是人家跟我开玩笑，说我的小儿子不仿我时，我的心抖得厉害，只想与人拼命。这些话题，我躲都躲不及啊！

现在玉新女人说了这个，我无言以对，双腿打战，干脆蹲了下来，靠在椿树根上，吸上了烟。我心里埋怨土堆这帮人，真是闲得蛋疼了才去干这种事，你们干得痛快，却叫我坐上了个大萝卜。当然，我当时也是得意忘形，请他们喝了一场酒，出了口闷气。我想报复那对狗男女，但我又不想家庭分崩离析啊！因此我是不会承认跟这事有牵连的。他们砸时，我正在家里睡大觉，根本不知道。那天我看人家打麻将，觉得没意思，到土堆家，听老太太念了会儿经，觉得头蒙，就回家睡了，做梦也没想到他们干了那事。如果他们把那小子痛打一顿，那才叫解气呢！

我竟不知道那女人什么时候走的。

我擦擦脑门上的汗，赶紧去割豆子。

割豆子时免不了豆夹刺手，但我并不觉痛。身前身后浓郁的雾烟使县城的空气又刺鼻又呛嗓子的，但此刻的我晕晕的，竟没了感觉，只一门心思割豆子。别人家的已割完了，我是因为伺候老爹耽误了。等快割到地头，小儿子喊我、喊土堆大爷时，我才发现土堆在另一头帮我割。恍过神来，我忙给他敬烟，又叫儿子去买两瓶啤酒来。如果没有他帮忙，割到星星出来都未必割完。我们用牙啃开瓶盖，嘟嘟灌下啤酒，然后土堆拉他的架车，我拉自家的架车，将豆棵拉到了村口的空场里。卸完豆棵，望着头顶几颗闪烁的星星，我才长舒了一口气。这时我已经很困了，上下眼皮直打架。但我还是拉着土堆到家里吃饭。我买了豆腐皮、花生米、两个猪蹄子，又拍了个黄瓜，拎两瓶白酒。我俩在屋檐下喝酒，儿子在旁边吃了点东西回屋做作业了。土堆家的花猫过来吃剩下的骨头。因为中午的酒劲儿垫了底，我已喝不过他了，但我强撑着。半斤酒下肚，我把白天的事统统倒了出来，骂女人没良心，不接电话，不回来分担责任……土堆见我喝多了，便先回家了。

没想到我说的话让儿子全听到了。如今他说想妈，还不是想趁机给我俩牵牵线嘛。孩子有时比红娘还红娘呢。电视里不是说孩子是夫妻的纽带嘛。

我拿出手机，朝儿子晃一下，说："这就给你妈拨电话。"其实哪里用拨，手机里存着她的号呢。那手机还是我给她买的，二百元，二手货，又新又是名牌，她很喜欢的。

不巧的是，周杰伦的歌还没唱，我的手机没电了，只好朝儿子又晃晃，关键时刻掉链子。

儿子要过手机，抚摸了一会儿，摁摁键，说："没事，明儿再打。"

我点点头，接过手机别进腰间的皮套里，仰头盯上星空。

儿子问："爷爷好些了吗？"

我说："好些了，有你大伯二伯看着，不会有事。"这一刻我有些感动：这孩子，自己摔成了这样，还想着爷爷。我在厕所里，泪水与尿水同时泻下，哗哗的声音让我渐渐平静下来。

这天班主任偷空拉我到僻静处，谈了儿子近来的状况，吓了我一身的冷汗。

老师先说了几句套话，家庭矛盾不要影响到孩子，等等。然后话锋一转，说儿子近来精神有点反常，没掉下楼之前，有人发现他好几次走到那断栏处停下来，用脚踢断栏，目光朝楼下看。这次由三楼的断栏上掉下来，当然是因为放学时人挤，但他是不是有难言之隐，想自杀呀？也幸亏学校的地面没有硬化，否则摔成什么样可就难说了……我不晓得老师什么时候走的。我一个人在那里站了半天，看着那几朵鲜艳的菊花上飞动的嗡嗡叫的蜜蜂，我的脑子一直在嗡嗡作响。等我冷静过来，望着瓷白的病房楼上有点恍惚的红字，才晓得这院里也涌来了许多雾烟。我咳嗽几下，暗暗骂那臭娘们，都怪她太过分，不但不顾孩子，临走还卖掉二十袋麦子。只想自己，不顾别人。但我马上唏嘘几下，如果真像老师说的，儿子万一出了大事，那可要后悔一辈子了。养活孩子不容易啊！这孩子是二胎，我们本想捞个闺女，没能如愿。人家领导不管这，又让结扎又要罚款的，我自告奋勇去结扎，骟了干净。女人不干。她还是心疼我，说男人一扎，跟太监差不多，还是她去挨了一刀。至今她肚皮上还有个三角疤痕。

我到病房里，见老师正跟儿子说笑着。他们才像一对父子呀！

等到儿子的吊针挂上，老师起了身。我送他到医院门口，他拦住我，要我与孩子好好沟通一下，与孩子妈好好沟通一下，快点解决家庭矛盾，别让孩子心里有阴影，戴着镣铐跳舞是跳不好的。掂量一下，孩子的前途更重要哇。

他的话没错，将心比心，如果自己跟儿子换换个儿，会怎样？

小时候，每逢父母打架，母亲坐在榆树下哭泣，不做饭；父亲躺在床上吸着自卷的喇叭烟，也不做饭。他们僵怄着。我却偷偷地抹眼泪，空着肚子到学校，课堂上连敢抬头看老师与同学一眼的勇气都没有，唯恐人家鄙视自己……可想而知，儿子心里有多难过了。

乡镇医院院子里乱糟糟的，可二楼这间病房里倒显幽静。阳光柔和地穿过玻璃窗，照在儿子的床上和药瓶上。屋里就我们爷俩。我吸烟时听到儿子咳了一下，赶紧将烟摁灭。儿子指指香蕉与苹果，让我吃点。我剥了个香蕉递给他，他咬了一口，叫我也得咬一口，这样我们俩一递一口吃完了香蕉。

我不自觉地掏出手机，但它已经停电了。我说："要不，我到外边找公用电话吧。"

他摇摇头，说："我想从手机里听到妈妈的声音。"

他说："你回家充电吧，顺便给我带本书来。"

真的，我没有觉察出他半点的沮丧。但我感到了一种雾烟般浓郁的压力。我庆幸手机救了场，那个时候没了电。当时如果真的通了，我该跟女人说些什么呢？我真没有想出来。万一她再臭骂我一通，孩子会怎么想呢？我还算比较笨的那种人，可儿子比我聪明多了。谁养的狗谁晓得咬人不咬，我养的儿子，我知道他心思重着呢。有一次看电视，说某个十三岁孩子被人拐卖的事，我要他上学小心点，看着大路平坦宽阔，小心也有坎子。他却说，指不定谁骗谁哩。这话从他一向不爱说话的嘴里吐出来，着实吓了我一跳。

透过窗户，看到原野的雾烟依旧迷迷蒙蒙的，阳光也变得浑浊了一些。因为屋里寂静，我又想跟儿子沟通，又找不到什么话题，只好指着窗外的雾烟说："我觉得这雾烟团团的，包得人和物如同穿了层纱，有种朦胧感，比光天化日下要好。"儿子不赞成我的看法，说："雾烟对人体健康危害大，秋季不该乱点秸秆，卖了不行吗？玉米秆可以打碎当饲料，麦秸可以造纸，老师这么说的。"我笑笑说："是那个说法，但眼下没人到咱黄泛区收购，大伙又急着整地，趁地里的墒好种麦子。"儿子说："这也是浪费资源。"

这种话我觉得不疼不痒。我真希望他说说我和他妈的事，这事让我都头疼，何况他呢。但他很沉得住气，不往那方面扯捞。

他问："爸，你是不是很喜欢这种天气？"

本该秋高气爽，万里无云，却让浓稠的雾烟给破坏了。我说："我并不讨厌雾烟。但多数人跟我想得不一样。"县医院的护士们说："由于连日不开的雾烟，让人觉得不像深秋，而像懵懵懂懂的初冬时节。"有限的视线，总会令人产生幻觉，以为流动的空中有天女散"花"。散的不是花，是刺眼的盐，刺心的碱，甚至有三聚氰胺严重超标的牛奶，灰白灰白的一片萧条。连土堆也说，"如果不是这种天气，你爹也不一定摔成了那样子"。我一想，也对——

十天之前，突然下起了细雨，我像广大村民一样慌张起来，生怕庄稼烂在了地里。一个上午竟然割下二亩豆子，下午借了刘磊的拖拉机准备拉到空场垛起来，等天晴了再摊开碾打。女人在家时，她会自觉跳到车斗里，转眼间她踩下半斗来。女人的"踩车"技术没得说。现在没了女人，只好叫老爹帮忙"踩车"。老爹干活更不含糊，车踩得又实又牢，一车斗装了半块地豆秧。早知出事，我应该用条绳子揽住豆秧。但那时我只顾闷着头用木杈往上搭豆秧，把踩车的老爹当成了女人。别看我举着木杈朝上送秧子，干得有条不紊，脑子里却混混沌沌，跟此刻的雾烟天气一模一样，以为上面晃着的人影是女人的。

自然，开车前我也没有提醒老爹注意，也没想到用绳子揽一揽。豆地里的黄土倒也松软，如果老爹摔在那里，顶多让豆茬扎伤一些皮肉而已。车在豆地里走得匀速而平稳，问题出在车拐向大路时，地头有个坎子。我开车上路时，车子猛地抖动了一下，把老爹给抖了下来。他是一头扎向了路面。路面比地里坚硬多了。他的头竟然将路面顶出个圆凹子来，光光的头皮上粘上了厚厚一层泥土，像有意戴了顶土帽子……我竟然一点不晓得，别人喊人时，我已将车开出很远，老爹还在路上窝着呻吟呢，我看到他一手捂住肋骨，一手提了裤子，裤带断成了三截。那时他虽然脸浮汗珠，还能坚持。等我们弄他上机动三轮，往县医院送时，他就昏迷了。医生后来奇怪，他将老爹头顶上干结的泥巴弄下来说，分明是头先着地，为什么颈椎没事，而腰椎与肋骨却严重受伤？交上3000元钱，我差点扇了自己几个耳光，恨自己没囊气，脑子进了水，为啥还想那个臭娘们?！这不是跟钱、跟老爹过不去吗?！——现在儿子也摔伤了，真是屋漏偏逢连夜雨，人倒霉了喝口凉水都塞牙，想放个屁，得夹尾巴憋住，不然，非砸烂脚跟不可……

平时我与儿子的话都不多，如今我感到时光太慢。不时朝外看，是想叫日头快点落下去，天快点黑下来。

还好，学校又派来了一个老师照看儿子。

这位花白头发的崔老师一进屋就喊了我的名字。

他是我的中学老师，如今退了休，让学校返聘过来，帮助做学生的思想工作。记得我上学那阵，这位崔老师为了叫我们珍惜粮食，别乱扔馍皮饭菜，讲了不少他在中华人民共和国成立前受苦的事，为了叫我们好好学习，他还讲了中华人民共和国成立前穷人上不起学的事。说得最多的是蒋介石炸开花园口，我们这一带变成水乡泽国，幸存的百姓从黄泛区一路西逃，由家乡到洛阳，再扒火车去宝鸡、西安，十不存一。那时他不记事，记事时已经解放了，从陕西一个河滩的破棚子出发，随大人重回家乡。大人们根据村里的两棵大杨树找到了村子，大杨树只有不长的树梢露在外边，身子全都与屋子一样埋在了黄褐色的沙土里……也许如今崔老师仍然会跟我儿子他们讲到这些的。也怪我与儿子交流太少，没有问过他。

我在家这一段，秋收之前的日子，感到十分的惬意。因为是农闲，偶尔到集市上赶赶集，买点东西，几乎天天到桥头与几个闲人打麻将，一看中午或者天黑，马上推牌回家给儿子做饭。这种悠闲而散淡的日子，比我在城里打工好受到天上了。在城里时，我夹在来来往往脚步匆匆的人流中，脑子木木的，天天想着干活与挣钱，一天干不到活，心里就猫抓一般发急。周围的人都急，也把咱带急了。现在不同了，村子是悠闲的。尽管也有鸡鸣狗吠、猪哼羊咩，但它是悠闲的，留在村里的这些人也是悠闲的，从每个人的脸上能清晰地看出来。别听他们天天议论钱少不够用，但谁也不焦急。日子仿佛走得慢了，慢得叫人心里平静。

崔老师吸着我的烟，对我说："道生，你的事大伙都知道，别太闹心，没有过不去的火焰山。"

我想起来他老家跟我女人是一个村的，当初我娶女人时，他也来送亲。他应该知道我的事。我问他最近过得好吗？他说，老两口儿一块儿过日子，带带孙子。

看看天黑下来，儿子的药还没输完，我掏出二十元钱给崔老师，说："如果我回不来，你帮他弄些饭。"崔老师不接我的钱，说："道生，你别外气，我来就是负责他的。你有事去办吧，我守着这儿，你太累了，回家好好休息，明天再来吧。"儿子也叫我明天再来，挥着手说："输完水今儿就没事了。"

我得回家充电，手机没电，也不了解老爹那边情况，太不方便，我心里也不踏实。大哥二哥虽在那里，大哥昨天还接到大嫂的电话，他接电话时避开了我们，回来时脸色有点木沉，肯定是大嫂催他回武汉了。他们在那里好几年了，大哥干搬运工，大嫂给人家看车棚，还要照顾两个上幼儿园的孙子，儿子儿媳都在广州打工，她一个人确实顾不过来。相比之下，二哥倒要轻松许多，他跟人合伙包鱼塘，二嫂除了看看鱼塘，洒洒饲料，剩下的时间跟当地人打麻将。二哥的主要精力放在直销上。他是前些年搞传销时出了臭名，家乡的亲戚朋友被他扫了个遍，都在他的鼓动下买了那种晃脚的健身器。政府一干预，他携家跑去了南方。他儿子与大哥儿子同在广州，他女儿正上大学，有人说他在那里买了个院子，日子过得不错。其实，别看他们回来几天了，只有大哥伺候老爹。二哥不干，他跟医生护士聊天，推销他神奇的化妆品，将包里的彩色资料展给人家。他真是三句话不离本行，敬业精神尤为可嘉。我担心如果大哥走了，二哥靠不住，老爹那边我还得去。

坐在老家的院子里，看着屋檐下空空的燕子窝，我有点儿心酸。这座院子本来四间宽，有四间出厦的大瓦房，当初老爹刚盖好时，在村里也是威风凛凛，数得着的。那时出厦房子少，下雨天，不少人在我们的屋檐下打扑克。老爹说并没花多少钱，是他和大哥拉煤，又在南河边自己切砖坯，跟人家合建简易窑烧的砖。煤是上级批给黄泛区的救济煤，谁都可以到豫西的煤窑拉，便宜得很……如今这房子落后了，村里有钱人多了，比着盖楼。我也是因为想盖楼，才跟女人盘点钱。这些年挣的钱都交给了她，我与大儿也挣十万了吧。当然，我还攒了几个私房钱。大儿子到了定亲的年龄，一旦定了亲，女方肯定会要新房子，如今在黄泛区没有新房子，新媳妇就是不上轿。十万，在村里盖幢两层小楼，差不多了。

我问她盘钱时，她支支吾吾地说："又不盖房，你盘钱弄啥？存的都是死期。"又指指老爹那一间，说："他不搬走，四间宅子盖三间，多难看。"老爹那一间是分家时分过去的。当初兄弟们之间有过口头协议，老大老二住新宅里去，将宽大的老宅撇给我，但老人的住处要在老宅里。所以，四间分给爹娘一间，用半人高的矮墙隔开，怕他们养的鸡呀鸭的过来捣乱。现在要盖楼，如果不拆掉老爹那间，等于一处四方头院缺了一角，不好看。当然，老爹的工作好做，他说："没事，你们想咋弄咋弄，大不了我住村口趴趴屋去。这也不是啥丢人的事。儿住瓦房孙住楼，老头儿老婆儿住村头嘛。"但他提醒我："钱够不够？"我说："十万还不够吗？缺了再借些。"他指指女人那边："跟你女人好好盘盘吧。"当时我没有品出这话的意味深长来。

没想到这一盘，才让女人破单子兜猪仔——露了蹄爪。

十万元，只剩下一半，那一半全倒贴给了玉新。他盖楼娶儿媳竟占了我的五万元。女人说丢了，她连说借都不说，而且说得相当干脆。我听风言风语知道了一些，做梦都没想到这女人成了吃里爬外的潘金莲！如果她说借给他的，我还有点盼头，她却一口咬定丢了，这就等于那五万血汗钱打水漂了。

我忍不住在院子里大叫："你找相好归相好，为啥倒贴我的钱？"

用刘磊他们的话说："道生的底线够低的了，连女人为自个儿戴绿帽子都认了，倒贴钱这事，那女人真不该啊！"

老实说，一开始我的底线都不高。咱瘦小貌丑，又无一技之长，能找到个女人，比起土堆，已经烧了高香了。女人之所以摊给我，是她当闺女时作风有问题。她人高马大，长相不赖，找了我，多少有点委屈。当初媒人说媒时，也没有瞒我，我心里真的打了一阵子鼓。老爹劝我，这不算啥，只要她跟你好好过日子，熬个一男半女，你坟前也有香火了，比啥都中。我娘有点不悦，什么都不说，偶尔点下头，眼里有些惆怅。

我娘那时可能就有了不祥的预感，多年后她会死在这女人的手里。

前几天，在老爹的病床前，我与他说到娘的死。他连忙摆手，说："人都死了三年了，骨头都沤烂了，还掀那一章干什么？翻过去就翻过去了。"

其实他和娘一样，三年前都晓得女人跟玉新的事。我娘不像老爹那么沉默，她不允许别人欺辱到门上来，偷偷扎破了玉新的车胎，还有意对着这边的窗户咳嗽，指桑骂槐，骂骂屋顶叫春的猫。女人不听她善意地提醒，有意推了自行车去外边补胎。有个大白天，女人坐着玉新的车回来了，有说有笑的。娘正在墙头上摘梅豆，眼前一黑栽了下来，在医院住了几天就闭上了眼。她拍我肩膀说的话，我不会忘，想忘也忘不掉。我爹晓得死因，却不愿多说，只会埋怨我娘心胸狭窄，偌大的肚子，揣过几个孩子，咋就连一点小事都揣不下去呢？

土堆曾告诉我，我娘与玉新还吵过一次架。

娘在墙头摘梅豆时，玉新载女人回来，买了半袋子西瓜。女人回屋切西瓜，娘叫玉新以后别再来。玉新怪怪地说："来不来你说了不算，她说了算。"这时女人捧了切好的西瓜出来，笑盈盈地递给玉新。娘说："你们这样伤风败俗。"女人说："你少管闲事。"玉新说："你老了，搞不成相好了吧。"我娘起身大骂，一头栽了下来。土堆过来时，玉新刚骑车离开……

说出来脸红，全村人可能就我知道得晚。甚至我的小儿子都曾拉着醉酒后的我说："爸，妈不喜欢你喝酒。"我出门时，他送我到村外说："爸，不进城不中吗？"我笑笑，不进城挣不到钱。他说："我妈在窑上不照样挣钱？"我说："她那仨核桃俩枣的，塞牙缝差不多，还累死累活的。"我指着刘磊他们几家的三层洋楼说："乖呀，咱要盖楼，非得进城赚钱不可……"这难道不是提醒我吗？只不过我没在意。土堆还告诉我，女人在窑上碰了脚，是玉新载她看的病。我以为玉新是看在我们是小学同学的份上才帮了女人，没有往那方面想过。我每次回来，也没有发觉女人有何异样。真应了那句话：台风的中心是最平静的。灯下黑。就我傻，最后才感到绿帽子的沉重！在我觉察时，一切已经晚了。也不是晚了，关键是咱没钱，咱如果像刘磊那样有钱，这女人恐怕大气都不敢出了。酒肉朋友，米面夫妻。人家刘磊百万富翁，老婆在家赡养父母，他在城里神不知鬼不觉地养了个小老婆——我并不是羡慕他，而是觉得自己窝囊。

早饭后，我带着充满电的手机骑车去乡医院，雾烟浓稠，刺得我眼前一阵阵地模糊，也一阵阵地咳嗽。田野里除了犁地的人与机器，还有一些人领着瘦瘦的细狗逮野兔。我真想锁上车子，跟着他们玩上一阵。他们才活得自在。

快到医院时手机响了，我一看是二哥的号码，打开喊了声"二哥"，大哥说："你那边情况咋样？"我赶紧改喊"大哥"，支支吾吾说："这边没事，孩子情绪稳定，没有哭闹，学校派崔老师来帮着照看，你们放心吧。"

大哥说："如果那边没事，你过来一趟。"

我头一懵，难道老爹出了新情况？没等我问，他已经挂了。我在乡医院门口愣了一会儿，太阳光照在白色门诊楼上，医院显得比外边明亮了许多。我揉揉眼，抹抹头发，才进去。

崔老师正跟儿子聊天，聊的像是他早年的逃荒经历，我仅仅听到他说他爹在陕西卖果子，我一进来，他就不讲了。他说："你有其他事办其他事，现在正是秋收秋耕的忙碌季节，别耽误了。"我拍拍儿子的头说："到县城一趟，一会儿就回来了。"儿子说："你告诉爷爷,我没事儿。”

到了县城才晓得,大哥要回武汉了。大嫂那边顾不过来,他们的小孙子昨天在街上玩,差点走丢,是老乡送回来的。

大哥说:“如果孙子走失,儿子儿媳不说,这辈子咱是过不得劲了。那孩子太调皮捣蛋,你嫂子收拾不住。”

二哥说:“你走吧,这儿有我呢。”

我心说:“二哥你是指望不上的,这些天我可没见你给老爹倒一回便壶。那便壶是绿色的,很打眼,你好像连碰都没碰过。好在医生说老爹的伤情不要紧,过两天可以出院,回家再输些水吃些药,慢慢恢复。老爹自我感觉不错,只是不敢动,肋部一动就咯咯作响,就痛。医生给他套上的那个像褡裢一样的固定器不能解下来,箍得他常有喘不出气的感觉。偶尔一咳嗽,身子痛得难受,头上立马冒汗。医生说:“只是骨裂,还没有断下来,如果断掉,当时摔下来,断骨扎破了肺,就不得治了。不幸中的万幸,大难不死,必有后福哇。”我爹笑笑:“谢谢您的吉言,希望以后的日子顺风顺水,不求荣华富贵,只求平平安安。”

临走时,大哥给爹点了支烟,有点依依不舍。二哥安慰他:“没事,爹会康复的。如果没了爹,咱可没了上线。如果没了孙子,咱就没了下线。咱们得好好混。”

大哥可能感到二哥不可靠,拉着我的手到门外。他的手上全是老茧,夹得我的手生疼生疼的。二哥也跟了出来,大哥有话对我说,却没说,避着二哥似的。二哥问大哥还有什么不放心的,大哥说有我俩在,他放心。

我背着大哥的黑色背包去汽车站送行时,大哥拍着我的肩说:“老三,都不容易,要撑住啊!”我点头。他说:“本来我该看看小侄,多年没见了,但这回真不巧。”我打断他的话,叫他回去传达给大嫂和孙子们,虽然远隔千里,我可一点没有忘记过他们呀。我女人刚嫁过来时,不会做针线活,我家的针线活全是大嫂做的,我就是化成灰也不会忘。大哥听出了我的哽咽,说:“老三别难过,回去我叫你大嫂给你女人打电话,好好劝劝她。她们妯娌关系好,应该能起作用。”他说：“爹的事，靠你了，你二哥满口上线下线的，不靠谱啊！”

县城的天空依旧灰蒙蒙的，高楼耸天，却模糊。雾烟的烧柴味跟乡下差不多，我嗓子堵得慌。在一个僻静处，大哥掏出一匝钱，全是红色的百元票，他将钱拍在我的手心里。我不能要他的钱，虽是亲兄弟，都各有一摊子老小，不容易。我推辞。大哥的手捏得我握钱的手根本张不开。我说：“大哥，咱爹是帮我干活摔伤的，一切费用该我出。你能回来伺候几天，解我大围了。”大哥腾出另一只手，掂住我的耳朵轻轻顿了两下笑着说：“老三，这可不是给你的，是给咱爹的……”大哥上了车，我觉得身边的黄尘与雾烟纠缠汇结在一起，刺得我的双眼又涩又睁不开，泪水却像断了线的珠子一般落着。

为什么大哥不把钱交给二哥？这是他对我的信任啊！从这一刻起，多年来大哥对我的帮助浮现眼前。大哥与二哥在说话上恰恰相反，他言语金贵，但他的这些话让我心里好受不少。

回到那号码不吉利的病床前，我给爹点了支烟，问他怎么样，他说他已试着翻动活动，估计过两天就能出院。我想让二哥一支烟，不知他跑到哪去了。我嗫嚅道：“如果不中，咱再住几天。”爹说：“一天也别多住了，我都快憋死了。在这住，是跟钱过不去呀。”我拍拍鼓鼓的口袋，笑笑说：“爹，钱你不用愁，大哥刚给了我一匝子，一两千吧。”爹说：“老三啊，你不该要他的，他们在外边比咱难，咱在家好对付，没钱有粮食，吃饭总不愁人吧，喝水不用钱吧，他们在那，吃的喝的用的，哪一样也少不了钱呀。”

后来，我爹说了句让我痛哭流涕的话。

他说：“我的秋粮卖掉后，钱归你，这个债不能叫你摊。这是我的命。长恁大没病没灾，该有一劫了。”

他都68的人了，种着我大哥的四亩地，又是为了我才摔伤的，我岂能叫他负责？我连连摆手，说不出什么话来。

他说：“你哭也不中，这事就这么定了。你大儿子到了定亲年龄，小儿子又上学，房子没翻盖，用钱的地方多。这回我孙子摔着，不定花去多少钱呢。”

我赶忙解释：“人家老师说啦，孩子是因楼栏杆断掉造成的，所有费用学校承担，不要咱花钱。”爹摆着手，吸口烟说：“你擦擦泪，我最见不得男人流泪。”

出了病房，我一个人在花坛那儿擦干眼泪，又到旁边的水龙头那洗了把脸，点上烟想到外边走走。外边的雾烟太浓，呛得我咳嗽了几下。我蹲在一丛冬青边静静吸完烟，依旧没回去，而是静静地深吸着外边浓郁的雾烟味。这种气味，此刻比香烟味更有后劲，更过瘾。我看到门诊楼的三楼，二哥正手扶楼栏杆跟一个白大褂说着什么，他的两手配合说话而挥舞。我想喊他回来，却没有喊出口。

如果说大哥一家离开村子是万不得已，那么二哥一家离开纯属多此一举。

这话不是我说的，是我听桥头那些人议论的。

大哥老实能干，种庄稼是把好手，并不想弃农从商。但他儿子女儿做的事叫他们顶不住。先是女儿在临出嫁前偷偷溜了，不知去向，让大哥退还人家彩礼时说了不少好听话。不爱发脾气的大哥将大锅砸了，说日子没法过了，脸丢尽了。再是儿子领了邻村的姑娘私奔了，抛下了他定了亲的女孩子。这女孩是大嫂的远门亲戚，这回大嫂出面去赔情。回家后她将小锅砸了个稀烂。他俩卖光粮食，草草向老爹交代几句，趁着幽暗的夜色进了城，淹没在了拥挤的大都市里。

二哥呢，在镇上做小生意，有个小铺子，家里的地种着，日子平静而滋润，但他突然搞起了传销，将亲戚得罪个精光。人家找他说事时，他跑掉了。他跑可以，女人可以守摊子呢，受害的亲戚朋友不会为难她，但她也跑去了。她在外边没事，看看鱼塘，打打麻将。村里人听说二哥搞直销什么时，都说他们不该走的。如今镇上的那间铺子涨了天价，不走，再种地，日子照样滋润，总比背井离乡在外边强吧。

不管我心里多有意见，有一点我还是感动的。那就是在老爹摔伤住院后，我打电话先告诉了二哥，二哥没有犹豫，马上说去找大哥，一块儿回来伺候老爹。那时我一个人，头胀得箩斗大，非常渴望他们的到来。人常说锦上添花易，雪中送炭难。他们及时回来，真是雪中送炭啊！就连医生都说我爹，这老头儿还算有福气，有了病，儿子们全都在床前行孝。不像刚去世的一个老干部，卧床三年，孩子们很少回来，都推说忙，有的是工作忙，有的是生意忙。病床前只有颤巍巍的老伴儿和一个保姆，很冷清。在伺候老人的问题上，人场比钱场都重要。

同病房的另三个病人偏瘫，被他们的孩子搀着出去散步了。屋子里就我与老爹。老爹想小便，我马上从床下摸出便壶。这绿色的便壶外形精致，像个斑鸠。老爹接过去，自己塞进被窝里，他不再让我帮他。刚开始时他不能自理，全靠我去解他裤子，好看的便壶发出阵阵的腥臊。我没有因为臊味、因为他的尿滴在被褥上嫌弃老爹。我的悲哀是因为看到了他衰如枯草的体毛。这让我想起多年前跟他去河里逮鱼的情景。那时的他年轻有力，和其他人一样，全裸体下水。肌肉有型，体毛乌黑发亮，有明亮的水珠挂在上面闪闪烁烁，生机盎然。尤其他撒尿时，一条亮线斜射水里，发出极响的声音……一晃他老了，我也人到中年了，上有老下有小，中间还有个捣蛋的女人，心情能不悲伤？

二哥像是没有想到这一层，他一回来，见到我为老爹接尿，闻到了那里的腥臊，马上扭过脸去问："为什么不给老爹下管？"我明知故问："下什么管？"二哥说是导尿管……我与他不同，命运不同，这从一出娘胎便注定了。兄弟三人中，大哥没上过几天学，活儿干得最多，为这个家庭流的汗最多。我烧火最多，致使我如今对炊烟味的雾烟敏感到有点怀旧的地步。比较而言，最为得混的是二哥，尤其是母亲，非常喜欢他，什么活都不让他做，满心供他上学，可他倒好，初中时跟人家谈恋爱，人家姑娘的娘找到我娘摆理，二哥因为此事被学校劝退了……

老爹劝我回镇里照看小的，他这里没事了。我将大哥给的钱给他，他不要，叫我先放着，用着了再说。恰好这时二哥回来了，在门外说:“老三呀,你回镇里吧,这儿有我呢。”老爹赶紧将那沓钱塞进我兜里,挤挤眼,推我离开病床。

雾烟聚聚散散,如火如荼,笼罩四野。

路两边的田野虽被不明不灭的阳光照着,但仍给人一种半醉半醒的惺忪感。灰白的雾烟连绵不断,和此刻的机器声一样,虽看不清楚,但声音告诉我,别人都已忙着秋耕了。隆隆的声音轧过耳边时,雾烟里多出一股柴油的气味。旋耕机模糊的样子由大变小,又由小变大。看不见上面开车的人,只看见一头头黑家伙在两边的田野里突突蠕动着。田野有点变形,不再是一望无际的那种,而像是褐色而朦胧的水墨画,在风中悠悠欲动。

我骑得飞快,想尽快见到儿子,又想回村整地。老爹的几亩还有我的几亩,至少得用两天时间。当然是用旋耕机。因为麦收时下了雨,收割机收麦,把地碾成了大砣砣,但不影响秋庄稼的生长。如今犁地却成了问题,一般的犁头不行了。只有旋耕机的锋利犁钯可以把它们切得粉碎,耩起小麦来舒服,出苗匀称,能保证明年麦季的收成。干农活我虽水平不高,但什么都晓得。庄稼活不用学,人家咋做咱咋做。干农活就是省心,傻子赶集看邻居,比在城里容易多了。说实话,这一段我在家里,心里倒是轻松愉快。可惜好心情被老爹与小儿摔伤的事破坏得荡然无存。

到了镇医院门口,我才想起该给儿子买点东西。

这些天一次次往返于县城与村子,却忘了给他买点什么。是该给他买点东西,尽管他懂事,但他毕竟是个孩子。我在他这个年龄,每逢父亲赶集,我总爱跟着,为的是到热闹的集上看看热闹,再让老爹给我买几两香喷喷的卤肉。现在我不知道儿子想要点什么。据我所知,他并不喜欢吃卤肉,只喜吃鸡爪,大家称之为凤爪。这些天我跟土堆喝酒,总会买那个下酒,土堆嫌啃着麻烦,我也不吃那,只有儿子坐在桌子一角,静静地啃凤爪,啃得肥肥的凤爪只剩下细细的骨头棍儿,堆在桌角。土堆的花猫一来,偷偷爬上桌角,将那骨头吃得干干净净。

我回转车头，到镇中心的十字街，在几家熟食店门口看看，买了六只凤爪，用食品袋提着，回到儿子的病房。崔老师与儿子谈得很热闹，我在走廊里以为病房里又安排其他病人了呢。等我挑门帘时，他们住了声。

我让崔老师烟，又展开食品袋放在儿子的床头。

儿子坐好身子，指指床头的一副橙黄色的拐杖，说："是班主任送来的，明天我试着下床，躺在床上的滋味不好受，也不知爷爷一躺好多天咋受得了。"我制止他说："不急，等骨头长得差不多了再下床吧。"崔老师也劝他别着急。

这时手机响了。土堆打来的，问犁地不犁。他说："人家差不多都犁了，你如果想犁，我能帮你，这台旋耕机是我亲戚的。只是你得回来，与邻居勘勘地边儿，撒撒化肥。"我说："晚上回家加班吧。"他挂了电话。

儿子盯了我的手机看，我让他啃只凤爪，他没拿。崔老师说："道生，你先给他妈打个电话吧，她若能回来，你就轻松了。"

我按了免提，调出她的号打了出去。又是周杰伦的歌曲，我听着有点刺耳。响了一会儿她没有接。我干脆不摁重拨键，而是一个数一个数地拨了出去。她终于说话了："你打我电话弄啥？你不想叫人活了咋的?!"我倒平静，说："儿子摔伤了，他想你。"女人呸了一声，说："别骗我了，一会儿摔了你爹，一会儿又摔了儿子，你作啥孽，咒我儿子干什么?!"说完啪地挂了电话。

儿子听得清清楚楚，两眼直直地看着我。我拍了一下他的头，轻松地说："她不信我了。"不等儿子说话，我安慰他说："她肯定没忘这个家，不然她在外地，早把这手机号换了。要知道，她接一个电话要加长途漫游费，比在本地贵得多。"

崔老师到旁边护士注射室里找来了纸与笔说："道生，你把桂花的电话给我，我回家给她打。这闺女出了阁，脾气也变拗了，我这个堂叔劝劝她，再叫你婶劝劝她。以前什么都不讲，全都一巴掌拍进箱子里，今后重新过日子，为了孩子。"

儿子开始默默地啃起了凤爪。我让崔老师也吃一个，他指指牙说,啃不动了,吃点豆腐和鸭血还差不多。我叫他镶个满口牙,吃嘛嘛香。他笑笑说等这几个下了岗,就镶副满口牙。

天近黄昏,土堆又打来电话,问我旋地的事。崔老师听到了说:“马上回家旋地吧。”他说这就回家给桂花打电话去,劝劝她。他叫我等他一会儿,今晚上他与儿子住在病房,叫我回家加班犁地。我猜想他回家可能是吃饭,如果他不走,怕我请他吃饭。他可能听说过我的脾气。在村里谁帮了我的忙,我都请他们喝酒。反正桥头有熟食店,弄四个菜一瓶酒花不了几个钱。

大约过了十五分钟,他骑车过来了,怕病床上的被子薄,他又带来了一床棉被,一口气抱上来,往另一张床上一放,喘了一会儿气,然后要我趁还能看清路影赶紧回家。我指指正吃面条的儿子,说:“等他吃完,我把碗还给人家再走不迟,反正从这到村里全是水泥路。”这得感激政府搞的村村通呀!他笑笑点头,又问我面条是不是门外那一家姓金的。我说:“是。”在他回家时,我给儿子要了一碗鸡蛋面。崔老师说:“你走吧,那金姓老板是我的学生,这碗不还都没事,你只管放心走吧。晚了,路上别不安全。小心无大差,现在跟我年轻那阵不一样了,那时路差,下了雨泥泞多深,我经常家访,半夜摸黑路多了,那时治安秩序好。”他这么一说,我禁不住吃了一惊,摸摸兜中硬硬的那匝钱,赶紧出了医院,开车往家跑。

公路上雾烟弥漫,能见度很低。此刻天已黑透,田野里除去车灯光亮,还有不少成堆成堆的秸秆在烧,火苗闪耀。噼噼啪啪的烧柴声与隆隆机声,还有高一声低一声的人声混成一片,乱糟糟的。不用问,不少人家正加班犁地。

我一口气奔进家门,将那沓钱掏出来,将东墙上的一块砖搬开,里面有个洞,放了些钱,我把这沓也放进去,按好砖头。这地方连我女人都不晓得,别说小偷,就是警察也找不到地方。

我喝了半碗水,从屋里搬出三袋化肥,捆放在车上,开车去了村外。这时的天色里即便没了雾烟,也难以看清五步以外的人形来。但旋耕机在响,车灯在闪动。我的车灯切出一道亮光,迅速前移着。到了我家的地头,我发现两边的邻居已经犁了地,翻过的土地发黑，没翻的土地发白。这块地有四亩大，老爹就栽在了这里。另外我还有一小块，七八分地，在河边。河边是沙土，旋耕机走了，我可以用手扶带着普通犁子整，反正形不成大坷垃。这块地板结得太厉害，只能用旋耕机，旋耕机的犁刀又旋又切，再结实的土块两遍下来全都搞定。

一支烟刚点上，土堆摁着手电过来了，说："你回来得及时，东边那辆马上就过来。每亩五十元，比去年涨了五元。"我塞给他半包烟，说："咱俩先撒化肥吧，我去那头，你在这头，这块地我抛三袋化肥。"土堆用手电光划着我的车子，说："你开着车去那头吧，在地中间卸一袋，别忘了开车灯，也好有个亮，撒得均匀些。"我丢下这袋，开起车子冲向那头。

我欣喜地发现，这块地的秸秆已有人点烧过了。那黑色的灰烬铺在地面上，车轮碾过，噗噗作响。地那头的沟边，还有些在烧。那一定是土堆帮我干的，不然可就影响犁地了。我撒着化肥，心里热乎乎的。

还没撒完，那辆旋耕机就过来了，停在土堆那边的地头。我听不清土堆跟他们说些什么。等两个人打了手电过来时，我才明白他们是用皮尺量地的。我说："你们也别量了，四亩多一点，多不到一分地，挂不上吃亏占便宜。"一个人用灯照照地头，一个人说"差不多"，他们帮我撒起了化肥。

这块地犁完，地里只剩下这一台旋耕机了。我与土堆本想去犁老爹的那几亩，可是那块地的玉米秆还摊在地里没点烧呢。

旋耕机走后，黑幽幽的田野马上寂静下来，野火的噼啪声显得更响。夜风冷飕飕地袭来，让我撒尿时不住地打尿颤。系好裤带，我说："天晚了，咱回去喝酒吧。"土堆猛吸几口烟，弹去烟蒂说："兄弟，先别急，咱俩先烧了这儿的玉米秆吧，现在点着，烧一夜，明儿一早就成了几堆灰，不耽误上午撒化肥犁地。"我虽累得够呛，也只好同意。这块地的玉米棒子早已择去，玉米秆已晒了多天，摸一把，焦干焦干的。我将车灯打亮，照往地里，我们开始将玉米秆抱在一起，由土堆叠摞起来，呈井字型。他摞成一人多高的柴垛时，摁亮打火机，火焰哗地喷了起来，烟雾不大，噼噼啪啪，火光照亮四野，比灯光亮多了……我们共摞了六堆。六堆火着起来时，周围亮堂堂的。由于火温，我也没了冷意。

我要请土堆喝酒，土堆口头上说别客气，但他帮着这台旋耕机干了一天活，有点累，也想喝点，没有再推辞。

我载着他跑到桥头刘磊的熟食店前，以为没什么人了，哪想还有几个人正喝酒。他们是从码头上过来的打鱼人。划拳声老远都能听到。我问他们有鲜鱼没有，他们说有。一个人下了码头，从船里提来一食品袋来，往我脚前一丢，说："你给十块钱吧。"土堆用手掂了掂，朝我点点头。我知道他的手有准头，肯定亏不了，便掏了十元给那人。

我们喝了一瓶白酒，提了鲜鱼回家。土堆想回家，我拉了他。我们杀鱼刮鳞，然后用油统统炸成焦鱼。让他带走一些，他不干，说老娘信佛，不吃荤。我硬塞给他。他有点不解地问："深更半夜，又累得够呛，你炸鱼干啥，为啥不明天整呀？"

他哪里知道，我的老爹和小儿子都喜欢吃焦鱼。别看老爹的牙掉了不少，特好吃焦鱼。小儿子呢，比他还厉害，连鱼刺都不吐，还常说野生的鱼对儿童的大脑发育有好处。但我幼时可没少吃鱼，怎么就不聪明呢？

这种浓烈的人为雾烟与冬春时节自己形成的雾烟截然不同，那时的雾烟黎明时升起来，又白又厚，如同层层密密的棉絮笼罩着地面，五步之内，但闻人语响，对面不见人。况且那时的雾烟没什么特殊气味，人走在雾幔里，有种放松感。想撒尿只管解裤带，想唱戏只管吼两嗓子。现在这种人工造成的雾烟，不是纯白，而是灰白，气味也太呛人。我虽受得了，但燃秸秆的气味，有时让我觉得自己的头发与衣服都有点焦煳了，甚至汗毛眼里都渗了不少这种焦煳味，晚上脱衣时马上会有一股焦煳味冒出来。

我早起穿衣时依然闻到了那种味。

提起装着焦鱼的食品袋，我专意闻了闻，以为昨晚炸煳了，其实不是。

这时，玉新女人又来了。这一次和第一次一样，带了刘磊女人。

我马上熄了火，支起电动车，朝刘磊女人笑了笑。我明白，夜猫子进门——没有好事。

刘磊女人说："咱长话短说，我表姐一直没报案，没告你，她呢，想叫你帮她把坡头上那块豆子割了，你等着出门是吧？那你就考虑考虑吧。"

我凑近玉新女人问："就这事？"

她说："我太累了，腰痛得厉害。"

我说声"好办，等我办完事，就给你答案"，回身开了车，奔出胡同。

早上的潮湿并没有浸掉雾烟的焦煳味。我在这种气味里奔跑着，胡思乱想着，在一个岔路口，突突斜刺里上来一台四轮车，差点撞上，我心猛一惊。如果撞上，那可就热闹了，自己肯定会像老爹和儿子那样躺在医院里"享福"。那样的话，这个家可真像此刻的天气，四下起火，八下冒烟了，在黄泛区的名声更大了。

先去县城看老爹。比较而言，儿子那边有崔老师在，还是老爹那儿叫我不放心。人常说向小不向老，今儿我的心情恰恰相反。用二哥的上线与下线来说，我此刻更挂念上线老爹。细想想，还有两个原因，一是老爹今儿可能出院，二是我得去结账。

老爹果然要出院了，我办完出院手续，心里估摸了几分钟，发现到现在为止，他一共花了不足三千元。但出院以后还要打针吃药，还得花一些。医生有点同情我，说："如果你老爹办了新农村的合作医疗，可以报销百分之六十，你负担轻多了。"我问老爹为什么没有办，是不是信不过上级。他说："我也想办，但我没有户口。"我有点吃惊："你怎么会没户口？你又没出过远门。"他说："真的，别说我，连你娘都没有户口，所以你娘死时，咱才没有去火化，干干脆脆地埋了。当时我想，谁敢举报我们不火葬，谁就负责给我们弄户口。"

还有这种事！

我问二哥为什么会出这等事。二哥说："我心里透明透亮。"

二哥说是村干部搞的鬼。前几年农业税没有免单时，村干部往乡里报人数，报得少，但在收统筹提留各种杂税时按实数收，瞒了乡里，他们扣下来自个儿分。不光爹娘没户口，还有不少老人没户口呢。

二哥又说："你看前几年村里不少人争着当干部，油水大。这两年免了农业税，谁都不愿干了，纷纷往城里跑着挣钱。"

我与老爹同时"哦"了一声，原来是他们有意搞的。老爹说："等我好了得去村委会问问，得办户口，得办新农村合作医疗证，人老了得想多点。"我说："爹你别生气，赶明儿我去问刘磊。他虽不是村支书、村主任，但是村干部。他们怎么这么干，把好端端的人销了户口！你才 68 岁，不老，现在 90 岁以上的人多了。"他苦笑一下说："昨晚做梦还见你娘呢，咱也不是能活 90 岁以上的命。"二哥劝他："人终有一死，关键是活好每一天。"老爹说："我明白，这回跟阎王爷照了个面，以后算是多活的，活好每一天。一天能吃三顿，绝不两顿，坚决顿顿有油。"

他们叫了辆机动三轮，奔入迷茫的雾烟中。我看到二哥捂着鼻子，虚着眼。街上浮着懒散的阳光，不少人戴着茶色眼镜和白色的口罩。人与物都有些虚幻，有时我怀疑自己的眼睛没有擦利亮。

我踩着车，奔往镇医院。路上的车辆不少，尤其是农用车，嗵嗵叫着，喷着刺鼻的黑烟，载了满拖斗的秋粮。我不明白，为什么这么多的人收购秋粮，他们是自己囤起来，还是再卖给国家？我很快便有了答案。在一个路口，两个载秋粮的四轮车撞了，一个拖斗翻在路边，一边的车轮在半空中转动着，粮食撒得路边和沟里一片金黄。不少车辆堵在了那里。

我完全可以从旁边绕过去，但我支起车子，点上烟，与旁边的人聊起了天。他们中的不少人不是黄泛区的。他们收秋粮也不是倒卖出去，而是养猪养羊养鸡养鸭。这时我仔细一看，撒在地上的是玉米，而没有豆子。为什么不收豆子呢？有人告诉我，豆子能榨油吃，舍不得喂畜禽。而且现在豆子价格太高，真正的粮食贩子都觉得时机未到。我问了他们收购的玉米价格，估算着如果自己的地不种豆子，全种玉米，可以挣到多少钱。一支烟吸完，我才发觉自己这么估算一点意义都没有。我拍了自己的脸，凉凉的，又拧拧自己的鼻子，嗅觉正常，照样闻得见那种燃禾味。我是怎么啦？儿子在医院里躺着，我却在这儿悠闲地胡思乱想。我的责任心哪去了？我的舐犊之情哪去了？

我跳上车直奔镇医院，一口气跑到儿子的病房。药水已挂上了，正缓缓地滴着。他还没说话，我先说："去了趟县城，你爷爷已经出院了。"

崔老师叫我守一会儿，他回家。我剥了香蕉送给儿子，儿子乖乖地吃着，面色平静。

我拿出手机，说："这就给你妈打电话。"儿子叫我等一会儿，等崔老师回来。我不晓得夜里他们都谈了些什么，又不好意思问，只好点上烟吸上。

崔老师回来时，朝儿子点了点头，面露喜色。两人像打哑谜一般。我不解，让烟给崔老师。儿子说："爸，你打吧。"我拍了一下他的头说："我为'大学坯子'打电话。"

手机里响起周杰伦的歌，我不想听这个，它还没普通的振铃悦耳。我递给了儿子，儿子平静地接过。

出我意料，他喊了一声"妈"，竟然放声大哭起来。崔老师也没有想到，他用手握住儿子扎针的手臂，生怕他的抖动弄脱了针头。我听到女人大声说："别难过别难过，别哭别哭，妈妈交代一下就回去。"儿子叫她赶快回来，说家里的和爷爷的豆子都撂在场里没有打，人家都打完了，说这儿雾烟呛死人。崔老师接过电话说："桂花呀，你婶子都给你说过了吧，过日子比树叶都稠呀，夫妻是冤家，谁家的烟囱都冒烟呀。夫妻不和，最受伤的是孩子呀……"我听到了女人的抽泣声。

挂了电话，屋里一片静寂，用句大家常说的就是，地上掉根针都能听得见。阳光从玻璃窗上射进来,洒在水泥地板上,地板上有几片针瓶的碎片,闪烁着,有点刺眼。我低着头,盯着那刺眼的碎片看,脑子里木沉沉的,仿佛进入了真空状态。

崔老师递我一支烟,拍了我一下说:“别想太多,酒肉朋友,米面夫妻,谁家的碗不碰锅,谁的牙不咬舌头呀。道生,桂花回来,以前的事啥都别提了,一巴掌拍进箱底去。好好挣钱,供儿子读书,知识改变命运呀!”我频频点头。如果时光能倒流,退回二十年,我一定认真读书,一定考上大学,彻底离开这黄泛区,做个体面的城市人——如果真就这样,我自然会找到另外一种女人,贤淑大度,温柔体贴,哪里会给我戴上沉甸甸的绿帽子呢?

等到护士来换药水时,我看到儿子脸色平静,像个红苹果。我不晓得他什么时候擦干泪水的。我想起了那句谚语:六月的天,孩子的脸,说变就变。但我觉得这孩子又不是这样的,他的脸极少变的。至少近一段时间,我们爷俩在一块儿,每天我在刘磊商店那儿打牌,他从学校回来,到那里找我,从来没有像别的孩子那样撒娇。他会默默站我身后,用手捣捣我的脊背,我就明白该回家为他做饭了。不管这一把输赢,我会马上推牌起身,朝其他三位一拱手说:“各位对不起,我该为俺的‘大学坯子’做饭去了。”尤为令我感动的是,人家孩子都会缠着父亲在商店买这买那的零食吃,我儿子却从来没有过,都是我主动给他买。

想一想,他小小年纪,躺在病床上,给他妈打电话时,想到的是我们的豆子没有打,垛在空场里,这让我惭愧。刚才我在两车相撞的地方,想的是什么?我真是没救了。我身上有一种得过且过的麻木。这种骨子里的麻木与我的眼神经恰恰相反。我的眼泪那么容易流出,而整个人又是那么的麻木,这是不是出了毛病?

我不敢直视儿子的目光了。

我悄悄到了医院外面,走到镇外的田野里,宁愿让浓郁的雾烟呛得我嗓子发烧,鼻子发烧,眼睛发酸,却不想在安静的病房里看儿子的目光。外面的雾烟毛茸茸的,无头无绪,跟我此刻的心思很融洽、很和谐。

走在松软的黄土上，我在想，这可是我的原产地呀，我之所以想此刻出来，是不是与此有关？生身之地，比什么都了解我的想法，比什么都闻得懂我的汗臭。因为我的胎衣与胎盘就埋在这里，我的老娘也埋在了这里。我走在黄土上，比走在水泥地板上亲切。甚至有种幻觉：我走在了水中，是浑黄的羊水吗？

如果不是刘磊女人打电话，我可能还会走下去。踩着黄土，却听不见隆隆的机器声，也感受不到脚下豆茬与芝麻茬的扎脚。周围的一切都是模糊的，我的思绪也是模糊的。她打电话时，我甚至怀疑手机是不是我的，手机的声音是不是真的。当然，我还是接听了。

刘磊女人是叫我帮玉新女人干活的。她说："你男子汉大丈夫，可得一诺千金啊。"我说："我承诺过什么呀？"她说："我表姐可等着你呢。她一直没告你，已经留面子了……"

刚才还迷糊的头脑被这瓢冷水一浇，一下子清醒过来了。那件事电影般浮在脑海里——

芝麻开花时节，正是农闲。我与土堆几个人在刘磊商店里打麻将，天下着小雨。傍晚未到，天气就暗了。土堆手风不顺，没了打牌的兴趣，我倒是赢了几十块。土堆对另外几个闲人说："咱趁着天阴下雨，到玉新家为道生出气吧。"其他人都马上同意，纷纷起了身，说："正好天阴下雨，街面上没人，咱们砸玉新家，谁都不会干涉。"我呢，也是一时激动，说："你们狠狠砸，回来我请客。"他们几人连雨伞都没打，钻进蒙蒙的雨雾中，去了玉新家。

晚上我请他们吃饭喝酒，在我家屋子里，大家七嘴八舌地说着，砸了这砸了那，锅碗瓢盆烂了一地。玉新的女人一点儿没叫喊，还叫大家狠砸，反正日子没法过了，最好连玉新家的祖坟都扒了。土堆说："扒他家祖坟太费劲，还是这样省事，又为道生出了口气。"

这件事以后，我也曾想到过他们会报警。我跟土堆他们都定了攻守同盟，谁都不认去了那里，警察来了也没用，没证据他们一点招都没有。从芝麻开花等到秋耕都结束了，警察才过来找我，难道他们已经掌握了铁证？但无论如何，这时的我可不能蹲大牢，那样我儿子可惨了，我老爹还不心疼坏？

没到病房，我跟崔老师和儿子告了别，骑车回家。

是啊，如果玉新女人告了我，就是我不认，人家派出所来调查我，我的名声可更大了。

我的头又大了起来。

说实话，在这个季节，乡里乡亲的，谁家叫我帮忙，割豆子杀芝麻整地撒化肥什么的，一上午一下午，我都会去干。现在，叫我别扭的是，玉新女人使唤我，她已经找我几次了，一直要我赔偿。村里人都怀疑我求人砸了她家，我如果去帮忙，人家怎么看我？还不是说我被罚了劳役吗？我的面子怎么磨得开？

街上的雾烟缓缓移动着，人走在雾烟里，身上仿佛生了一层薄薄的白毛。当然，那种浓烈的燃禾味依旧呛人。我咳嗽了好几声。中心小学刚放学，我听见孩子们叽叽喳喳的说话声，却看不清他们喜气洋洋的脸蛋。我推着车子，靠住路边慢慢走，脑子里却闪现出警察整洁的警服，闪光的警徽与警牌，很威严，令人生畏。我禁不住打了个寒噤。

在路口，儿子班主任喊住了我。

他说有个小报记者来了几次，想采访一下儿子。我问什么意思。他说校长怕记者胡写，对学校不利，到现在没有面见记者，只让教务主任与班主任见了见记者，说话口径统一，孩子从楼上掉下去实属意外，楼栏也是刚断掉没几天。我笑笑，问他："让我说什么？"他说："如果有人问这事，你就说不知道就成了。"我说："老师请放心，我真的什么都不知道。"我递烟给他，一起走向医院。老师说，可能有人不怀好意，想利用这件事做点儿文章，说校领导私吞了什么款，致使危楼不修，楼栏断开一个月无人问津，如今摔伤了一个学生，以后还会有学生摔下来。我说，不就一截楼栏嘛，快找人修好呀。他说今晚准备让人加班修，明天就看不出来了。他叫我见了记者讲话谨慎些，小心当了枪使。

我听得有点发蒙，却有些兴奋。长了三十多岁，奔四十的人了,城里乡里混了这么多年,还从来没有叫记者采访过呢。那一刻,我想到自己站在摄像机前面,有漂亮的女记者举着话筒问我问题,我有些飘飘然。

班主任要到医院,我只好跟了他回来。他安排儿子,叫儿子说是自己不小心摔下去的,别的什么都不要讲。“如果人家问起你的学习情况,你可如实回答,你是尖子生嘛。你跟同学处得也好,还是三好学生,不会有任何自杀倾向的。”儿子点着头。老师抓起拐杖,比画了几下,问儿子合适不合适。儿子说,昨天傍晚想拄着走走,但腿疼,腰也疼,没有走,又躺下了。老师说:“别着急,伤筋动骨一百天。学习方面嘛,近来是复习旧课为主,你也甭着急,有不懂的地方问我、问崔老师。”儿子又点头。

老师走时又拍拍儿子的头说:“记住我的话呀。”在门口,他又握住我的手,使劲儿晃了晃说:“记住我的话。”我说:“你放心吧。”

病房只有我与儿子时,我朝他打了个响指说:“‘大学坯子’,老爹陪你风光了,人家记者要采访咱哩。”儿子说:“你可要记住老师的话。”我说:“难得有咱上镜头的机会,一定不会丢脸,机不可失,失不再来嘛。”我发现自己突然心里敞亮,高兴起来了。

这时手机响了,一听是刘磊女人,我马上出来,怕给儿子听见了。她问我什么时候回家,我说很快,就挂了。我的心嗵嗵直跳,半天不敢进病房。

我回村后,没有回家,先拐到土堆家。

土堆娘听了我的话,马上叫我去帮忙。她说:“人家有难处,帮一把,这等于在修自己的福报。”土堆呢,朝我挤挤眼,露着一种暧昧的笑。他说:“去吧,权当修福报了,下辈子能娶三宫六院。”他娘呵斥住他说:“若问前世修,且看今生事,去吧。”我当然希望有福报,今生我活得窝囊、猥琐,那肯定是前世没有修好。我犹豫着说:“帮忙我不怕,只是觉得有点儿屈辱。”土堆娘笑了,说:“这才是修福报的好时机,忍辱而进,可不是想做就做得到的。”土堆推着我出来,不住地挤着取笑的眼神说:“去吧去吧,好好帮她,说不定坏事就成了好事……”我明白他的意思,赶紧走掉。

玉新家的豆地在坡头上，至少二亩半，我一看就吸了口气，心里叫苦，得大半天工夫啊。这儿太高陡，收割机上不去，只能手工割了。刚才还怕人看见，现在放心了。附近几乎没人，而且雾烟笼罩着，十米外分不清嘴脸。

看着没人，我故意咳嗽几声，还用镰把打了几下地头的破砖墙。这是一截废弃多年的机灌站的残垣。很快，坡头另一边的河里传来了玉新女人的声音，她说："你先歇会儿，我就上去。"原来她在下边解手呢。我点上烟，摸摸豆荚，已熟透了，难怪她叫我来帮忙。幸亏天阴阴的，若是响晴天，该焦烂在地里了。

我忘掉被罚"劳役"，只想着是为自家割豆，头也不抬地挥着镰刀，将自己融在嚓嚓的声音里。我有意在豆地的另一边，好避开那女人。但一袋烟过去，她过来了，蹚得豆棵唰唰作响。我赶紧背过身去，装着没看见她。

她说："没想到你会来，谢谢啊！"

我"哼"了一声："甭客气，累不死人。"

她有点儿不好意思，用镰把敲敲后背，叹息道："我若不腰痛，哪会麻烦你呀。"说完，就在我身边割了起来。

尽管看不见周围有什么人，她离这么近，我还是窘了一下。我深吸一口气，告诉自己割快点，甩掉她。费了不少劲儿，一扭头，还是和她离那么近。风一刮，就能闻见她的汗气。我只好点上烟，提点劲儿，将节奏稳下来。反正，医院那边我是不管了，这边就二亩半豆地，豆棵不算稠，慢慢干吧。

我吸烟咳嗽了两下，她赶紧问我渴不渴，要不要回家提壶水。我没好气地说："少说几句，存着力气快割吧。"她笑了，说："我看你忙得踢脚抖手的，不是也没有甩下我吗？"我挥挥手说："你去提水吧。"

雾散了些，淡白的太阳悬在高天上，显得无精打采。这会儿能见度好了一些。河的那边，有人在点玉米秆，烟雾飘过来，我没觉得呛，反而想吸烟了。但是烟盒已空，我将烟盒扔进地墒沟里，起身撒了泡尿。我有点儿腰酸胳膊痛，很想吸根烟解解乏，只好深吸那呛人的雾烟。这种潮湿的火燎焦煳味当然没有香烟味好受。

玉新女人回来时，只提了一瓶开水，一只茶缸，还有一个不知装了什么的布包。她倒上水端给我喝，我打着哈欠，只想吸烟。她问："你犯烟瘾了吧？"没等我回答，她又说："可惜秋粮没卖，俺手里没钱，不能买烟给你。"我喝了口水，什么也不说，赶紧弯腰割豆子。我想回家拿烟，一怕别人看见，二怕这女人说我耍滑，只好忍着，反正也快晌午了，到时候活干不完，她也得放我回家吃饭。

我与她又摽上了劲，专心挥镰割豆，一句话也不说。耗到日头偏西，还有大约三分之一的活儿。瞧瞧四周雾烟弥漫的田野，人影稀少，只有一两台旋耕机在缓缓犁地。我喝了口水，咳嗽两下，提醒她该放工了。

她停下来，到河底去了一趟，大概是解手。她上来以后，提了那布包靠近来，笑笑说："咱们该吃饭了。"她掏出了几包方便面，还有几个变蛋说："大忙天，赶早不赶晚，咱凑合凑合吧。"

本来想回家的我傻了眼，不知该说什么。

我走向河边说："洗洗手去。"她吹吹手，咬了口方便面说："你还很讲究啊。"我说："讲究卫生，不生疾病嘛。"我的上衣已经湿透了，风一吹，脊背上一层厚厚的冷意。

下午干活，我总是提不起劲来，割一会儿就打哈欠。那女人突然叫了一声说："我这儿有烟。"我一下精神不少。她真的在口袋里翻出三根皱巴巴的香烟来。她说几天前人家娶媳妇撒喜烟，她捡了几根。说着再翻口袋，又翻出半根短烟来，慢慢递给我……等到割完，女人在地头喘气，我一刻也没停，提镰走人，连招呼都没打。哎哟，这福报可不是好修的啊！

等了两天，终于等来了记者，他只身一人，没有摄像机。这个光头记者个子矮小，穿着朴素，若不是戴了副眼镜，那就跟个普通村民差不多。老师陪他来，他一张口，满口的黑牙根，令我失望了。

他先问儿子如何摔伤的，谁送他来的，学习压力大不大等。儿子说："不小心摔下的，老师和同学抬我来的医院。我没感到学习压力大，成绩前几名。”

没等他问我，我指指金黄的拐杖，桌上的水果，说：“真得感谢学校，救了我儿子。他们还派了崔老师来看护儿子。这事正赶在秋收秋耕的大忙季节，不是他们帮忙，恐怕俺的秋庄稼都烂在了地里了。”记者问我家几口人，我说：“四口，他妈与哥哥打工去了，我留在家给他做饭，招呼庄稼。”他又问生活怎么样，我笑笑，递给他和老师烟吸，说：“比上不足比下有余，小康还有点儿距离，温饱问题早解决了。”记者在小本本上画了一会儿，弹掉烟头，与老师一块儿走了。

“这就是记者吗？”我对一言不发的崔老师发问，“不像啊！”

“人不可貌相呀，”崔老师说，“无冕之王，谁晓得他们有多大能耐呢？你没听人说，防火防盗再防报吗？”

儿子说：“不知道这记者又闻见什么气味呢，跑过来采访咱，他咋没有采访我爷爷，让县医院减免他的医药费呀？”

崔老师笑了，指着我儿子说：“小小年纪，什么都懂。等你妈回来，好好劝劝她，叫她守家，你爸进城挣钱。”

一阵凉风拂过，天气变冷了。我在路上，不时被瑟瑟的落叶打在脸上，丝丝地痛。刚出了镇辖区，下起了小雨。本来心情不坏，在药店买了几样针药给老爹带回去。谁知这时接到了女人的短信。她写的是：“儿子，明天我就到家了。”乍一看，吃了一惊，我以为老爹发的。一看号码是她的，心情马上坏了，吃了苍蝇一般。这熊女人，发个信息到我手机上，为什么要写上“儿子”呢？分明不把我放在眼里。

雾烟起起落落，聚聚散散，满目是迷蒙的苍凉。我看到黄叶落下来被风袭向原野。野地里有不少人家耩上了麦子，耧沟直直地切划着野地，涂着模糊的褐色，向远处延伸……等女人回来，我们盖房子时，我能忘掉那五万块钱吗？过去的事真能一巴掌拍进箱子里吗？日子会怎么过下去呢？雨水灰暗，眼前的雾呀烟呀沉沉地挤压过来，伴随着浓浓的雨腥，那种燃禾味淡了许多。奇怪呀，燃秸秆的味儿一淡，雨腥味一点儿也不好闻，这让我平静的心起了涟漪，乱麻一般迷茫起来。

我刚开了门，支好电动车，烟还没点上，忽觉身后有人。一转身，见玉新女人提了一兜东西贴在门边。我诧异地问："坡头的豆子不是割完了吗？你又来干什么？"她淡淡一笑，我又一惊，她的牙齿真白，真整齐。

她说："听说你孩子住了院，这是一点儿心意，我就不去医院看了，免得人家议论……"她将东西放进我的车篮里。

我看着那兜东西，有点做梦的感觉。我愣了一下，想拒绝，她已没了影儿……

养 牛 经

一

先郑重声明，别误会，海叔不是养牛专业户，他每年只养一头母牛。

养这头母牛，为的是赚个牛犊子，等到第二年春上牵到集市上换回沉甸甸的一沓票子来。这当然发不了家，致不了富。加上老婆跟人较劲，三年前得了个偏瘫，干不了活，还得用药养着，因此海叔常叹，这辈子都难以奔上小康了。别人劝他："人生一世，草木一秋，蹦着活走着活躺着活，到头来都一样，少不了身上扣个土馒头。你瞅瞅你老婆，拄着拐杖子，一步三摇，不管面前有人无人，人多人少，大人小孩，她总是点头哈腰地晃动着，脸上还漾着笑。"村头的老哥们因此取笑海叔："这两年你能轻而易举养出牛犊来，跟你女人的好态度有关，好态度决定好命运嘛。她有时还顾不了身子疼，趴下来给土地爷磕头呢。"海叔偷着乐，心想：那是磕头吗？还不是捣空了拐棍，失了平衡。他禁不住朝笑得厉害的老扁嘴扔了一句脏话。老扁嘴反击说："你瞎了个眼，咋看见是我说的了？"海叔说："我眼瞎耳不聋，听见的。你也不比我好过多少。"

村口这帮老哥们开始了唏嘘，家家有本难念的经，住在村口的矮房里，瞅瞅村里的高房阔厦，无限滋味溢上心头。两手握锄，两脚蹬土，眼瞪得老大，时刻盼着土里刨出个金娃来，头顶烈日锄禾，汗珠子啪啪作响，奋斗一辈子了，老了，都没想到盖起的瓦房留给村里儿孙住，自个儿"退休"在村口的"趴趴房"里。相互瞅瞅，"趴趴屋"如同多胞胎的兄弟，一模一样，绕着村口排列着。房顶的耗子可以毫不费力地从一家蹿到另一家。大伙分分烟，吸上，继续打扑克的打扑克，下土棋的下土棋，老鸹卧在猪身上，谁也不说谁黑了。

仔细一想，海叔以为老扁嘴的话不无道理。他曾经有过连续死掉三头牛的纪录。不说别人，把他自己气得将牛槽掀翻在院子里，抡油锤打个粉碎，中午的饭也不吃。他只觉得这红石牛槽太晦气，打碎垫井台才更合适。家里人以为他养牛沾了牛脾气，犯了疯牛病，连平时说话横声刺气的二儿子金蛋也躲了出去吃饭，没人劝他。

活该倒霉。他一锤下去，当地一声震耳，一块碎石应声而起，在空中画了道弧线，不偏不倚，直奔二儿媳妇的面门而去。她正端着碗在灶屋门口喝面汤，几丈的距离，那碎石竟然过去了。儿媳惊叫一声，下意识举碗遮挡，碗给击碎，热汤溢在手上，烫得她哇哇大叫，一蹦三尺高，骂一句海叔："熊老头子，一干活，哼哼唧唧的，以为你折了骨头断了筋，砸石槽，哪憋出的劲？"海叔明白了问题严重，马上笑着说："我不是瞎吗？没看见。地球人都知道。"

二儿子回来，见女人在井台洗手脸，地上的碎碗底还在滚动，马上明白了。他干咳了几下，算是提醒海叔注意，他有话要说。连海叔自己都说，金蛋比他哥老包强，说话有气魄，拿得住人。

"叫我说啥好呢？都一把年纪了，还充愣头青。"

海叔不满，这孩子训老子如同训小孩儿，说话没大没小。他马上站起移身到二儿子身边。他看得仔细，二儿子正怒气满面，怒目金刚，随时有扯家伙打人的可能。二儿子在村里也少有人惹，说话霸惯了。海叔马上又换了笑脸说："你听听自己说话，咋像训连城一样，我好歹是你老子吧。"

"那一石头把她打死了，谁都不中，我在替她维护一个公民权利。"

海叔一听，马上矮了身子。心想："你替她维护公民权利，咋不替老子维护维护？她身为晚辈，出口伤人，骂我是'熊老头子'。"再一想："她骂我'熊老头子'，还不是因为我打飞的石头击了她的碗，热汤烫了她。"热汤烫手的滋味可真难受呀。几年前大儿老包的女人弄了盆热水，放在屋檐下准备兑些冷水洗头，他干活回来，不晓得热水，过去就洗手，烫得嗷一声大叫，熟睡的孙女莲花都惊哭了。那一刻，疼得他想打人，真乃十指连心，心都欲碎了。如果刚才二儿媳扔了碗，连连掴他几个耳光，这张老脸能躲哪去？全乌坡镇里人都知道老公公逢儿媳——惹不起，姑且不说有金蛋为她维护公民权利，我也拿她没办法。他自己轻拍了一下老脸，朝井台边的儿媳说了声“对不起，都怪我这双瞎眼，若不是又死了一头牛，我准备配副眼镜呢。唉，真没眼福呀。”

海叔眼不利亮，自幼如此，整天迷迷糊糊，涂了层糨子一般。他说：“都怪娘怀胎时吃辣椒吃的了。”别人反驳他，说：“湖南四川人比咱这儿人更能吃辣椒，也没听说人家的孩子眼不利亮。你该不会说瘸子的娘是怀胎时吃了断猪腿，老扁嘴的娘怀胎时吃了癞蛤蟆吧？”他无言以对，只朝那人拱拱手，算是自认粗命了。因为眼不利亮，他少看了许多儿子媳妇的冷脸蛋子热口水。他因此自鸣得意地说：“眼不见心不烦，留着囊气过大年。”他没想到那些冷脸蛋子热口水全让老婆瞅去了。加上老婆心胸狭窄，揽得了儿子媳妇的怨声怨语，不愿跟别人透透气，以为家丑不可外扬，一个人鼓着肚子消化。哪晓得人世间有的东西消化不了就会憋出毛病来。

这天儿子儿媳教训海叔时，海叔放下铁锤，蹲在门槛上吸烟，两眼恍惚，一副毕恭毕敬又无所谓的表情。海婶生气了，刚骂了声“没成色”，就觉得舌头给人揪住了，接着眼前一黑，儿童打趴虎一般栽了下去。这一栽了不得，前脑大面积出血。医生都说，前脑出血的，百分之九十九都见马克思。海婶命大，占了那个百分之一，却落了个一只手、一条腿、半根舌头不听指挥，连做饭都成了大难题。虽天天用药养泡着，却总脱不了滑稽相。

这一变故，导致了再次分家。

第一次分家跟大儿子，这次跟小儿子。

老两口儿识趣。反正忙活了大半辈子，就忙出了这两处房子。两处房子一墙之隔，分别给了俩儿子。老两口儿如屎壳郎搬家，滚到了村口的洼坑边，搭了“趴趴屋”。这也好，趁如今能动，免得将来爬不动了，让俩儿子合演一出《墙头记》，将他们老头儿老婆儿放在墙头上挨冻挨饿挨蚊叮。反正村口的洼坑周围全是“趴趴屋”，全是老家伙的住所。忙了一辈子，盼儿长大，盼媳进门，造屋养厦，又盼着抱孙子，盼到最后，人生的任务似乎完成了，心犹不甘，以为这一切都是虚的，虚得像一日三餐前的炊烟，风一吹，散个精光。倒是住这矮屋，两口子相依为命，才是实实在在的，叮当作响的实在啊。

一家分为三家，相安无事。海叔本以为养养牛，跟身边的老头儿打打牌、下下棋，可以轻松一把，将几十年忙碌带给身心的疲惫卸掉，落得个听夏蝉、收秋果、看冬雪、沐春风，落得个老来乐、享天趣。哪承想孩子们不理解，生怕他一放松，功夫散了出毛病。大儿说，病都是闲出来的。他在城里打工，说城里人只要一退休，多数与医院挂了钩。二儿也说，人一忙，浑身汗腥，邪气侵不了，就不会生病。这话怎么听，都像是说给老婆听的，那一身病，是闲出来的？农村人，你没那个享福的命，还是离“轻闲”远点吧。儿子进城打工，儿媳没事打麻将，孙子孙女没处吃饭，自然会跑往这里。

以前合住村里时，海叔从未感到过粮食危机。现在不成了，土地承包二十多年没变动，他家原来有五口人的地，闺女嫁了，进来俩媳妇，引出几个孙子孙女来，一分家，海叔海婶只剩下一亩地。干活儿是轻松了，粮食进来的也少了。孙子孙女来吃饭，不是外人，总不能收他们的伙食费吧？虽未到无米下锅的地步，海叔总是担心着，只好在烂泥塘边开一点儿荒地种种，补一补，心里踏实些。

二

人拮据，牛却不是。

每当他看到那头牛慢吞吞地嚼草时，忘不了敲一下牛头，说：“有恁多草秸叫你吃，你也做个狼吞虎咽样子，叫我开开心。”养人怕吃多，养畜怕吃少。如今的庄稼秸秆不叫烧掉，各家各户，全都把秸秆堆在村口。村人多数烧了蜂窝煤，少数烧了液化气，也有更少数像他一样，继续围锅台烧柴草，也不怕烟熏火燎，污鼻子灰脸的。村口这些秸秆，全是喂牲口的，多得很，只是这头牛吃食不欢，让他不快。

这头牛已为他下了两头牛犊，一年一个，会生养，他看中了这条。这头牛屁股不大，颈部不粗，蹄子也没瓷碗大，干活也不中，就是会生犊子。两个牛犊子换了两千多，哗啦啦的票子一揣回家，他兴奋得差点儿亲一下老牛的腚，说："你啥都不中，就这地方争气呀。"他调着法子喂牛，牛嘴巴不精贵，什么草都吃。可海叔总将长麦秸铡短了喂它。而且用水淘一遍，怕草里有铁丝之类，硌了它的牙。今年还有一个秘密，他连老婆都没说。他偶尔到村后钱大明的养猪场里偷抓点儿饲料，拌进草里。饲料精贵，他以为对母牛孕小牛好处大，算是大补吧，将来下的牛犊更壮实，好养。这玩意儿，猪吃了长得快，牛肚中的小牛长得也快吧。

一个月前，他牵母牛赶集放犊，心里兴奋异常。其实半夜里已经睡不着了。母牛发情了，乱叫乱拱，拱得牛栏四下晃荡。牛栏在西间，海叔和海婶住东间。他一听见牛叫，心里一阵狂喜，连忙去牛棚里牵牛。

牵母牛出村没多远，身后土道上有机动三轮的喇叭声。海叔知道是四民的，他开三轮，不是拉人的，是贩粮食的。他闪出道，让三轮过去。他先听到四民嘘了声口哨，马上又听到了四民跟金蛋女人正说笑。金蛋女人咋会坐他的车？这四民可不是啥好东西，他自称跟皇帝同名，村人送他外号"朝廷"。村里年轻男人大多进城了，他光勾引人家的女人，说也弄出个三宫六院，七十二妃来。

金蛋女人笑得很浪，这让海叔心里像吃苍蝇一般，想瞅瞅他们有啥亲密样，阳光倒好，可惜自己眼不利亮，只瞅见个黑影子慢慢缩小。

他骂一声，扯着包头毛巾擦汗时，忽然觉得二儿子金蛋怪亏，进城辛辛苦苦挣钱，让女人吃好穿好，女人却给他戴绿帽子。这婆娘真欠揍。

到了配种站，给母牛放犊，花九十元。百元红票，人家找回来十元。以前，他总是将钱小心翼翼揣在夹衣的最里面，紧挨着胸皮，走动时，让硬硬的钱拉着皮，有种痒痒的舒服感。今天他没往里面揣，干脆买了一块牛肉，用两烧饼夹上，将十元钱一气花个精光。吃得美滋滋的，边吃边说："不过了，没意思。咱也享受一回。"

放过犊的母牛平静地立在他身边。等他吃完，那头牛打了个喷嚏，喷汁弄到了他手上。他用袖子抹抹牛喷汁，说："对不起，吃了你本家的肉，你别不满意，我也不想花这钱呀。可今天例外，不花掉，气场病，用钱买药吃，还不如这样潇洒、这样酷毙、这样帅呆呢。"

他如今说话爱用新词，都是从电视里学的。村口老扁嘴有个破彩电，是出嫁的闺女送来的，天天搬在坑边看。别看海叔眼不利亮，每晚都不落下。对城里的新鲜词，活学活用，时不时抛出来一两个，人家说他"狗吃麦苗——装羊(洋)"，他不在乎。反正以后农村城镇化，建设和谐社会，咱得与时俱进，先练着文明词。

刚出集市，有人捏住了他的后脖颈："姑夫，你小子偷吃嘴。"不用看，是老婆的娘家远房侄子。这地方，侄子跟姑夫胡乱、打骂、没正经，姑夫都得一笑了之。他说："别乱了，金屯贤侄，收你的费去吧。"金屯是工商所的，逢集都收市场管理费。金屯捋了一下他的后脖颈说："你小子以后吃香的，想想我的老姑。"他连连点头。金屯让他一支烟后，返身进了人流。

牵着牛回村，刚把牛拴在树根上，孙子孙女过来扯他衣襟，问他赶集一趟，身上带回好吃的没有。他愣一下，一拳头擂在大腿上说："忘了忘了，爷爷叫你们失望了，你们也别扯衣襟，干脆打我几下吧，对我是个提醒。"孙孙们小，果真抡着小拳打他的背。背上刚好有点痒，这一打，止了痒。他就笑，人有福了，想惩他，都惩不到。孙孙们不理解。他一笑，一个嗝涌上来，在集上吃的烧饼夹牛肉还有余香。他扇了一下嘴巴，觉得自己太自私，不主贵。那十元钱，该给孩子们买好吃的啊。

三

开三轮的四民对村子这么总结，说村里如今住的是“九九”“三八”“六一”部队。

这小子真精明，说得真有道理。“九九”是老人群，“三八”是女人群，“六一”是儿童群。这三支部队对付偷，抢，劫无能为力。去年村里还有许多狗，今年一开春，所有的大狗让人家偷了个精光。大白天，几个人骑了摩托车，在村子里过了两遍，也不知施了什么药，把街上的狗全熏死了，给它们装进了麻袋里，车子一冒青烟，绝尘而去。因此，老扁嘴吓唬海叔说：“老海，说不定人家兜里也有熏死牛的药，你小心点。”海叔表面不屑一顾地说“这牛是他们祖奶奶，他们舍不得下手”，心里却发虚，只要将牛牵出来，他无论干什么，都会一会儿瞅一眼它。他自己都觉得，关心牛胜过了自己老婆。

没事时，他跟人下土棋，叫“大方带斜”，横竖六道的那种。其他老头儿围在一边打扑克。大家都是坐在这洼坑里，早没了水，坑底也摊平了。有树荫，他的牛就拴在岸边去了身子的树根上，拴树上，怕它啃树皮。这儿倒是好地方，夏天凉快，冬天避风。

人家打牌不爱带他玩，他看不清，光出臭牌。谁跟他一班都输。老家伙们打牌争赢，也不赢钱也不赢饭，就图赚个痛快，都嫌他拖后腿。下棋，别人倒是喜欢他，眼差嘛。人家只要稍在手头上动作动作，就能将臭棋拨拉到好位置，变成好棋，比悔棋管用多了。可只要他悔棋，对方就损他，说他输不起，水平臭。

臭就臭呗，他还多事。每过一会儿，他就跑到牛跟前拍拍打打的。人家讥讽他：“那牛正倒沫呢，顾不了跟你亲嘴儿。”

可是，自从发现金蛋女人坐了四民的车，他好几天不去打牌不去下棋了。“金蛋不在家，四民乘人之危，这不是明扇俺家人的耳光吗?”他忍不了这口气。

他终于在午后徒步去了乡里，找工商所的金屯告状。

哪想金屯听完哈哈大笑说："老姑夫，让我摸摸你的二斤半。"他问："啥意思？"金屯拍打两下他的头，贴耳上去听听说："老家伙，你这里也没进水呀，咋糊涂成了糨子啊？这世上有捡金子银子的，可没有捡绿帽子的呀。"

他说："这四民搞女人有的是本事，村里人都晓得，你可以查查。这个事，虽然不好听，你得管管呀，闹不好，你表弟这个家，可就解体了。"

"有恁严重吗？"金屯问。

"解体是小，咱家以后在乌坡镇，再也别想抬起头来。"他声音大起来，"金蛋那脾气，火铳型的，知道了这事，不杀那狗日的才怪。出了人命，不是家破人亡吗？你得整整那小子，把这丑事消灭在萌芽状态。"

"想不到你老家伙新词还不少。"金屯笑说。

"托党的福，电视里学的。"海叔又递了烟，说，"这事，你可得管管，我可没求你办过事啊，不能闪姑夫的老脸吧？"

"这事你别急，我想收拾他，太容易了。我一个电话，我在派出所的弟兄都能修理他。"金屯说，"不过，我先跟刘银芝了解了解情况，她是村主任，不能越她的门槛吧。"

"对对，礼多人不怪。"海叔再递烟，却递过去一张百元票。他原先打算跟金屯说了事，顺便给老婆买些药的。但钱递过去了，不好意思再收回来，只好说："小意思，你请人吃顿饭吧。"本以为金屯会推让回来的，哪想到金屯给他倒水，转移了视线。

别了金屯，他到街上，阳光照得他双眼迷离，想睡觉，自从那次给牛配种，这几天他都睡不好了，夜里在床上翻烙饼，老婆明白他有心事，也睡不好了，问他："有啥事，别憋在心里，憋成了偏瘫，咱两口儿可有苦酒喝了。"海叔说："没事，城里人喜吃苦瓜，苦东西去火呢。"老婆子睡不好，病就厉害了，早起就说头晕，床不是平放着吗，她说是竖着放的。海叔问："竖着放的，你还不掉下来？"海婶说："一会竖，一会又横放了，荡秋千一般。"海叔说："你又想犯病，闹不好血压又到了一百九。”老婆说：“不碍事，我都出过血了，再出一回也没事。”海叔高了一声：“屁话，你以为脑出血跟你的月经一样啊，一月一次都没事。我去抓药去。”

这可好，就带了一张红票，放在金屯桌上了。海叔拐到一个角落，将上衣和裤子的口袋滤了一遍，希望能滤出几元来。没有。他拍了拍自己的头，说声“老糊涂蛋”，怪自己没有深谋远虑。明明有事，上集来，咋不多带几张来？又不是没有钱，床头下面的草鞋窝里，还有八百哩。马上就三夏了，麦收后再卖点，鞋窝里又会增加不少张。秋后的芝麻、大豆又能赚上几张来。关键是临冬时，母牛又要下犊了。养一冬，明年开春，一牛犊，能换回十几张来。

海叔这样乐观地想，想得满心欢喜。可远水不解近渴。这次来乡里，说是为老婆买药的，谁都不知是告状的。买不回药，村口那帮老家伙嘲笑不说，老婆跟前无法交代。

他想到了牲口行的牛经纪。这老头儿，逢集时，到牲口行里当经纪，没集时，在十字路边修鞋，几乎不离那地，比螺丝钉还螺丝钉。他们熟得很，经常打渣子骂玩。平时赶集，他总爱逛牲口行，虽然不买也不卖。他看看牲口，闻闻热腾腾的牲口粪，心里就很舒坦。有点儿一进家闻见热馒头的滋味。

那老头儿没出摊子，海叔问问旁边烤烧饼的，说老家伙熬出头了，闺女在郑州买了别墅，把他接去享清福去了。海叔茫然了。烤烧饼的见他站着不动，问他是不是想买烧饼，海叔心说连个烧饼渣都买不起。他傻傻地站在阳光里发愣。

幸亏金屯骑着车追上了他，不然他不知会愣到何时。

金屯支好车，笑着过来，拧住他的耳朵到了树荫里，将那张红票塞给他说：“你老小子啥时候学会这一手了。”海叔不好意思地说：“还不是想叫你帮忙嘛，市场经济，哪有白吃的饭、白帮的忙？”金屯说：“你小子别把人想得那么贪成不成？幸亏你不是大款，否则又是一条蛀虫。”海叔推着那钱不要，说：“我们是亲戚，不叫蛀虫，叫加深感情。”金屯说：“准备着，哪天我去了乌坡镇，你在家里，请我喝茅台吧。”

四

村主任刘银芝找海叔时，他有点后悔了。

海叔不想让村里人知道这事，村主任知道了，事情就难以保密了。一旦全村人都知道四民跟金蛋女人有缠腿事，那还不丢人吗？再说，金屯虽然说村里事不越她的门槛，把她看得极重，其实她根本整不了四民。因为计划生育的事，四民曾提刀在她家门口骂，说自己是“朝廷”，不是谁想欺负就欺负的。四民女人生了三胎女孩，刘银芝领乡计生小分队拉她结了扎。四民回来就火了，说：“村里还有个生四胎的，你们咋不结扎他们？捏起了我的软柿子，老子不服。既然大伙喊我‘朝廷’，我总得生个龙子吧？”刘银芝当时没在家，但她以后不会不知道这事吧？可她却没有吭声。

常言说，宁得罪十个君子，不得罪一个小人。海叔知道，村里人也都在怀疑，为什么偷狗人胆敢明目张胆来？那是有底线的，这个底线就是四民。因为只有他整天开着机动三轮，乡里村里跑个不停，连拉些不三不四的朋友。村里没人惹他，也就刘银芝惹过他。去年春节时，刘家门上有一用大粪和红颜色涂成的大鳖形，村里人都说是他干的。

海叔怕万一跟四民摞上了仇气，这小子不会叫你安宁的。趁你不注意，把牛牵跑了怎么办？但是，如今他都欺负到头上了，总不能视而不见吧？那也太对不住金蛋了。他不在家，老子理当挺身而出。豪气一过，又袭上一层恐惧。邻村发生了一件绑架案，说是仇家为了报复，绑了这家孩子。万一治不了四民，四民报复，想到这层下流手段，自己的孙子孙女岂不遭殃了？海叔一时没了主张。

面对刘银芝，他一句话都没说，只顾吸烟。刘银芝说金屯给乡派出所打了电话，派出所又给她打了电话，让她先调查调查这个四民是不是“采花淫贼”，派出所暂不好出面，以免打草惊蛇。只要有人证物证，人家马上就能铐人，让四民住黑屋去。

海叔犯了难，说："相好都是两人干的，咱咋会知道？"

刘银芝正色道："你可想好了，到底是相好还是调戏，还是强奸，这中间差别可大了。"

刘银芝将纸和笔放在海叔面前的桌子上。海叔抖了一下说："我识那几个字，早就馍吃完了，眼也不好。"他不敢摸纸笔，仿佛那上头涂了毒液，也不敢看刘银芝了。刘银芝叹了口气说："我不是叫你写字的，我会写。你说吧，我写，写完后，你叫金蛋女人签个字就成。"

海叔洋鬼子看戏——傻了眼。如果自己硬说金蛋女人被四民勾引了，坐了他的三轮赶集，这事叫金蛋女人去签字，她识字，看见了内容，不骂破他的老脸才怪呢。金蛋女人不但麻将打得好，骂人骂得也有水平。别说自己没抓到她跟四民的把柄，就是抓到了，她倒打一耙，将屎盆子扣过来，想躲都躲不开，非弄得一身腥臊，跳进黄河都洗不清。这事万一闹大了，几代人都沾了腥臊味……这一刻，海叔真的后悔了，不该跟金屯说呀。他以为金屯能治治四民，想不到他让刘银芝治，把球踢回到乌坡镇。

"你别急，慢慢想着说。"刘银芝告诉他，"这个四民作风不正，村人都晓得，咱不能叫他再这样威风下去。他不就是跟周围村里的混混关系好吗？邪不压正，咱还治不了他？现在派出所来了电话，咱得找好证据。咱村的媳妇，有的太不要脸。我的侄媳，你也知道，跟他好。我说男人在城里打工不易，让她离四民远点，外面风言风语的，万一叫侄子晓得了，会闹矛盾。你猜那侄媳说我什么？说我干涉了她的人权，还说村里没矛盾，要我这个村主任吃闲饭吗？把我噎得几天出气都不畅快。"

海叔的汗都下来了。他明白刘银芝早想治治四民，她想找块敲门砖，今儿个刚好找到了他。但他现在没有证据啊，只是怀疑，只是对四民的那一声刺耳的口哨恼恨，对他跟金蛋女人的浪笑恼恨。他害怕万一刘银芝治不了四民，再把自己暴露了，四民能饶了他吗？

恰好这时，外面干坑里的老扁嘴喊他打扑克，三缺一。连喊几遍。刘银芝收起纸笔说："你再想想，派出所抓人要证据的，有了，赶紧告我。村里治安搞不好，当村主任的难受哇。"

刘银芝一走，海叔拍了一下头，也走了出来。

五

海叔有意撕开了孙子的书包，然后提着书包到了大儿的院子里。大儿媳妇正在院子里拆冬衣，见他来了，站起来问啥事。

海叔让她为孙子缝书包，然后掏了五十元钱给大儿媳，说："以后再打面，麦麸皮给我喂牛吧。"大儿媳老实，跟海叔两口儿处得不错。她不好意思要钱，说："以后有了麦麸，给你就是，那值不了啥。"海叔说："亲归亲，财帛得分清，我买人家的麸皮也得掏钱，人家还欺我眼不利亮，里面添了沙粒啥的，你不会。这钱叫定金。"

接着他便说起与亲家公的友谊，说："年轻时一同挖河，睡在一个被窝里。"大儿媳很感动，说："俺爹也说过好多遍。"海叔说："前天我做梦见了他，依旧笑眯眯地，醒来我都哭了。多好的老兄弟，咋会出了车祸！"

这样一聊，公公媳妇关系猛地近了。他弹了泪。儿媳劝他别伤心："俺没了爹，你就是俺的亲爹了。"

最后，他自自然然地将话题移到了隔壁的金蛋媳妇那儿，说："村人都说四民对她不怀好意，四民这人谁都晓得，你替我听着，他侮没了金蛋家的，就是侮没了咱全家呀！"大儿媳说："你放心，我掏净耳朵便是。"海叔接过她缝好的书包，装着无奈的样子说："要是你婆婆手不残，不会拿来叫你缝；要是我的眼利亮，我也会缝，可我捏了针线，对着大太阳，就是不能把线穿到针鼻子里去。"儿媳感动了，说："爹，你别说了，孩子的心都叫你操了，不是他们到你那儿，我哪有空儿打麻将？"海叔出门时，儿媳塞了盒点心。海叔抱紧，心满意足地回了村口。

这盒过了期的点心,稍稍有点变味,不仔细品,吃不出来。他揣在怀里,在床下摸出一瓶白酒来。门口晒太阳的老婆问:“我咋闻见了点心味儿?”海叔说:“屋后的油菜花开得盛,是那味儿。”老婆说:“我闻见你身上有点心味儿。”他说:“我刚从油菜地里拔草回来,带的味儿。”

他出了院子,喊了一声“老扁嘴”,没人应。瞅瞅太阳,没到晌午。猜想老扁嘴可能在干坑里打牌。他不再喊,出门牵回了牛,拴在屋门口,叫老婆看着。老婆仍说:“我又闻见了点心味。”他说:“牛身上的吧?”

干坑里没有老扁嘴。他到老扁嘴的“趴趴屋”里找,老扁嘴的女人说去了屋后的油菜地。他一阵欣喜,说想哪里,就是哪里,这老扁嘴,也知道那里僻静、好受。

油菜地是老扁嘴的。地中央有一片巴掌大小的菜园,被齐身高的油菜包着,黄黄的油菜花上蜂蝶舞动着。老扁嘴蹲在菜畦里除草。海叔悄悄过去,一把捋在他的后脖颈上。老扁嘴扒掉他的手问:“瞎家伙,想拱我的韭菜吗?”

海叔拿出点心和酒说:“老哥,咱乱乱、喝喝、晕晕,中不中?”

老扁嘴说:“晕就晕,恭敬不如从命,给你个面子吧。”

两人一替一下,举瓶啁一口,再吃点心。酒辣,点心甜,味道不太搭配。海叔顺手扯半把韭菜叶吃了,连说“还是这嫩,可口”。老扁嘴说:“可惜黄瓜太小。”海叔说:“小也能吃。”老扁嘴说:“你吃个啥?”两手拦住他。海叔说:“啥时变成了小气鬼?”老扁嘴说:“再有十天半月,保证长成大黄瓜。到那时,还你的酒情。”

一瓶酒不知不觉进了肚,点心盒也空了。海叔让了烟,吸上。烟里散着浓浓酒味。

老扁嘴舌头有点大了。海叔不利亮的眼前朦胧一片,但他头脑还很清醒,知道请老扁嘴喝酒的目的。自从安排好了大儿媳妇,他心里踏实了许多。这等于在金蛋家上空安了监视器。只要四民去就能“录”下来。可是,对付四民,还应有些计谋。多年前,老扁嘴曾经治服了四民,让四民跪在他家院子请错。原因就是四民勾引他的儿媳妇。谁都不明白，他怎么让四民做到了那一步，海叔想让他来个传经送宝。

老扁嘴马上正经下来，问什么意思。海叔说："老哥哎，兄弟给你兜个底吧，我都快憋炸肚了。"他说出了四民与金蛋女人的事，并问该如何惩治那个流氓。老扁嘴一听就乐了，说："哪里有压迫，哪里就有反抗，乌坡镇上总算又有人撑硬筋了。这事，你怀疑不中，得确认。只要发现他们鬼混，就有法了。啥法？到时再告诉你，保准管用。咱担心啥，他也担心啥。我整他时他才一个妮，现在都三妮了，更有法了。你说说，咱都靠七十的人了，按古代六十岁活埋，这几年都是赚的，跟他拼命，谁占便宜谁吃亏？好，你只要确认了，我有法叫他下跪求饶。"

村口的海婶和老扁嘴女人同时喊男人吃午饭。

六

又是一个集。

阳光下，微风吹动着麦子快熟的气息。这气息提醒海叔，儿子很快就会回来。麦收时农活重，他们回来将麦粒囤住，再往城里跑。一个个忙得又黑又瘦，猴子似的。想到这，海叔心疼。如今的男人真苦呀。梭子一般，慌忙于城里和村里，只为织一块发财的"布"。把福分都留给了家里的女人，平时农活不重，现在科学发达了，庄稼一冒稞就打上了除草剂，再不用"锄禾日当午，汗滴禾下土"了。天冷时，女人们聚在一处晒太阳，东家长李家短聊个不停。天热时，就到屋里打麻将。她们应该感谢男人，好好守家带孩子，不该干那些对不起男人的事啊！

风暖了，海叔的心却浮起来。他赶集，其实是走过场的。等到集罢，才从农具贩子那儿挑个木锨扛回来。

他盯的是四民的三轮车。这家伙几乎逢集都上，在人群中攒动着。上边坐了村里的两三个年轻女人，金蛋女人每次都坐。她有自行车，为啥不骑？肯定与四民有猫腻了。

说来也怪，一到人群中，海叔的眼力马上增强了。四民将三轮车停在街角，从上面搬下些东西来，往粮行里卖。女人们也帮他抬粮袋，他给女人们买汽水。他那一双手当然不老实，在这些女人身上拍拍打打的。这些浪女人嘻嘻哈哈的，都挺高兴。有一回，他还用肩膀蹭了一下金蛋女人的胸。四民是有意蹭的。金蛋女人一点儿不气，海叔却气坏了，差点儿抡木锨过去，在四民肩上砍一下子。

海叔又到工商所里找金屯，让他治治四民。金屯说："刘银芝不是正在收集证据吗？咱们政府机关，治人可不是儿戏。"海叔无言。刚好过来一个工商人员，手拿材料，说这个案子的处理，还得以"省打击投机倒把条例"为根据。金屯看了看，签了字，让他走了。海叔心头一亮，对金屯说："这个四民四村八里贩粮贩芝麻，倒卖过化肥和农药，算不算是投机倒把？你们不是打击投机倒把吗？现在他家里还有磷肥和许多芝麻呢。"

"这倒对口。"金屯说，"这小子跟我们很多人都熟悉，我有的是办法。说实话，我正愁上半年的任务完不成呢。以后有这样的事多举报，我们还有举报费呢。老小子，你可干了件好事。我得请你的客，报你的恩，驴粪蛋子尽你吞。"海叔忙说："别乱别乱，有损你的形象。"金屯说："屋里没人，骂你小子几句，心里痛快。我老姑跟着你受罪，不骂你骂谁。"海叔说："你就不怕把我骂死吗？"金屯大笑说："好玩儿，骂死了你，我去摔老盆，扛柳幡，老包和金蛋靠边站，就怕你小子没那囊气吧？"金屯给他倒杯水，他一气喝下，说了声拜拜，矮身子逃了出去，说："我好死不胜赖活着，还得好好喂牛哩。"下午喂饱牛，干坑里的老头们邀他打扑克，他说到麦地看看麦穗生虫没有，坑里的老扁嘴说他："牵着不走打着后退，养牛养出了驴脾气，人手多时你光挤进来，人手缺时你不仗义。"海叔不理，朝屋后走。

绕过屋后的麦田，他并没有到地里看麦穗，而是拐个弯到了村子里，径直去了大儿的院子。这个时候，村民发困，都想午休一会儿。他听说四民爱趁这个时候勾引良家女子。上午四民和金蛋媳妇嘻嘻哈哈的镜头浮了上来，说不定那四民就会来。金蛋家除了媳妇，孩子在村口玩，没有其他人，到处都是四民可钻的空子。

大儿媳妇正在井台边洗头。他说："快收麦了，买了把手电筒。"大儿媳妇说："放在桌上吧。"并招呼他先坐。大儿媳妇开始擦头。他吸上了烟。大儿媳妇近前来，悄声说："昨天傍晚四民去了金蛋家，借打煤机子哩。金蛋女人说：'你也干这笨活？'四民说：'听老婆的话，跟共产党走，大家小家都安定。'还说现在真好，去谁家，都不怕狗咬。"海叔心想，那是，村里的狗都叫狗杂种们偷走了。"金蛋媳妇说：'你老婆对你不错嘛。'四民哈哈一笑说：'这就叫家里红旗不倒，外面彩旗飘飘。'后来两人进了屋十几分钟后，四民扛起煤机子，叮叮当当走了。"

海叔起了身，仰头看墙边的眉豆架。眉豆秧绿油油的，眉豆的秧头伸过了墙，伸到了隔壁的金蛋家。海叔说："梯子呢，我帮你把秧头扯回来，省得金蛋媳妇偷摘眉豆，占了便宜不承情。"

墙头高，梯子破了，不站人还吱吱作响。大儿媳搬来梯子，叫他扶着，她身子轻，眼力也好，上去方便。

她站在墙头上，将秧头拉扯回来，弄出了呲呲啦啦的响声。金蛋媳妇正在屋檐下的小床上午休，惊醒了，说："嫂子，眉豆生得怪旺呢。"大儿媳妇说："你喂的鸡多，我怕秧头过去，叫鸡叨掉，死了秧子，才把秧头翻过来。"金蛋媳妇说："你年年种眉豆，地还恁肥，你有绝招吧？我得看看，取取经。"说着，她搬了梯子上来，双手扒住墙头，头露了出来。她看到了海叔扶梯子，眯着两只眼正朝上看。上面的大儿媳穿着裙子，裙边在微风中摆动着。

她说："嫂子年年种好眉豆，原来是爹暗中帮忙呢。"

"我来送手电的，碰上了，这梯子不扶住，断了咋办？"海叔说。

"明年可得帮俺院里种一些。"金蛋媳妇尖声说，"想不到爹除了养牛在行，种眉豆也行呀。都是儿媳，你可要二一添作五，两只手放平呀！"

大儿媳妇和海叔有些尴尬。大儿媳说："爹，我叫她过来扶，你忙去吧。"

海叔如释重负，回村口，找了老扁嘴下起棋来，连胜三局，对手刮目相看，说："你老家伙，这棋杀性恁重，该不是喝了兴奋剂吧？"海叔说："早该杀你个屁滚尿流了，我留着情呢。"老扁嘴说："睁睁瞎眼，看看把我的脸气成了什么颜色？"海叔一笑："多看一眼，我怕浪费表情哩。"

七

村子里忽然来了四个工商所的人。由新上任的所长带着，开了辆"半截头"，一下子堵住了四民的大门。刚刚发动了三轮的四民立马熄了火下车，笑眯眯地来到众人面前敬烟，并请进院里。其实，他不请，人家已经进了院子。

院子靠西墙处，搭了个简易棚。棚里除了干草，还有几十袋化肥。因为麦收之后种秋，芝麻、玉米都需追肥，四民想乘机捞上一把。几个人也不多话，抬起化肥装上"半截头"的拖斗里。四民有点发愣，他女人不干了，扑过来，用热烘烘的身子阻拦工作人员，大喊"遭抢了，遭抢了，快来人呐"。所长他们见惯了这种场面，根本不慌张。所长掏出工作证，敲了敲执法证说："我们是执行任务，有什么事到乡工商所里说。"四民恍过神来，连说："都是兄弟，这是演的哪出戏？"所长一指他说："如果没猜错，你就是四民吧，外号'朝廷'。"四民说："那是玩笑话，别误会，兄弟们先喝口水，有话慢慢说。"所长说："咱还是到工商所说去吧。"这时化肥已全装上车，司机跳进了车里。四民忙给女人递个眼色，女人会意，马上躺到了汽车前头。所长说："四民，知道你老婆在妨碍公务吗？"四民说："老兄，有话好说。"所长上了车，有人将四民女人拉到了一旁，车子开了过去。这人紧跑几步，上了后斗，坐在了化肥袋上。

四民女人不死心，撵上来，朝村口大喊，叫村口的老头儿们截住汽车，那些老头儿抬眼看看这群穿制服的人，又低头打牌、下棋。海叔兴奋起来，小便有点失禁，赶紧回屋子换裤子。海婶在门槛上瞅瞅他，他将换下的湿裤子提起来，在空中舞动，像扇打苍蝇一般，口中说着“干得好，干得好，治‘死’四民”。

大约十分钟后，四民开了三轮驰向村外。

坑里玩牌玩棋的老人们议论起来：这回“朝廷”坐不稳江山了，这回“朝廷”不出血不中了，这回“朝廷”罗锅子过河——湿脸了。那几十袋化肥，好多钱哩。有人说，反正“朝廷”有钱，几十袋化肥，九牛一毛罢了。人们一议论，午后的村子才苏醒了过来，有了些人声人语。

不远处的树荫下，四民女人正在哭泣。她的小女儿也哭，怪可怜的。自然有妇女过去劝劝她，说：“四民有本事，会把化肥要回来的。”她哭道：“凶多吉少，哪见过染房倒出来过白布呀？”她埋怨村口的人不帮忙，放走了那辆车。别人劝她，以前那些药狗的，骑着摩托，大白天冲过村街，没人拦。那是坏人，各家的狗都偷了，都没人管。刚才是公事公办，谁敢拦？四民女人叹道：“俺混得真臭哇……”

有人说，听说老海家有亲戚在工商所，找找他试试。也有人说：“以前派出所工商所来咱这，都到村主任家歇脚、喝水，不如找找刘银芝。”四民女人渐渐息了哭泣，扯孩子回家。她洗了脸，换了衣服，便打起四民的手机来。

黄昏时分，四民的三轮喷着灰烟回村了。几个年轻媳妇在村街上，问他事办得如何。四民一笑：“没事儿，大不了请两场客。”说得轻松自然，让人感觉不到几十袋化肥的沉重。

晚上海叔正在看电视，一个武打片，正在刀光剑影，两班人未见胜负。金蛋女人喊他回家时，他有点儿不情愿。旁边有老人敲了他一下：“再磨蹭，儿媳要骂老脸了。”回家才知，四民来了，提来半袋猪饲料，说：“这玩意儿喂牛，可能也不错。”海叔心里明白，他这个简陋小院，还有两间“趴趴屋”，四民是第一次来，别看他整天开三轮从门口经过。他知道四民来的意思，也知道这半袋饲料的意思。他朝四民笑笑问：“大侄，哪股风把你吹来了？”四民也笑：“无事不登三宝殿。”金蛋女人靠门框站着，笑着说：“他‘朝廷’微服私访哩。”

几人一笑，气氛轻松起来。可海叔一看到他们离得近，马上想到他们一道来的。从村中到这里，村街上黑蒙蒙的，谁保证他们不勾肩搭背？他心里马上有了气。但是，捏棍不打送礼人。他不好发作，默不作声。

四民说：“大叔，下午工商所的，弄走了我的化肥。俺老表金屯在那，我们不熟，你能不能帮我跑一趟？”

海叔说：“只怕我去了也不中，那金屯见了我没正经，光胡乱。”

金蛋媳妇说：“那是跟你近呀，其他人他咋不胡乱？”

海叔一听，他俩一个鼻孔出气，不知道的，还以为他们是两口子呢。海叔更加生气。他喊了两声海婶，叫倒茶。其实，海婶也在外面人群里看武打片哩。海叔说：“这女人哪去了？茶瓶也找不着，把我气瞎咋的？”

金蛋媳妇说：“我去找茶瓶去。”她到小灶屋里提出茶瓶来。四民说：“别客气，又不是外人，不喝水。”

海叔心想，你们不是外人？都到了这层关系上，啥事做不成？他觉得自己忍不住了，连忙装了笑脸说：“我明儿去一趟，问问，这可保不准，咱也不懂他们那一行的事。你瞧，俺这屋不能坐，西间里拴了牛，臭气熏天的。”

送四民出门时，忘不了把半袋饲料送过去。有些人送的东西是不能沾的，尽管他非常想要这饲料，牛槽上的牛也似乎闻见了饲料的香味，用牛角抵槽，用蹄子跺地，又打了几个响鼻。四民说：“这东西得留着，人常说，成不成，三两瓶，这不算啥。”海叔坚决不要，说：“这是猪吃的，又精贵，牛这东西不精贵，啥都吃得下。”金蛋女人不乐意了，将饲料又推回来说：“算我送你的，中不中？等到麦收时，你帮我扬扬场吧。”她的话叫海叔眼前发黑，忙扶住门框，一恍神，他们消失在黑暗中。

海叔捧出一把饲料撒进牛槽，那牛香甜地吃起来。昏暗的灯光里，他当然看不清母牛的吃相，但他听得清清楚楚。他拍了一下牛背，说：“吃吧吃吧，是金蛋媳妇叫你改善生活哩。”

八

海叔是让四民喊起床的。

夜里他失眠了，心难平静，整整吸了两包烟。最后他听到了鸡叫，起来给牛拌了一次草，对着潮湿的牛铺撒了一泡尿，打尿战时，他终于笑了两声，倒回床上，一下就入了睡。

他从容地坐进三轮里。四民发动前还递了他一支烟，满脸堆笑。这一切都没出他的意料。出他意料的是金蛋女人没在车上。昨夜他还想，金蛋女人在车上，公公对着儿媳，又是儿媳的相好开车，那情景该多尴尬。

车虽颠簸，但他心情很好。这还是第一次坐四民的车，做梦似的，以前真没想到过。再想四民丢掉几十袋化肥的沮丧样，就想偷着乐。

车厢里放着铁钳之类。他想，如果此刻想整四民，只需对准他的后脑勺一铁钳就行了。在打上的一瞬间，自己可以迅速跳出去，顶多擦伤皮，流点血，生命无大碍，还为金蛋出了口恶气。又一想，不行，这不是太简单了吗？他想看的倒不是"朝廷"的死亡，而是他的倒霉样，最好是他天天垂头丧气，头勾得像深秋的谷穗子。这样，他还敢调戏良家妇女？哪个女人会跟他相好？

车停在集市边。海叔到烧饼摊上买了烧饼，四民忙着结账。又到牛肉摊前切点牛肉夹上，四民又忙结了账。海叔笑了，说："咱爷俩，你客气个啥？你这一客气，我就有了压力。"四民忙说："别有压力，别有压力，不就几十袋化肥吗？我'朝廷'跑了恁多年的生意，难道连几十袋化肥都赔不起？！"

海叔明白他在吹大气，心想："你要是真舍得化肥，还会找我这糟老头子？"但他还是说："大侄子，反正我有多大劲就全使出来，只要金屯说话管用，咱就有希望。几十袋化肥，搁你身上，牛身上拔根毛呗。搁在我身上，可就天塌地陷了。咱得要回来。"

海叔揣了四民给他的帝豪烟，进了金屯的屋。屋里的人都得了他一支好烟。别人一走，海叔关上门。金屯说：“你小子咋舍得吸这烟，该不是把裤子当了吧？”海叔掂掂裤腿说：“这不，裤子好好的。”金屯继续打哈哈说：“那就是把牛卖了。”海叔说：“也不是，是托工商所的福，‘朝廷’买的。”金屯说：“你该不是来求情的吧？”海叔坏坏地一笑，说：“他倒是让我求你，不过，我是来献计的。咱来个小窟窿掏个大蛤蟆吧。”

他俯在金屯耳边低语几句，金屯说：“妙，反正我马上调往兄弟所，咱就合唱一出戏吧。”他说：“四民这回撞到了枪口上了，我们刚好有这个专项打击活动。”

海叔顶了阳光出来，脸色沉重。四民从旁边的街角过来，问咋样。海叔叹一句，马上说：“所长是新来的，金屯跟他尚未成为铁哥们。”四民聪明，马上拿出一扎钱来说：“这是五百元，你让金屯请请客。”海叔有些迟疑，四民又拿出一张说：“图个六六大顺。”

不是金屯说，海叔不会晓得，四民不光是几十袋化肥没收的事，人家还要罚他款呢。昨天下午，罚款单都给了四民，好几千呢，四民能不急？平日里他有些狐朋狗友，也托人打了招呼求了情，新来的所长直筒子，不缴罚款，不认。也就是说，这几十袋化肥没了影，还得另交罚金。

事儿比四民原先想得大。但海叔异常高兴。

海叔将六张硬硬的票子捻动着，如同洗牌一般，身子却没动。口中念叨着：“要罚好几千哩，要罚好几千哩。那所长是个硬头钉，准备去咱村拉你东西呢。”

四民有些急，绕着他转悠了两圈，又摸四张票来，塞过来，说：“凑个整数吧。”

海叔将钱叠好，揣进怀里，慢慢地走进了工商所。

一进金屯的屋，见仅他一人，海叔马上关门，接着大笑起来，眼泪都溅了出来。金屯一拍他肩膀说：“好小子，看样子，阴谋得逞了？”海叔住了笑，将一千元放在桌上，拍了拍说：“这钱真新，捏着真爽。”金屯捻起票子，用食指弹了弹，发出啪啪的声音。然后抽出五张来，给了海叔，说："这是你的举报费。"海叔说："太多了，我一句话值不了恁多。"金屯笑笑说："老家伙，这还是少的呢。你出去告诉四民，以后老实点儿。"海叔问："这事是不是算完了？"金屯说："也算完了，但你得说正研究呢，让'采花大盗'再提心吊胆几天，叫他发急。"海叔竖起大拇指，连说"高，实在是高"。

海叔回村时没坐四民的车，一个人在路上蹦跳了好多次，整个人感觉很爽。怪不得村干部今天计划生育，明天宅基地，后天挖河修路，想着法子整人。靠近村子时，他钻进了麦地的墒沟里，蹲下来，好将五张票子再次把玩一遍。出来时，忽然想，万一四民知道了咋办？脖颈里有了凉气。又一想，他根本不会知道，便心安理得下来。

麦子成熟的气息真好闻呀。

九

麦子成熟的气息在暖风中真好闻，吸进鼻里，肺腑都舒坦。每年的麦收季节，海叔都会兴奋一番。大集体时，一打麦子，就能吃上几天白面馍，喝上几天白面条。现在终年的白面馍白面条，他没吃够，对收麦依旧向往。

并不是事事如愿。

尚未开镰割麦，大儿子给了他一肚子气，把他气得直吐血。

大儿老包打工回来没挣到钱，遭到了女人的奚落。自己一生气，喝了一瓶白酒，醉醺醺地来到"趴趴屋"，到牛槽上解牛绳。海叔问他弄啥，他说把牛卖了。海叔问："你卖牛弄啥？"他说："卖牛换钱，收麦用，种秋用。没有钱，人家的收割机就不收，没有钱，就买不来化肥和玉米芝麻种。关键是没有钱，女人不叫挨身子。"海叔哪能叫他去卖？他一卖，这不是牵走了自己的"猴"？

海叔推他出屋，又从院里推到院外说："你没钱，去城里吃闲饭啦？回来剥削我，拿我当冤大头，快滚。"

老包在院外便骂起了海叔。海叔提棍去打，老扁嘴拦住了，说："他醉了，闹一会儿就会走。"老包坐在地上，背靠一棵树，泪流满面地大骂："老海你就会看我笑话，就会见死不救。你就不想叫我富。你听听给我起的名，老包。老包是清官，他不穷谁穷？你咋不给我起个'金蛋''金屯''银芝'呀？瞧人家金呀银的，都有钱呀……"

老扁嘴扯他起来，让他回家睡觉。老包不干，继续骂海叔，说："你不要良心，不叫我卖牛，就不怕给牛抵死吗？抵死了，我一声都不哭你。"老扁嘴说："乖乖，别骂了，你爹都吐血了。"老包却说："他装的，他偷着喝的红酒。"围观的人自然笑个不停。

老包来了劲，像个干部似的，做起了报告。

"老少爷们，以后我不叫老包了，我改名字了，我叫银盆，大家叫我银盆吧……谁要不叫我银盆，我可骂人。"

他走走停停，半天尚未走进村子，只在村口打转转。说出的话也就这一句囫囵个的，也在打转转。

终于有人不乐意了。是养猪的老板钱大明。他身材矮小，平日里打架，两个都未必是老包的对手。今天他带了两三个弟兄来，上来就揪住老包要揍。他在村里可不是一般人。四民骂刘银芝时，说的那个生四胎的就是他。在村里，计划生育是强政策，人家生二胎就结扎，墙上写着刺目的白字："生一胎，哈哈哈；生二胎，扎扎扎。"他生四胎都没结扎，可见水平够高的。他们上来就骂老包犯上作乱。

"银盆是俺爷的讳名，你小子也配？再说半句，舌头给你锯掉。"

他们兄弟将老包推来搡去，碰起"蒜瓣"。老包也不再骂人，被他们推得晕头转向。

正在生气的海叔闻讯过去，推了钱大明一把，说："小孩子错了，有大人，你这是干啥，想把个醉汉打死不成？"

老包并不领海叔的情，摆摆手说："打死我，权当你的牛落了犊，你别管我的事。"他说着散开上衣，拍着胸脯说："谁想打，向这戳一刀，省得老子活受罪了。”

钱大明骂了几句老包，他的兄弟也打了几下。老包没有感觉，依旧面不改色心不跳，说：“谁杀了老子，老子到阴间谢谢他。”

海叔吼着，将老包护在一边，让人去喊他女人。

钱大明跟海叔关系不错，有时养猪场的母猪生崽，他不会接生，总是请海叔过去。海叔眼虽不利亮，可是一旦手挨上母猪的产门，浑身都变得灵巧起来，特别是那双笨拙的手。每次接完猪崽，在水边用香皂一遍遍洗手时，他都会再闻闻。钱大明就跟他开玩笑说：“海叔，还臊不臊？”海叔满不在乎地说：“给个卤鸡，马上吃完。”

钱大明让海叔一支烟，说：“海叔，他喝多了，我不跟他计较，但是以后他若敢叫‘银盆’，我就不客气了。这不是欺负人吗？”

海叔吸上烟说：“大侄，你先走，他就是长到胡子白，也叫老包。他小时身子弱，差点死，我起的名字，救了他。他敢改，虽说儿大不由爷，但我是他爹，不听我的，我头朝下走路。”

钱大明兄弟朝海叔一抱拳，转身离去……

对于老包的酒后失态，几天后海叔才知道，主要是金蛋女人在煽风点火。老包回来的第二天，金蛋女人就告诉他：“以后可别给嫂子买裙子了。”老包问：“为什么？”他以前给女人买的裙子，是人家十五元一条的处理品。金蛋女人说：“嫂子穿上俏是俏，人家光看。”老包说：“那也没啥，啥衣服都是叫人看的。”金蛋女人说：“咱爹眼不利亮，看得仔细呢。那天嫂子上墙扯眉豆秧，咱爹在下面扶着梯子，我从墙这边看见了，咱爹昂着头，瞪着眼珠看。还不是嫂子穿了裙子，白大腿裸出来的多嘛。”

老包头一蒙，蹲在地上半天没起来。想起昨晚与女人生气，没挣到钱，女人不叫上身，他气得嘴打哆嗦。瞅到眼前的地上有一群蚂蚁抬着一只死蚂蚱，他伸手过去，捏起蚂蚱捻个粉碎，又捏蚂蚁……然后到四板桥商店里赊了一瓶酒，三饮而尽……

听到这情况，海叔咬牙切齿：“金蛋女人真不要脸。”他用蝇拍子击赶着牛身上的牛虻时，击一下骂一下，“我打死你个小舅子，我打死你个臭娘们”。本来，他不想说她和四民的事，等金蛋回来，非告诉他不可，揍扁这个臭娘们，叫他痛快痛快。

十

金蛋真的回来了，海叔反而什么都没说。

金蛋比老包强，不光挣到了钱，还给海叔海婶送了些礼品。给他一件汗衫，给海婶一双塑料凉鞋。金蛋和媳妇一块儿来的。媳妇抱着东西。媳妇还叫海婶脱下开了口的布鞋，帮她穿上凉鞋。海婶喜眯眯地说：“乖孩子，这鞋你穿吧，我这脚不中，左脚穿金鞋都不中，浪费了。”金蛋媳妇笑着说：“穿这双凉鞋，走金光大道，说不定，脚会好起来的。”

海叔吸着金蛋的烟，眼光落在老婆和儿媳身上。他什么都不想说了。说啥呢？沉默是金吧。所有的怨气，都憋在肚里，攒些气力，收麦吧。

整个麦季，他都沉默着。说是麦季，也不像从前要用镰割、用车拉，累得人灰头灶脸，浑身散架，往地上一躺，能听到骨节啪啪作响。如今北方来的联合收割机，从麦地这头隆隆地拱到那头，边吃边拉，吃的是麦秧，在地头吐出麦粒来。人轻松多了。加上今年联合收割机是四民叫来的。四民对海叔有感恩情绪，他让海叔一支烟说：“老头儿，今年叫你收个处女麦。”说完，那收割机就冲进了海叔黄苍苍的麦地。

海叔感到累的是扬场。光扬自己的一亩三分倒不累，主要是还得给老包和金蛋家扬。这俩小子农活学得很差。现在大家都不造场了，都买了花条塑料大单子，将收割机吐出的麦粒摊在上面，晒得精干，再扬出麦糠来。扬场是细活，弄不好，麦粒子就往单子外面跑。海叔水平高，眼不利亮，他就闭上眼，抛出的麦粒都落不到外面去。这本事是几十年大集体劳作时练的。集体劳作，比不得现在，你若没有农活本事，人家瞧不起，特别是这种技巧性的活。

别看老包几天前还骂他，可海叔还是先给他家扬场。老包心愧，提来啤酒散开烟，放在单子边，他自己倒是一口都不喝。他握着笤帚，在海叔手下晃动着，默默地打落籽。打落籽，只将扬不出去的糠和带糠皮的麦粒扫出去，比起扬场，轻松许多。

海叔扬上一会儿，蹲在单子边喝几口啤酒，吸半支烟，也不让老包。尔后再扬一会儿，再蹲过来，喝几口啤酒，捡起刚才剩下的半支烟点上吸。老包从不蹲下来，一直在麦粒中间扫掠着。

老扁嘴路过，见海叔潇洒样，有点儿嫉妒，欺身过来，夺过啤酒瓶啁了一口，拿出一支烟点上。又把手放在海叔的后脖颈上，怪怪一笑，低声说："可别叫老包喝呀，他一喝还会骂你赖熊呢。"海叔说："爬你嫂子那头睡去吧。"老扁嘴起身走了，说了声"拜拜"。

海叔越看老包，心里越不对味。偏巧老包女人拉回一车刚下机的麦粒，累得在单子边抹汗。海叔叫老包过来卸麦粒，然后一推车把，让他去拉麦粒。老包乖乖拉车而去，儿媳妇留了下来。海叔心里倒是疼她，而不疼金蛋女人。儿媳提扫帚进单子，海叔说："先喝点啤酒，天好，这活也没个早晚。"像给说亲生闺女似的。

到了给金蛋家扬场时，金蛋女人不想去拉麦粒，她想留在单子上打落籽，这活儿轻松些。海叔当然不干，说："金蛋，你好好学学这活儿，等我扬不动了，谁帮你？"金蛋一句话，气得海叔差点扔木锨走人。金蛋说："我用电扇吹，不扬它了。"

他不想学扬场，不想打落籽，倒是愿意去拉麦粒。

海叔的眼前，晃动着金蛋女人高大丰满的身影。他觉得自己的目光无处可放，总是在麦子和空中游弋着。更让他不自在的是她身上散出的女人气息，刺鼻得很。多年前，海婶身上也散放这种气息，海叔觉得好闻，总爱支棱着鼻翼围着她前后闻，像警犬一般。现在他不想闻了，这气味让他透不过气，让他恶心。

他一想起金蛋女人和四民的事就恨，活儿的质量自然下降了。这只他一人晓得，金蛋他们根本瞧不出来。金蛋女人还把扬出来的半盆秕子给了他，让他喂牛。端着这半盆秕子进家时，他还笑，自言自语"寡妇媳子生孩子——心里有数呀，这熊世道"。

牛在槽头，听他回来就叫，就跺蹄。海叔一阵亲切，捧一把秕子放槽里，又给牛拌了草，放掉拌草棍，手搭在牛脖上，半天没有拿开。叹一句"这熊世道……"牛抬头大着牛眼瞅他，他敲了一下它说"吃吧、吃吧，这是好东西，金蛋女人对你的孝敬，吃了好养犊子。"

十一

麦罢天，干热风起来了，麦茬地里的玉米苗、豆子苗、芝麻苗、红芋苗也都起来了，当然，草也起来了。除草、间苗的事，将村民们集中到了洼地里，自然来的依旧是"九九""三八""六一"部队，青壮的男人又一次进城了。

这种活可不是海叔的强项了。他眼睛不利亮，不敢用锄除草、间苗，怕把苗和草一同砍掉，只好蹲下来，仔细着，边瞅边拔。如今他的腿也不好了，蹲一会儿就麻木，得站起来伸伸甩甩。

草并不多，因为都打过除草剂了。可是芝麻苗总得拔开，使它们疏朗有致，利于收成。这活儿搞得海叔心烦气躁，腰酸背疼腿抽筋。海婶不能下地，坐在门口看牛，海叔不干不中。累了，吸口烟，听到左右洼地里年轻女人的欢声笑语，尤其是金蛋女人的，总觉得浪里浪气的，心里就来气，干脆掐了几片拔掉的芝麻叶，团团成蛋，塞住耳朵不听，一门心思拔草间苗。这样倒好，连人家喊他都听不到了，害得刘银芝喊累了嗓子，踏着青苗，来到他背后，朝屁股踢了他一脚。

见是刘银芝，他马上掏出"耳塞子"说："罪过罪过，害村主任走了恁远的路，白凉鞋都踏成了青凉鞋。"

刘银芝已经整好了四民的材料，想让他签字。他连连摆手说："我不管那事了。"刘银芝说："这里面还有老包女人提供的证言呢。"他还是摆手说："别说老包女人的证言，就是金蛋女人亲口说的，我也不管了。"刘银芝不解，问他咋变得没了立场。海叔说："我一把老骨头了,多一事不胜少一事,少一事不胜没有事,请您理解。”

太阳毒辣辣地晒着,干热风热辣辣地吹着。刘银芝也不愿多说,起身离去时说:“你好好想想吧,想好了,村委会找我。”望了她轻飘飘的背影,海叔觉得自己也轻飘飘的,不能再治四民了。海叔想,光棍打九九,不打加一。他心里反而有些惭愧,那五百元真有些烫手呢。

他觉得裆里不是味儿,一瞅,发觉自己刚才失了禁,真是越老越不主贵了,动不动就尿裤子。虽然裤裆湿了,依旧感到尿憋。洼地里没厕所,不远处有个老坟院,十几个坟连在一起,中间的空隙成了天然厕所,大家都到那里解决内急。海叔内急尚可忍住,可他急着想去那儿脱下裤子拧一拧,再晾晾裆中物件,以免得上湿疹之类的折磨人。

眼不利亮的海叔一靠近坟院,就脱裤子想进去。金蛋女人蹲在里面喊:“爹,爹,我在这呢,你先等一会儿。”

海叔一眼瞅见了金蛋女人的白屁股,又热又暄,一下子砸在了他眼上。他提裤就跑,耳边如同围了许多只蜜蜂,嗡嗡不停。

窝囊!一肚子尿全进了裤裆,又流在了腿脚上……

海叔萎靡不振了好多天。早秋这点活儿干完了,老头儿们依旧聚在了干坑里打扑克、下棋,海叔静静待在一边不加入。人家一喊他,他就到牛身边打牛虻。夜里看电视也没精神,有时就守在牛槽边发愣。

乌坡镇人迷信,说“老公公若见了儿媳的屁股,会遇到倒霉事”。海叔躲着大家,是怕跟人家发生矛盾。他想把“倒霉事”默默地熬过去。他相信只要小心谨慎,息事宁人,便可逢凶化吉,遇难成祥。

可人有时就是贱,越想回避一些事,就是避不过去。好几天啦,只要他一静下来,金蛋女人的白屁股就在眼前晃动。有时他会扇自己的老脸,骂自己的眼,看别的东西模模糊糊,看儿媳的屁股咋恁清晰?这双眼真该抠下来,让孙子连城孙女连花他们当弹珠耍。

这天海婶看见他一边给牛搂毛，一边扇自己的脸，知道他心里有事，忙问：“你有啥事，给我透透吧。”海叔说：“没啥，除了牛，我啥事都不管。”他的口气不对味，海婶找出半包烟，到外面递给了老扁嘴，说：“你劝劝他吧，我看他有点神经。”老扁嘴接了烟，说：“可不是，麦后恁多天，他不靠人场了。这事我看也蹊跷。”

十二

老扁嘴还没来得及找他，他就出了事。

这天，一辆摩托车停在了海叔门外，人们不在意，以为是他的亲戚，还有人说是金屯的人吧。两人进了院，在轧井边轧水喝。海叔出来说：“屋里有茶，喝茶吧，别喝冷水坏了肚子。”两人说声“谢谢”，真的进了屋。一进屋，其中一人说：“我们是乡政府的，给你送救济金的。”海叔一听，马上敬烟，连说：“谢谢乡政府，谢谢乡政府”。另一人说：“钱不多，是点心意。”海叔说：“那是那是，你们辛苦了。”人家说是一百一，给了海叔两张红票，让海叔找钱九十。海叔捏了红票，掀开床席找零钱，宰四民的那五百放在那儿，不过花得还剩二百了，全都换成了零票，花着方便。席下的钱一露头，那两人一把抢了去。海叔以为人家会数够九十，把剩下的还给他，哪知那两人飞身出了屋子。海叔心想“坏了”，忙喊“别走，别走”。海婶从外面进来，想堵住人家，人家一拨拉，海婶就飞了出去，海婶可着嗓子喊“有贼，有贼”。不过，她的口音不对，干坑里的人虽听到了声音，却没辨出字音。

等海叔出来，操了棍去追时，人家的摩托车早跑出老远了。干坑里的老头们过来问情况。海婶爬起来说：“刚才那两人是贼。”海叔说：“他们也没占到多大便宜，只不过换走了我的零钱。”说着，他晃晃手中的两张红票。

老扁嘴夺过一看，又举起来，对着太阳照了照，说：“不好，这两张是假的。”大家轮着看，可不是，没有阴影。海婶摸摸，埋怨海叔说：“你还成天摸钱呢，这种钱，用手一摸就不像真的，真钱硬呀。”

海叔蹲在门口，半晌不语。

大家以为他气蒙了，都默默出来，到干坑边议论。老扁嘴说：“这些贼真胆大，大白天敢进宅骗钱。”有人说，早知道就两个，咱这些老家伙也能拿住他们。有人唏嘘，没把老海的牛牵走，够便宜他了。老扁嘴说：“他们牵牛是个负担，牛走得慢，摩托车又驮不动。你以为他们傻呀。”还有人说，老包骂他，他都吐了血，这回也非吐血不可……

十三

海叔没有吐血。等到他从迷蒙中彻底清醒过来，他笑了。海婶说：“老头子，不就二百嘛，你要想开些呀，财去人安乐，算是花钱买平安吧，钱是人挣的，也是人花的。”

海叔说：“你说得对，财去人安乐，花钱买平安，这一回，倒霉的事算是过去了。我也能喘喘气了，好好养咱的牛。”海婶以为他是装得不在乎，心里却在发痛，又劝他：“有个好身子，一年一个牛犊，咱也不愁吃不愁穿了。你好好养牛，我喊老扁嘴过来，传传你养牛经，大集体时，他当了十几年的饲养员。”海叔说：“去吧，叫他过来，俺俩切磋切磋。”

以前海叔养牛不成，爱到养猪场里找钱大明问，人不可貌相，钱大明个矮貌差，肚里的墨水却很深。他对养牛没经验，劝海叔喂猪。海叔讨厌猪，臭烘烘的。他从来没找过老扁嘴，因为老扁嘴喂的生产队的牛，生病了花钱，全是队里出，显不出什么水平。再说，他也没见过老扁嘴喂过下犊的母牛。

搬到村头以后，两人天天打牌下棋说笑话，没提过养牛的事。老扁嘴一进院，就说“咱俩早该说说养牛的事”。海叔说：“我想听你传我养牛经呢。”老扁嘴喷了口烟，拍了他一下说：“兄弟，昨天受骗的事可别往心里去呀。今天我上集，人家说南庄有个老头儿，儿子刚给他两千块，一转脸，来了个老婆儿，是骗子，吸口烟，往他脸上一喷，把他迷住了，回屋把两千块钱全给了那老婆儿。比起他，咱也算便宜，吃一堑长一智吧。咱老家伙们住村头，你算给大家提了醒呀。”

海叔说：“昨天那事别提了，咱今儿个说说养牛的事，你可是老饲养员，有经验，说说呗。”

还没说话，大儿媳来了。她是来安慰海叔的，又问了海婶，再到屋里看看，说：“住这儿不保险，还是搬回村，咱住一块儿吧。”海叔说：“没事，这儿人还多些呢，反正屋里也没值钱东西，你别担心了。”

大儿媳放下一碗自做的浮子酒刚走，二儿媳来了，说叫二老受惊了，要是金蛋他们在这就好了。她又看了看海婶的胳膊，因为栽倒，擦去了一层油皮，浸血了。她说：“俺家有绿药膏，出来急，忘了带来，回头叫连城送来。”

她刚走，村主任刘银芝过来了，问了情况，在本上记着。这回没有叫海叔签名。海叔都做好了签名的准备。刘银芝啪地合上本子说：“没有家鬼，不害家人，他们一进村就瞄上了你，肯定村里有内线。”老扁嘴说：“村主任，你得反映反映情况呀，现在的贼可不得了，大白天敢进屋子。你得问问派出所，他们也有摩托，多下来转转呀。”

刘银芝一走，海叔端起那碗浮子酒，拉起老扁嘴，来到屋后的僻静处，大麦秸垛的旁边。海叔说：“一点儿小事，恁多人问，耽误咱谈正事。来，咱边喝边谈，给我传传养牛经。”老扁嘴说：“这种酒比不得白酒啤酒，不能多喝。”海叔说：“就一碗，俩人吃，没事。”

老扁嘴果真有段养牛经，说出来，跟快板书一样：“嘴巴尖，能累瘫；颈部长，能累瓤；肚子大，能累炸；腿杆粗，累不输。”

海叔一听笑了。他明白，老扁嘴说的，全是买牛时的选材问题，而他想要的是养母牛的经验。他喝口浮子酒，怪甜的，说：“老扁嘴呀，你再讲讲吧。这酒好喝，你喝点儿再说。”

老扁嘴又说："前晌一槽后晌两，半夜起来喂三晌。"

海叔说："这是喂法，喂的是干活的牛。你说说我的母牛该咋喂？"

老扁嘴真的不知道了。大集体时，喂牛就是为了干活，耕耧耙犁，这些活儿，马性急，快而糙，驴性肉，慢得急人，就牛好使，有耐力，活儿干得仔细，又不紧不慢。

老实说，经过这几年养牛，由失败到成功，海叔真的有不少心得。他一开口就吓了老扁嘴一跳："牛不占便宜，所以养牛别贪。"

以前养死了两头牛，全是因为心贪气躁。买牛时，净挑屁股大肚子圆的。有点像挑媳妇，以为丰乳肥臀，肯定能生能养。买回来就喂好的精料，不喂粗草粗料，把牛惯坏了，差的草料它不吃，怀了犊更挑剔。又得了流行病，越治越差，死了。

"养牛不能光看外表的壮与弱、大与小。现在得转变观念了，养牛不是靠它干活，而是让它下犊。不让它干活，就不需要大而壮的，外表漂亮打眼的。我的这头牛，外表不中，但它能生养。我又多喂粗草粗料，这是它的命。"

听得老扁嘴的嘴巴吧嗒了半天，而后一巴掌拍在他腿上，说："看不出，你老小子真动了脑筋了，把我都忽悠进去了。"

"我这回并不生气，不就二百吗？我想的是，以前喂牛总想叫它下出犊来，弄来钱，心不平。这回被骗，也是正常。咱都住村口，骗子为啥只上我家，不到别人家？我心贪了，也该破点财……"海叔说。

一碗浮子酒，是海碗，几乎全进了他的肚。海叔有点高了，舌头也打了卷儿。老扁嘴并不回味他的话，扶起他来。海叔不干，说："这儿舒服，自由，想说啥说啥，得劲。"

海婶喊起来了，说："母牛生了。"

海叔一跃而起，头一晕栽倒了，又爬起来。碗也不要了，仓皇跑回院子。

十四

母牛真的生了。

当海叔看到牛尾上的血淋漓时,差点趴下来,背过气去。老扁嘴说:"老家伙真贼,才放犊几天,都要养牛犊了。难道现在真发达了,养鸡鸡长得快,养猪猪长得快,这牛犊在母牛肚子里,也恁快?"海叔说:"我眼瞎你也瞎吗?你张张腚眼看看,生的是啥?"

母牛小产了,这事叫海叔伤心了好多天。这头牛跟自己几乎形影不离,不存在受到撞击之类。它咋会这样,一泡血尿,将海叔明春的一千多元冲得个干干净净呢?

夜里睡不着,海叔翻来覆去想原因。这种意外的倒霉让他想到了"福不双至,祸不单行",这回应验了。

屋子里喷洒了"灭蚊灵",但仍有几个蚊子哼哼着在耳边徘徊,用手在黑暗中打一下,那声音消失一会儿,马上又来了。海婶知道他难受,说:"睡吧,睡着了就好了。"海叔心想:"哪里能睡着?这种可恶的蚊子,你们想叮人就叮呗,何必哼哼个不停。"海婶用好手摇起了扇子,蚊子的叫声消失了。可海叔仍旧睡不着,不停地翻身子。海婶说:"要不你去外面睡吧,我把门闩上,没事的。"

海叔来到坑边放好竹席,他没有躺下,而是坐着吸烟。习习的夜风渐渐驱走了他的心躁。他躺下来,看见了天上的星星闪闪烁烁的,非常好看,禁不住感叹一声,为了这头牛,天天紧关房门,睡在闷热的屋子里,不敢到外面享受这般凉爽,还不是怕有贼偷了牛?这到底值不值?

夜静得很,没有一声狗叫。他想到了四民,此刻他会干什么?都说村里的狗被偷,跟他有关,方便他搞女人。此刻他是否正与金蛋女人鬼混在一起?他禁不住骂了金蛋女人一句。这事不能光怪四民,自从整了他几百元钱,海叔心里总有愧意。现在想想,一切都过去了,不该占的便宜不能占啊!又想到了四民送来的猪饲料,已经让牛吃完了。他心里一激灵，难道猪饲料对牛犊不利？前前后后想了好多遍，母牛除了多吃了猪饲料，仍旧喂的是草与料，草是青草或麦秸，料是玉米和麦麸皮。猪饲料闻起来都有一股刺鼻的怪味，难道真的会损伤牛胎？再一想，钱大明的养猪场天天用这东西，咋没听说母猪会小产？

为了弄明白，他第二天上午到了养猪场。借口是找家谱，听说这里有一本，他想看。钱大明正给猪仔们打防疫针，满猪圈浮荡着臭烘烘的味道。

他闲不住，帮钱大明逮猪仔，逮住了，放倒，按住让钱大明在猪脖子上打针。

他有意看了看母猪圈，看猪槽里的食物。他发现食物里没有那种黑色的饲料。为了证实自己的想法，他装着不在乎地问："这里没有添加那黑饲料吧？"钱大明让他一支烟说："老头儿，你不晓得，那种饲料喂膘猪中，像吹气球，长得快。不管喂母猪，光流产，我吃过亏的。"

海叔心里异常平静，拿着家谱拍了拍，书皮上浮起了小小尘土，在阳光里升落着。钱大明说："家谱续好这么多年，就你来借，年轻人谁会关心这事？还是老人家关心呀。"海叔想起当初钱大明组织续家谱时，所有钱氏人家，男丁每人五十元，许多人不愿交，还有人说他建猪场钱不够，让大家免费赞助呢。他可是生了四胎闺女呢，闺女不收钱。

钱大明将手中的废针管甩飞镖似的甩在了一棵树上，说："老头儿，养猪是个技术活，时间久了，便会有养猪经，我看人家写的，结合猪圈里得的，才成了今天这样子。"

他连连点头，养牛，也是技术活呀，也该有套养牛经呀。回家路上，他一遍遍地拍着书说："我没学问呀，我'蚂蚁尿尿——识(湿)不深'呀……"

看幸福放羊

出了号子，民生没有去看卧床的老娘，而是先到河湾里看羊群。

羊群的主人叫幸福，三十出头，不是城郊人，乡下嫁来的。她白白胖胖，身材匀称，不像生过两个孩子。乌黑的刘海下有一双忽闪忽闪的大眼睛。用村民的话说，俩大眼儿，双眼皮儿，一看就是个聪明人儿。只可惜，她连十以内的加减法都不会，喂了好几年羊，却不晓得有多少只，更不晓得卖了多少钱。别人明明知道这个，见她赶着羊群出村回村，总会有意挑她腔："幸福呀，你放了多少只羊呀？"

她一炸羊鞭，脆响脆响的，用鞭梢指指前头散着膻气的羊群说："就恁多，一个不少。"

虽不识数，但她心里刻着呢，丢一只，就在河湾处又炸鞭又学着母羊的叫声呼喊，非得找到不行。有次，月亮上来了，男人西亮贩完狗回家，一掀锅，光光的，便打她手机。她哭着说羊丢了一只，她等它回来以后，才能一块儿回家。西亮骑车赶过去，没到河湾，便听到了喊羊的声音。西亮看见白色的羊群齐刷刷地卧在河滩上。而幸福喊羊的声音特别匀稳："咩咩，快回来！咩咩，快回来！"有点像母亲喊吃饭的孩子，不疾不徐的。

西亮赶羊回家，叫她明天问问另外那两个放羊的，可能丢失的羊羔跑到人家羊堆里去了。她跟在西亮和羊群的后面，偶尔会炸一下鞭。村口"趴趴屋"的几位老人正在月光下聊天，问他们怎么才回来？西亮说："这个货丢了一只羊，找羊呢。"幸福赶紧说："你不会打我吧？"几位老人说："西亮，千万别打她了，她这群羊能给你挣好多钱哩，比你天天收狗挣得多吧？"

这时，几条狗开始朝西亮狂叫。只要西亮经过这儿，狗们首先朝他狂叫不止，追着他的破电动车。电动车后焊有个铁笼子，一次能装四五条狗。笼上有狗毛与狗屎，老远都能闻见腥臭味。那些老人损趣他："还是你的面子足，狗都夹道欢迎。村主任再牛，开着小车，狗连瞅都不瞅他。"西亮有点儿得意，下车让老人们烟，老人们说："赶紧走吧，笼子太难闻……"狗一叫，羊有点儿怕，停下来往后退，退到西亮后面，退到幸福跟前，围着她咩咩乱叫，幸福叫西亮先走。西亮一走，狗就住了声。幸福炸了脆响的鞭花，羊群重新列队，整整齐齐，踩着半路的腥膻进了村……

别看挨着城，她很少去，除了偶尔给孩子送点儿钱。俩孩子上的都是私立学校，吃住在校，一周回来一趟。

他们家里，进城最多的不是西亮，是老柴。老柴是西亮的瘫子哥哥，天天开着电三轮进城卖些小东西。或者联合几个兄弟，在某个城乡交叉的路口拦车要钱。

民生便是栽在了老柴手里，住了一周号子。

这一架打得不值，算是彻底败北。

说出来都嫌丢人……民生竟然败给了瘫子老柴，而且败进了号子里，住了黑屋子。更令他不堪回首的是，自己确实连汗毛都没有挨他一下子，却被他诬告了，还说被打掉了一颗牙。

都是为了可怜的幸福啊！

在号子里，他主要想两个女人：老娘与幸福。老娘是满头白发，卧床不起。而幸福则一头青丝，总是走动，没有闲着过。农忙时，她干活，比男人西亮都在行。麦收时，在毒毒的太阳下，她一个人既扬场，又打落籽，放下上下运动的木锨，拿起左右运动的扫帚。一会儿，一大单子的麦子都被她收拾干净了。麦糠飞出了单子外边的地上，她再将这些麦粒子用木锨摊开、抹平。最后赤脚上去，蹚出一行行的沟沟来，以便麦子能更好地通风、受光，晒得快。干这种活儿时，她不急不躁，不喝一口水，只是偶尔停下来，擦一擦脸上和身上的汗——她不戴胸罩，擦汗时，总爱一手撩开衣襟，另一只手伸了毛巾进去。路过的人，不光能看见她白瓷瓷的肚皮，还能看见她饱满的乳房，暗红如麦粒颜色的乳豆……别的女人会开她一句玩笑："幸福你是擦汗还是晒奶子啊？"她笑笑，合合衣襟。若是男人经过，会忍不住扔去烟，再捡起来，多留一会儿的目的，是看她的奶子。

就连村主任都说："西亮这小子，打光棍多年，算是等着了，瞧半吊子的皮、肉、奶子，样样都是上等品。"妇女主任嗔骂村主任流氓的同时，也会说："可惜西亮恁多年光跟狗打交道，只记得对付狗，却忘记了对待这个上等品啊！"

应该说，这个村子几百号男人，只有城里回来的民生关心她。

他们两家有点儿远亲。民生喊她表姐。虽这么称呼，却弄不清源头。就是民生娘，也说不清。每当幸福过来看她时，她总是先皱鼻子。幸福身上的羊膻味太浓，刺鼻子，又热烘烘的。卧床以后的她性情古怪，总爱折腾人，只要见人过来，便叫他干这干那。民生觉得，娘可能是躺得太烦了，又下不了床，对活蹦乱跳的人羡慕嫉妒恨。

唯独幸福过来，娘不太使唤她。

幸福很主动，问："姑，我给你换换褥子吧？"

"刚换过。"

幸福说："我抱你出去晒晒太阳吧？"

"不了，阳光晒得睁不开眼。"

幸福又问："我给你倒杯茶吧？"

"不了，喝多了尿多，都尿床褥上了。"

幸福仍问："我帮你翻翻身吧？"

"你累不累呀？"

幸福眨眨眼说："光放羊，又不干活儿，我累啥呀？不累。"

床上的老太太指指门外，说："你把我院子扫扫吧，扫完了，用肥皂洗洗手脸。"幸福乖乖地出了屋，到外打扫。屋子里的羊膻味立马消失了，显出了湿湿的凉意来。她刚扫了几下，唰唰的声音又惊动了老太太，她又喊她："幸福，别扫了，洗洗手脸进来吧。"幸福很听话，将扫帚放在墙边，到水池边洗手脸。盆架上有半块香皂，她抓起来,在手上、脸上、脖子里抹了一遍,再进屋来。老太太闻不见了羊膻味,闻见了香皂味,同时也感到屋子里有了一股暖意。她昂昂头,叫幸福给她倒杯茶,少放点白糖。

等儿子民生回来,她马上叫他给自己翻身。民生说:"幸福能帮你翻。"老太太有点生气地拍了一下床帮说:"我叫你呢,你翅膀硬了,不理我了。"民生赶紧笑着过来,说:"翅膀再硬都不中,你在床上,我便是折了翅膀,飞不出村子了。"老太太翻过了身,昂着头说:"你别折了翅膀,我还指望你驮着我出去看戏呢。"

幸福笑嘻嘻地接话:"我驮我驮,我有劲儿。民生兄弟在城里,没干过活儿。我比他有劲儿,你想听戏时,喊我一声吧。"

老太太咧咧嘴,无声地笑了笑。

那一刻,屋子里就他们三人,倒真像是一家人。

民生说:"幸福,你帮俺做饭吧,我不会蒸馒头,老娘又不喜欢买的馒头。"幸福答应得很爽快,挽挽袖子就想进厨房。但老太太不同意,止住了她。老太太说:"民生呀,你也太滑了,你不就伺候我俩月吗,怎么就雇起幸福去做饭?"她便撵幸福回家……黄昏的光亮浮在空空的院子里,鸟雀归了巢,院子的槐树上和屋檐上有不少鸟雀在喳喳叫着。邻家的炊烟味飘进了院子,飘到老太太的床前来。老太太命令民生:"你不要用电锅做,要烧地锅,不然咱家的地锅可要生锈了,一生锈就会烂的……"民生苦笑一下,低声说:"我恨不得马上砸烂它,没了它,就不用烧可恶的地锅了,就能名正言顺地用电锅做饭了。"他最不喜欢一边烧锅一边做饭,一会儿忙锅里,一会儿忙灶窝。这老太太处处跟他过不去。

等老太太吃完了饭。他给她擦了嘴巴上的剩汁。他会笑笑说:"娘呀,我觉得不是在伺候你,而是在劳改场里。"老太太说:"不想伺候,现在就可回城去,不就几块钱的车票吗?你堂堂大老板,开着商店,不会连车票都掏不起吧?"

他无言以对。

他既然干了叫娘最憎恶的事情,现在也不怕"劳改"了。老实说,他与妻子离婚是早就有的想法,并不是被丽丽勾引以后才离的。还好,丽丽走了,没有同他结婚,这也叫他舒了口气,如果真结了婚,那可就证实了人家的猜测。现在,按照姊妹们的商议,轮班回来伺候老娘,每人两个月,刚好姊妹六人,一年一轮。他回来了,孩子的事不担心,在寄宿学校上学。商店的事有点挂心,总不能关门歇业,因为房租费要照交不误的。他实在想不起谁能帮他打理,才给丽丽打电话,叫她回来帮两个月的忙,还好,丽丽回来了。

想起一年前,娘领着前妻,在商店门口大骂丽丽的场面,他仍有点心惊肉跳,觉得太亏欠了丽丽。他想过了,这两个月里,商店里赚多赚少,他一概不问,全由丽丽当家做主,也算是一种补偿吧。

在号子里的七天,民生偶尔还觉出一丝摆脱了老娘的解脱感。他想得最多的是幸福怎么办,西亮和老柴又打没打她?她还放羊不放?

毕竟是开春,草长莺飞的季节来了。先前答应过的,每年这一段要领丽丽去郊外放风筝,今年要食言了。手机也没有,不知道她打了多少电话。

在绿草如茵的河滩上,他没看见那片白色羊群时,心里忐忑不安了。他东张西望,竖起了耳朵,想听到那脆响的鞭花,仍旧没有。完了,幸福是放不成羊了!西亮和老柴这俩浑蛋不让她放羊了。她不放羊,干什么呢?很有可能跟村里的同龄女人一样,翻过刚刚开修的80米宽的外环路,到城里打工去了。打什么工?无非是保洁、洗碗刷盘子、踩机动三轮运人,再或者去洗脚城里伺候客人去。村子的土地多被征去,又是农闲季节,她们想挣钱,也只有干这些营生。当然,也有人会厉害些,到歌厅当伴唱……幸福是干不了这些的——因为她不识数,不会数钱。

河滩的青草地上空无一人,旁边有个隆隆作响的挖土机从河底往上面挖土。河边小路上有几辆三轮车正在拉土。不用问,那是村里人家又盖楼房,垫宅基呢——这两年谁家也不盖平房了,全是清一色的楼房,少则两层,多则三层四层。村主任甚至将村外的一片干塘填平,准备盖三幢六层家属楼,卖给那些乡下进城来的人们。这当然是非法建筑,房产证肯定是办不下来的。这儿距城近,买方的孩子跨过外环路,就能进城读书了。虽一路之隔,这儿的房子比城里的便宜许多。城里一套要 20 多万,村主任卖的只有十来万,还是划算。

当然,也只有村主任敢这么干。村里的其他人只能是盖两层三层的,将屋子租出去,而不是卖出去。村子一下子有了膨胀的感觉,街上一天到晚,人流车流不断,声音嘈杂。老娘也因此不愿到街上来,那么多陌生的面孔,那么杂的声音,那么呛人的浮尘味,她受不了。盯着挖土机扬扬落落的“手臂”,听着它呜呜的叫声,看着运土三轮车的跑动,民生有点茫然。河滩上有不少青草,青草上有不少蝴蝶,岸边的油菜花也怒放着,散发着刺鼻的腻香。黄花好看,腻香却不好闻。难道是幸福不喜这种腻香,改到其他地方放羊去了?但这儿没有废地呀,这儿的土地多数被征用了,让政府作为行政新区了。剩下的可是让种田人无比珍爱,恨不得将一亩地翻成两亩地来多种些麦子和油菜,就连树木的间缝里,都有人种了油菜。除了河滩,真的没有放羊的草地了。庄稼都没处长了,何况草长的地方。

民生只好回家。

这七天里,老娘的日子怎么过的?谁照顾她呢?当然,有可能是大姐,她是乡下人,身上没有城里人的精明,很厚道。而二姐就不行了,在城里开了几年饭馆,越来越不实在,见了人总是先哭穷,说自己赚个累,一年到头挣不到几个散碎银子。言外之意,谁都明白:“你们千万别找我借钱噢!”至于大哥,怕老婆的窝囊废,每天除了接送一双孙子上学下学,便是做饭、洗衣,干些女人干的事情。平时不经女人同意,他连敢回来看看老娘都不敢,一点男人味儿都没有。他还总是笑呵呵的。

二哥一家倒是提前进了小康,但他们在外省,鞭长莫及。

三姐家在省城,她在一家工厂当会计,很会算计。排班伺候老娘这事,就是她提出来的。她伺候老娘是在跨年度的腊月与正月。她倒是回来过两次,但她太忙,不能亲临床前擦尿刮屎,只好出资,让大姐代她效劳。

想一想，老娘这一卧床，像收风筝一样，将姊妹们一个个收到了病榻前热呵热呵，也不错。

这几年他只顾忙自己的生意，很少进家。以前，娘还是很疼自己的，老疙瘩长老疙瘩短地叫他。但这一回，娘变了，对他不那么和蔼可亲了。刚开始，他以为她是因为在床上闷得心烦。每天上午阳光好的时候，他抱她在院子里晒会儿暖儿。这个时候，娘总是闭着眼睛，倚靠在墙根的轮椅上，头也不动，眼皮也不眨。他呢，在这个宽敞而寂静的院子里没事干。店里那边，丽丽偶尔会打来电话。他接电话时，以为娘在睡梦中呢，免不了跟丽丽打几句情骂几句俏。谁知娘并没有睡觉，她会冷不丁地用手杖击打一下墙根，刺耳的响声一停，她会骂一句"狐狸精!"他吓得一哆嗦，娘在骂丽丽。他想解释一下，娘又闭上了眼睛，缩在阳光里。

后来，再有丽丽电话，他赶紧出门去，到娘听不到的地方去接听。

他会到村口的商店那儿看人家打麻将，听人家聊天。在那儿他能看见幸福赶羊出门，也听到一些人家关于她的议论——

幸福跟村里一个单身汉二娃子在河滩边的玉米地里睡过觉。这事叫西亮知道了，晚上将她衣服扒个精光，用皮带抽她，审问她。她不怕西亮的打骂，但她怕瘫子老柴，老柴的手比西亮狠，只要拧她两次，她就招供。老柴总拧她的肚皮。

西亮问："为啥跟那货睡？"

她说："我可怜他。"

西亮问："他有啥可怜的？"

她说："他四十多了，没睡过女人。"

西亮问："他给你钱了吗？"

她说："我没要。"

"为啥不要，便宜那家伙？"

"我是可怜他。我不卖'肉'。"

…………

别人边议论边笑，场面轻松自在，将此作为笑谈对待。但民生却不如此，他心里又纠又痛的，似乎那瘫子老柴的脏手拧住了自己的心。对了，他见过老柴的手，因为推轮椅和经常用高粱梢子编织笤帚、挖菜去卖的缘故，手心里一层黑皮，关节如同核桃壳。那双手常年没有歇着过，像老虎钳子一般有力。有时，老柴在热闹的村口跟人开玩笑，趁人不防，一把抓住人家的肚皮，抓得对方哇哇直叫，蹦着跳着都挣不脱，直到求饶才会松手。这时肚皮上已经青紫一块了。

老柴是跟着幸福一家过活的，每天他回来，端着幸福做好的饭菜吃。按说他该感激幸福才对，不该在西亮揍她时火上浇油，应该劝劝他，为幸福讲讲情。但这货从不这样。村口的老人说，他也就敢欺负幸福吧，换了别的媳妇，早将他赶走了。别说吃饭，连凉水都不会叫他喝一口……

民生并没去惹老柴，他只是揍了西亮。那天，西亮正在收拾幸福。大冷天里，他仍然扒去她的衣服，叫她跪在地板上，审问她为啥弄丢了一只公羊。那只公羊有二十斤大小。因为丽丽来河滩玩耍时，听见了她的鞭声，看见了她的羊群，便向民生提要求："大冷天，给你照顾生意不容易，你总该有所表示吧？"民生抱抱她柔软的肩头说："宝贝，我为了你，家破人亡了。老娘天天给我脸子看，我小心伺候她，她还发脾气。你说吧，要什么表示，我豁出去了，是上刀山还是下火海？"

丽丽指了指那片羊群，说："那些羊可是吃草长大的，不是喂饲料与添加剂长大的，应该是放心肉，你能不能给我买一只来？"

他一口答应。

当他领着丽丽来到幸福跟前时，幸福站起来，静静地看了她几分钟，然后对民生说："表弟，丽丽多漂亮啊！"丽丽惊奇了一下："她怎么知道我的名字？我可是第一次来这儿啊。别说她，村里的许多人都没见过我。"

"你怎么认识我？"

“我就是认识。”她说着又炸了一下鞭，河那边的两只羊往这边靠了靠。它们虽在河滩里，但总是爬上河堤，吃人家的麦苗。大冬天，麦苗当然可以吃，人家也不管，到春天麦苗返青时，人家就不让吃了。河堤上的几只羊心又不甘地回来了。民生也奇怪，丽丽没有来过村里，幸福又从不到城里，她俩根本没有见过面，她怎么认得丽丽呢？

“你们看那只红头羊怎么样？”幸福用鞭梢指指羊群说，“二娃子说了，恁多的羊中，那只红头羊最好，是变种羊，肉最好。”

民生知道那个二娃子。因为家穷，他连女人都找不上。爹娘两个病秧子拖着他。他呢，除了种地，平时跟外村的建筑队一块儿建房子。他说城里人太狡猾，很少去城里干活儿。但他挣的钱几乎全都给爹娘买药了。爹死之后，娘仍在吃药打针。二娃子多年前跟人去内蒙古放过羊，吃过不少的羊肉，当然明白什么样的是好羊了。他平时放了工，骑车回来，也喜欢到河滩那儿看看羊群。那只羊鞭是他为幸福做的，还教她炸鞭花。他总说，放羊这活儿，是天下最好的活儿。人家问他：“你怎么不弄几个放呀？”他说长得慢，换钱慢呀，不如盖房子来钱快。如果他不太需要钱了，也会买几只羊来放。羊是好东西，喂着省事，从不生病。

那只半大的红头羊正在撒欢，用刚刚拱出来的角儿去抵旁边的大羊，那大羊并不反击，而是躲着它，它仍不罢休，又去抵另外的羊。周围的几只羊都不安生了，都在躲它。无疑，它成了小霸王。

“我把那羊送给你吧？”幸福笑着对丽丽说。

不等她接话茬儿，民生就大包大揽了，连连对幸福点头，又问幸福要多少钱。幸福看着他笑笑，不说价钱。丽丽用胳膊肘碰碰民生，说：“她的目光太纯洁了，简直像幼儿园孩子的那种。”

民生马上想了起来，幸福一不识数，二呢，也不认得钱，她怎么能说出价钱呢？但他明白，她说送给丽丽一只羊，那一定要做到的。谁都知道她一根筋，还是那种似透气又不怎么透气的一根筋。

果然，她从草袋里掏出一截绳子来，一路跑下了河滩。冬天的水并未结冰，草也不怎么茂盛。幸福眨眼工夫便将绳子套在了红头羊的脖子里，那只羊自由惯了，忽然被套了脖子，给人牵着走，当然不服，又蹦又挣的，不愿跟着幸福走。实在挣不脱了，它便去抵幸福的腿。幸福放羊多年，收拾过不少这样赖皮的公羊。她并没有费多大的劲儿，便将红头羊牵到了丽丽身边来。近距离一看，红头羊的头并不太红，属于那种咖啡色，只红了头，耳朵都是白的。这只羊见面前多了两人，马上又蹦起来，一头抵在了民生的小腿上。抵得他“哎哟”一声，差点儿倒去。

幸福将它往小树上一拴，举鞭就打，鞭梢旋了一个花儿，像火苗一样，钻在了它的裆里。那只羊咩咩大叫，声声凄厉，仅仅三下，便一下子卧在了地上，目光也和善可怜起来了，动也不敢动了。幸福指指它，说：“怎不蹦了，怎不抵了，服了吧？”民生马上想起人家讲的，西亮平时自己在家，是不敢朝幸福动手的。有一次他打幸福，让幸福一把抓到了裆中物，痛得直叫姑奶奶。只有瘫子回来，他有了帮手，才敢修理她。她若想击打西亮的，可是要容易得多。

那只红头羊乖乖地让丽丽牵了去。民生给她钱，她不要，笑着说：“咱不摸这玩意儿，咱看着跟坟前烧的阴币差不多。”民生说：“西亮问起来，少了一只羊怎么办呢？”她说：“这是我喂的羊，我当家，放心吧。”民生只好说：“表姐，我记下了你的情。如果这事西亮找你麻烦，我去解释。”她又笑笑，洁白的牙齿，粉红的牙花，真的叫人想到了幼童。她用鞭子在空中悠了悠，说：“放心吧，他不敢。”

这次，也确实没有什么事，西亮与瘫子像不知道似的，一点儿动静没有。

但是，恰恰正是在放羊问题上，引起了摩擦，让民生进去了。

如今在机器隆隆的河滩处，民生有点惆怅。幸福会去哪儿？难道西亮与瘫子将羊群全部卖掉，叫她进城洗碗端盘子去了？

他看见麦苗已经返青，在风中摇曳着，发出微微的声响，散着淡淡的气息。青色的麦苗之上，有些低飞的鸟雀，却见不到什么人。远处的河岸上，油菜花黄黄的，一簇一簇，点缀在绿色的背景里。这画面很熟悉，只是少了那群洁白的咩咩乱叫的羊，少了一个炸响羊鞭的女人。

他有点儿不好意思地进了村,毕竟蹲了七天的号子,不是去当官,并不是什么好事。见了乡亲们,他们会怎么看待自己呢?因此,他怕村口的人。

他绕过村口,径直来到了老娘的院子里——这个时候他才想起老娘,有点儿不好意思。离开的这几天,谁帮自己伺候脾气古怪的老娘呢?这个问题,在号子里他也想过一两次,但很快强制自己不要多想,车到山前就有路,何况老娘除了他,还有五个子女呢!

当他见大姐在院子里洗衣服,才放了心。大姐是姊妹之中最好的替补队员。他喊声"大姐"。大姐抿抿额上的汗,一绺白发随汗水耷到了眉梢边。大姐笑笑说:"回来了,快进屋喝杯茶吧。"他鼻子酸酸的。

刚进屋,娘便从床头昂起头来,虎着脸说:"今上午就该出来了,为啥都黄昏才回来,是不是拐你那商店,看其他人去了?"

他没有辩驳,老娘没说他去看"狐狸精"已经不错了。他赶紧倒杯水,递到老娘床头,说:"叫您老操心了,我没事。"

大姐搭完了衣服,进屋来。娘指指她,叫她回家去。大姐有点儿犹豫,低声说:"兄弟刚回来,我再待一晚吧。"娘提高声音,说:"没有规矩不成方圆,叫你走就走,家里还有孙子孙女要你照顾呢。快,把柜上的牛奶搬一件,香蕉拿点,回家去。老疙瘩不是蹲进去七天嘛,他得补上,你记住时间,不到点别来接班……"

老娘的口气又冷又硬,不近人情,但他没有顶撞,默默坐在茶几前喝水。然后便是点了烟,静静地吸。院里屋里,一片寂静。空气比在号子里还压抑,静止的空气里游荡着浓郁的中药味。

晚饭时,娘床头的手机响了,是二姐的电话。虽然是打给母亲的,但她却只说了两句,便叫他接听,二姐曾经到号子里看过他,送过去几只烧鸡,几条烟。电话没有什么重要内容,只是寒暄。

他喂娘吃饭时,大哥抱着孙子过来了,也是问他号子里受苦没有之类,又说瘫子那小子该揍,他做得对,村里人都向着他,说没打死瘫子,算便宜了。他想辩白,张张嘴,又停下了。看来自己将瘫子打伤的事是板上钉钉挣不脱了。

大哥一走，他在院子里狠狠踢了一下大槐树，骂了声“老柴王八蛋，老子输给了你”。

老娘在屋里咳嗽了几声，他进去。娘说：“你拿老槐树撒什么气？有本事再跟瘫子干一场去。你小子还不服气呀？你蹲号子去了，咱院里可就热闹了，全是他们那些人，有几十号呢，在院子里又屙又尿，扫了两天还臭烘烘的。这回你逞了能，长了见识吧？这世上，什么人都不能得罪，是神都有三分雨。你可以瞧不起老柴，但你不能惹他……”

正说着，幸福进来了。身上带着羊膻味，将中药味压了下去。幸福朝他笑笑，牙齿依旧那样的白。有了这股羊膻气，证明她还在放羊。她问娘吃药没有。

“你到哪儿放羊去了？”他问她。

“这回好了，到新区那儿，有一大片麦地，人家正毁麦子，开啥子广场哩，用挖土机挖坑，有不少人去栽树，全是外边运来的大树。俺几个把羊赶进去，羊吃麦苗，没人管。”

“还有这等好事？”他问，“把返青的麦子毁了。”

“真的，”幸福用手指指村东方向说，“在新区前边。”

他明白是新开的行政区，离村子不远，原先城里的各行政单位全都搬了过来，一家挨一家，排列有序。中间是县委县政府的综合大楼，有十六层高。但他没注意过让幸福放羊的大片麦田在哪儿。

幸福是来刷碗的。她过来跟娘说上几句，马上到厨房里去，干完就走。

等她走后，娘叫他到床前坐下，问他：

“你为啥送羊给那个……她？”

还好，没说“狐狸精”。

“是幸福送她的。我给钱，她不要。”他回答。

“真是这样吗？”娘的口气很冲。

他吸了两口烟。烟雾像纱，隔在他与老娘之间，老娘的脸变得有些模糊。这样子比她凶巴巴的好一点儿。

“你知道吗？每年幸福都因为丢羊挨打。”娘的口气柔软下去。

他点点头。如果不是这样，他也进不了号子——

那天晚上，西亮与老柴又合伙扒了幸福的衣服。倒不是因为她送丽丽红头羊的事，而是因为她在春节时送给二娃子一只羊。二娃子舍不得杀吃，而是偷偷卖掉了。这事让天天赶集的瘫子知道了，告诉了西亮。但那几天孩子们回来了，他们俩一个初中，一个小学，快快乐乐在院子里放着散炮，有时跟在妈妈左右，像保镖。

过罢“二月二”，年味儿消失了。村子里不再热闹，外出打工的外出了，上学的孩子开学了，年馍年菜基本吃完了。最后的供桌上的“枣山”——一个大花儿馍已经干得绷绷响，也从供桌上拿下来，用凉水浸一浸，再用锅馏一馏，在“二月二”这一天彻底吃掉它，算是给这个“年”画上了句号。这个“枣山”有讲究，之所以能摆在供桌的正中央，财神、菩萨像都摆在它的旁边，是为了个纪念。这儿的人全是由山西枣林庄搬迁过来的，敬“枣山”就是不忘根，不忘本。“枣山”有大有小，大则有二尺宽高，小则也有一尺半宽高。不管旁边敬不敬财神、菩萨，反正“枣山”上面都要放钱的，是真钱，一百、五十元不等。放在“枣山”顶上，不到“二月二”是不能拿下来的。收了那钱，吃完“枣山”，算是过罢了年。

一过罢年，各种禁忌全都取消。整个正月里压抑的脏话脏行为可以开闸了。

西亮与瘫子老柴一商量，那天上午，西亮不出去收狗，老柴也不赶集，等幸福去羊圈开栏赶羊时，西亮从背后冷不防抱住了她，摔倒在地。老柴扔过来一根拴羊绳，西亮顺利地捆上了幸福的双手。

幸福不服地挣着、骂着：“有本事把姑奶奶剥个精光，把姑奶奶拉到街上去。姑奶奶把羊送了人，还跟人睡了，想咋的就咋的吧，我等着这一刻呢！”

春风料峭，冻得她有点抖，两条白腿动个不停，想冲出院门，都让西亮阻拦回来了。她用脚踢西亮，老柴拿起她的羊鞭击打她的腿。她跳着躲着，叫骂着：“瘫子呀，我做好饭，你就没回来吃过？你太没有人情了。”瘫子摇着轮椅，说：“一码归一码。你送羊给人，吃里爬外，还偷男人，没有妇德，就该收拾一下，给你点记性……”

那天刚好娘让他去叫幸福来家，为娘剪剪头发。阳光很好，娘的情绪不错，早饭后主动要求到外边晒晒太阳。

结果他摁不住怒火，给了西亮两拳，将他鼻子打流血了。当瘫子用鞭子抽他时，他好像踢了他一脚，将轮椅踢倒了……他救了幸福，却惹了事……现在想想，蹲这七天号子，也算教训了西亮兄弟，至少西亮以后不敢再惹幸福了。他不敢，瘫子就不会帮他忙了。也值了！

这天天也清气也朗，除了隆隆的机器声有点讨厌，其他的什么都干干净净，舒舒服服。娘有了好心情，让他抱自己出来，坐在院子里晒暖。干干的槐树上有几只麻雀在喳喳叫着，不时踩下一小段干死的树枝来，摔向地面，发了巴巴的响声。

娘看着干干的槐树，一点也不皱眉头，看得入神。

他在旁边，问："要不要将麻雀赶走？"

她说："没那个响儿，还显不出静呢。你走吧，别忘了中午回来做饭。"

他如释重负地出了家门。在村口，他停留下来，主动向那几个老人敬烟。那几位老人笑着问他什么时候回来的，没有事吧？也有人说西亮兄弟光干些常人拿不出手的事，丢人都丢出几十里了。这一回，可惊动了乡里，来了几个妇女干部，村主任和妇女主任领头问了西亮和老柴一些情况，边问边记在本子上，还让他们摁了手印。她们还送给幸福一条太空被……村民说，他们以后再不敢欺负幸福了。

民生翻过村东头的80米大宽道，走向新区。新区的各条路全都又宽又直，上面行人也不多。他在路边走着，看着前方的那座高大威武的行政大楼。他看到大宽道边，已经有了几处公交车站牌。站牌是黄底红字，在阳光下闪闪发光。有了它，这儿一下子像城市了。

行政大楼的南边有条大路，路边有不少冬青林、松林和香樟林,在阳光里散发着冷冷的清香。这些路边的绿化带有些密不透风,让人看不清路南边的情况。不过,路南已经设定为广场,没有一幢房子了。

过了宽敞的大马路,他从绿化带的一个小缝隙中钻了过去,到了南边的广场里。哇,眼前豁然开朗,一眼望到南边的河边,全是麦地,麦地上有不少的红色挖土机,正在起起落落地挖地坑。地坑里尚未种上树。这一片天地,以前他没注意过,做广场可是太好了。三百亩地,只多不少。

他看见了麦地里的羊群——已经不是一片,而是好多片,白色的羊隐在绿色里啃麦苗,有的隐在挖出的土堆后边,形不成什么规模,仅仅成为点缀。

不用问,幸福的几十只羊就在这片广场里。

突然,广场边响起了刺耳的喇叭声,从那边的几辆车上下来几十个拿棍子的人,叫喊着扑向羊群。一时间,人群羊群大乱,炸了锅一般。他还没闹懂怎么回事,就见幸福赶着她的羊群朝他这边奔过来。没等他说话,幸福对他喊叫:“快,快帮我赶羊,他们来抓的。”

他折了根树枝,心突突地跑去帮她赶羊了。

祈　　祷

1

村里有的秘密能让人带进棺材而不透，有的则马上传扬出来，比扎翅膀飞得都快。有的很轰动，有的没人理。杜西西多年前在基督那儿祈祷的话一传出来，惊动了全村。这话被传得绘声绘色的，而且赤裸裸的。她说："主啊，我有罪，我是您的儿女，请把我的烦恼去除吧。让我干干净净的身体注进火热的爱，让我也生个活泼可爱的宝宝吧……"那时村里有不少女人信主。先是一窝蜂地信，后来又捣了蜂窝似的不信了。一不信主，这些一贯多舌的女人就把别人的祈祷词公布了出来。人家的求财求官求平安，不刺耳，只有杜西西的是贴皮剐肉的话，不轰动才怪呢。

她当然不予理睬。因为有那么一阵子，她很烦恼，只有在主的面前祈祷才能缓解一下。

她为不能生育而烦恼。

别看大城市的丁克家庭越来越多，但在村里，女人不生育，比任何缺点都是缺点。乡下在很多事上目光短浅，唯独把传宗接代这事看得又长又远，可以从孕妇肚看到孩子长大成人，可以从锅碗瓢盆里的饭菜看到遥远的坟前供品。听觉也不差，能从膝前膝后孩子的聒噪听到坟前祭奠的鞭炮声。他们可以少生，但一定要生出个儿子来。头胎若是男孩，他们说是准头好，弹无虚发。便从头到脚松了一口气，人生中最重大的一项任务算是完成，以后就是多挣钱，提高生活质量了。如果是女儿，他们说准头不好，一定会花钱到计生办再弄个准生证，再生一个，还是女孩，基本也认了，一个女婿半个儿，有俩千金，亦算是有个完整儿子了。杜西西什么都没生，这种情况，则被人们说成是脱靶。

难听啊——脱靶！

尽管大家的觉悟跟如今的新农村建设一样，步步提高，但觉悟是虚的，孩子是实的。因此，不能生育是天大的缺陷。这天大的缺陷自然会引来屋大院大的烦恼。她男人是个老婆嘴儿，总是嘟嘟哝哝地念叨孩子，边念叨边斜着眼剜她平塌塌的肚皮。西西感到屋大院大的烦恼难以忍受时，便跟人家一块儿信主了。别人信主，都有人动员，只有她是自觉自愿的。赶在一个周日，她自个儿去了邻村，一个用废弃的供电室改成的主堂子。这儿人不少，多为女人，同村的就有七八个。她也不与她们招呼，她们都是结伴来的。

未信主时，听人家说，"信主一年，主在眼前；信主三年，主在云南"。就是说，刚信主时，求什么都灵。所以，看见主像和十字架，她纳头便拜，非常虔诚。

她只求主赐她儿女，别无他求。儿女都好，她不重男轻女。

她毕竟初中毕业，看得懂《圣经》，唱得了赞美诗。她的祈祷词也比别人有文采。别人祈祷，多为默念，求官求财求健康求平安。她也许是心情急切，也许是跟男人吵架练的，声音大，说的话叫人全听去了。当时不打紧，大家都在信主，都在学真、学善、学美，谁也不出去乱传话。

可一年半载过后，所求东西尽不如意。求财的没发财，求官的没升官，求健康的住了院，求平安的出了官司。有人自动不信了，有人则被压力压出了主堂子——亲人反对。因为信主的主张一神论，而村子的传统是见庙磕头，见灯添油。逢年过节，不光敬天地，还有财神、灶神呢。财神降财，灶神更了不得，主管着一家的各种事务，健康啦、平安啦、和睦相处啦等。他虽屈身厨房，但民以食为天，谁敢忘了他？加上他在腊月二十三要上天宫汇报此户的全年事务，初一、十五再回来继续管理，所以他位置两边是有对联的。写的是"上天言好事，下界保平安"，横批是"一家之主"，地位极高。信了主的人不拜这些，更不去祖坟祭拜。这怎么行？亲人极力反对。

西西退出来，是娘家娘和男人的反对造成的。娘家爹已死，她是这家的唯一女孩。一信主，逢到清明与“十来一”两个祭祀日，她就不去爹的坟前祭拜了。娘说：“闺女不到父母坟前祭拜，那不真的成了泼出去的水了？不行！”西西说：“才信四个月，等等再说。”意思是等主赐给了福，有了一男半女之后，再去忏悔，转身回来。娘不干，说：“既然主有大能，四个月的祈祷足够了。咱中国有恁多的神，还不够你信的啊？”

男人更甚，见她去邻村守礼拜就烦，骂她是不着窝的兔子。

刚好村干部闹内讧，要分公共财产，把这个供电室卖给了养蘑菇的人。没了主堂子，大家没了归宿，纷纷作鸟兽散。

2

男人想叫她安安分分待在家里，该做啥做啥。做不了良母，就做个贤妻。她呢，因为理解偏差而大吃一惊。男人骂她是个不着窝的兔子时，她差点叫起来，从头到脚让冷水猛泼似的震惊了。难道这个好吃懒做的家伙听到了什么风声，闻到了什么腥气不成？！

别看就短短四个月，一切都变啦！

后来想想，这就是心诚则灵吧。

在那有点潮湿昏暗的主堂里，她碰上了王大力。

王大力信主，与别人不同，他不那么虔诚。这和他有见识有关。他干过几年民办教师，又跟人到城里打过工。干得好好的，女人却得了个痛病，浑身痛起来，要死要活地在地上打滚，家里的活儿一丝都干不了。他只好回来，窝在家里侍弄几亩地，同时又照顾老母亲。好在他家负担不重，儿子女儿都不上学，打工去了。

之所以来主堂里为人家读读《圣经》，讲点圣经故事，是因为这帮人去他们家祈祷过——集体不吃饭，跪在院子里一起祈祷，要主保佑他女人快点好起来。他女人是真心实意地信主，但浑身总痛，去不了主堂子，就叫他顶替了。

顶替归顶替，他却从来不像信徒那样跪下忏悔、祈祷、在胸前画十字。但他教人家祈祷和画十字。像个教练员一样，就是不下场踢踢球。往往在人家祈祷时，他早溜得没了影。但大家快结束时，他又回来了，亲热地与大家告别。

有天上午，冬天的阳光暖融融地洒在门外的空场里。空场里除了几个高低不等、大小不一的柴火垛，连堵围墙都没有。屋山东头有个厕所，是女厕所。屋山西头的，男人解手的地方就称不上厕所了，仅用玉米秆编成了个半圆形的篱笆，周围是原野。村子最近的房屋距这也有五十米开外，中间隔着一个不大的菜园。厕所里之所以干净，全靠了那个开菜园的老头儿天天来敛粪。

找不到王大力时，有人就朝菜园草棚里喊，他喜欢去那儿。

有一天上午，西西方便后在柴垛边伸懒腰，揉揉太阳穴，突然听到柴垛上有人低声读书。仰头一看，竟是王大力，正仰躺着读一本旧书。她不禁笑了一下，心说："你也四十出头的人了，爬到那上面，太孩子气了吧？"王大力已经注意到了她，朝她笑笑。他的牙齿很白，这让看惯了男人黑牙根的西西稀罕了一下子。她马上想起来，他不是一般的农民，他算是乡间的文明人。文明人的牙自然是白的。西西去过城里，见过一些城里男人，确实黑牙的很少。城里的许多地方都挂着"禁止吸烟"的牌子。她去的那家医院里，几乎每个科室，包括走廊里也都挂着这种牌子。想想自己男人一天两包烟，要叫他在这里生活，还不活活憋"死"呀……她是来检查生殖系统的。他们在城里住了一夜。这一夜她睡不着。男人也检查了，他也睡不着。两人在一张床上你滚来我翻去的，却一点儿困意都没有。男人就吸起了烟，呛得她嗓子痒痒的。她只是装睡着，憋着不咳嗽。第二天拿到结果，奇怪呀，他们谁都没有毛病。医生还拍拍男人的肩膀，让他别再抽烟喝酒了，争取明年生个健康的宝宝。但两年过去了，男人的"子弹"全都哑火了。

"你困了吧？"王大力问她，"困了就出来晃晃，别太死心眼。"

"心诚则灵，"她说，"我得表现好点儿。"

"心存感念，比天天唱赞美诗强得多。"他说。

“怪不得你出来晒太阳。”

“心中有佛，处处是佛，别太注重形式。”

“别忘了，咱信的是主，不是佛。”她忍不住笑了。

他也笑了，和蔼可亲的样子。他看看手表，从柴垛上跳下来，拍了下她的背，说：“年轻人，观念该新点儿啊。”她不理解，问：“什么意思，我观念老吗？”他没回答，进了屋。阳光在他黑色鸭绒袄上闪闪发光。他朝这主堂子的负责人耳语一番，马上散了场。

熟识以后，她最爱看他的白牙。总在没人时夸他知识分子，夸他帅哥，叫他发笑。还说他身在曹营心在汉，守着礼拜，却偷偷看邪书。他说不是邪书，是中医书。他正自学中医知识。他指指那边的菜园，说：“你看见草棚边的几只羊了吧？那是我的试验品，我天天在它们身上练习针灸呢。”她朝他一拱手，说：“小瞧您这尊大神了。”他淡淡一笑，说：“困在家里没事干，学点中医能行善。”因为邻村，她知道他的家事。人常说，“女大三，搬金砖”，在他身上一点不灵了。就因为女人比他大，在他高考时天天去学校扰乱，怕他考上甩了她，才让他落榜回来当民师。这两年本来有望转正，谁知人家一查档案，查出他中间断了续，进城打工了，不能参加转正考试，真是亏大了。

他这种淡淡地笑，对别人没什么，但对她极具杀伤力。看见他的笑，她心里便生异样，有如鹅毛撩拨，痒兮兮的。而且越来越重，使内脏颤抖，下腹发热……这种感觉跟谁都不能说的。别看她在主的面前祈祷得有点儿赤裸，但王大力给她的这种感受却被她死死地闷在心底。

3

除她之外，没有人注意整个冬天里他在柴垛上背医书。

当然，来这儿信主的人，多是年纪大且身体又不怎么好的。他们多是求主赐予健康的。没想到这些人成了王大力的实习对象。

偶尔，他会给某人针灸一下子，大家对他半信半疑。更多时候，他眼里蕴着色味，只盯向年轻女人。

有天她发生经痛，脸色不好。他喊她出来，在柴垛边捏住她的虎口，猛掐数下，痛得她以为挑了大筋，又不敢叫喊。他绷着脸，说："你有经痛，我来治一下。"阳光洒在他脸上，一阵子掐罢，他脸上竟有些细汗渗出来。看来治病还是个费力的活儿。她这样想着，禁不住佩服起了他。

令大伙佩服他的事，也是发生在这个冬天。

那天上午，来菜园贩白菜的一个年轻女人突然得了大出血。大冬天的，血从毛裤管里汩汩外泄。她男人吓傻了，抱个白菜僵住了。开菜园的老头儿朝主堂子高声喊王大力，叫他救人，快出人命了。老头儿声音尖厉，把主堂子的人都惊了出来，纷纷跟王大力去菜园。寂静的菜园一下子聚了好多人，也给他提供了一个扬名立万的大平台。

大难临头，病人也没了羞耻之心，躺在机动车厢里就解扣子、脱裤子。王大力没有忘记为她遮羞，他叫西西喊来一群女人，用身子围成一个圆。男人们虽在圈外，并不走开。他们想看看这王大力到底有何能耐——要说教书，你行，教过好几年。要说治病，没听说过啊。你又不像种菜老头儿，人家的祖上出个有名的中医，外号"圣手一把抓"，只可惜死得早，手艺失传，仅留下些破旧的医书而已。当然，没几人知道，这些破旧的医书正在被王大力阅读、背诵。因此，村小学几次请他出山教书，都被他拒绝了。而他学医，自然是本着实用主义，想从破旧的医书里觅出治好女人怪病的良方来。其实，人家大医院的医生已下了定论，女人这种病，满世界尚且无人治愈。但他想，任何事情都有矛盾的普遍性和特殊性，任何病情也都有好与坏的意外发生。为此，他早已在女人身上开始试验了。女人痛得厉害时，他会在某处戳上一针，让她的哀号平静下来……他相信会有奇迹发生的。

这一次的奇迹让杜西西见证了。

这场面叫她每每想起就会心惊肉跳。

她是女人，每月都会有几天见到腥血，但她从来没见过那样的血。或者说，她不知道女人会那样流血，那简直是血库炸开了，洪水肆虐，滔滔而来，就差轰轰作响的涛声了。但人们的惊叫、病妇的哀号，等于给血流配了乐，恐怖骇人。站在旁边的她双腿随着心脏打战，那刺鼻的血腥叫她眩晕。有人从草棚里拿来个大床单，叫她扯住时，她竟伸不出手来。她觉得的确有风，吹得她起了一身的鸡皮疙瘩。她不但心里发冷，裤子里都起着呼呼的冷气，差点儿小便失禁。病妇的两条白腿如同两根白柱子，内面涂了厚厚的红漆。仰头看看，太阳悬在空中，一副温暖可亲的橙黄样子，笑眯眯的。天空碧蓝碧蓝的，只有几条白色的云絮在飞。这是咋啦？她觉得天在刮风呀，下雨呀，地震呀，水患呀……

她看到王大力掏出一个四方小盒子，再从盒子里捏出几根闪闪的白针，用嘴唇抿住。他捻下一根来，弹一弹。右手执针，左手的拇指、食指、中指摁住女人黑色肚脐眼靠下的一块白肉，猛地扎了下去。然后又从嘴唇处捻下一根来，弹一弹。依旧是右手执针，左手的三指又往下移了移，能看见女人的深色妊娠纹。这一针就扎在妊娠纹线上。第三针扎在了女人卷曲的阴毛上方。三针扎完，他头上渗出不少汗珠来。抹了汗，他收好盒子，让人用床单盖好女人。那一刻，西西看到了神奇，病妇两腿间的"闸门"一下子关上了，仿佛那不是针，而是三道坚固的堤坝。

在一片惊叹声里，王大力拔了针。他安排那男人别再贩白菜了，赶紧去医院，这三针只能管住一时，可管不了一世。

那男人傻傻地问："要不再来三针吧，能多管一会儿。"

开菜园的老头儿瞪了他一眼："快去快去，这是医学，不是纳鞋底。"人群中有了笑声。

老头儿用铁锹刨土，掩埋那片血迹。病妇说："大爷，弄脏了您的床单，回头给您买条新的。"老头儿挥挥手，叫他们快走……

出了名的王大力并不为人看病。人家求他时，他总称自己是瞎摸索的，属于土八路，不是正规军，怕治出了毛病担当不起。在医院治出了毛病，人家会赔钱给你的。他指着自己的三间破房屋说:“光靠它和一个病歪歪的女人,能赔给人家什么呢?”

当然,自有一些治坏也不叫赔的人找上门来。这些老人,年轻时干的重活太多,全得了腰腿疼痛。他们结伴而来,说可以互相作证,任他扎,扎坏了与他无碍,扎好了为他送锦旗放鞭炮,替他扬名。他一拱手,碰上他们这破罐子破摔的,没办法。人家说:“你就大胆地摔吧。”从此以后,他就不再用菜园的羊试针了。那老头儿见到他,诡秘一笑:“好小子,咋不折腾我的羊啦?”他说事忙,顾不得了。老头一咧嘴:“你碰到更好的羊了吧,是一群上帝的羔羊吧?”啧啧,谁说基督教传得慢,这老头儿可是一天主堂子没去过,竟然能说出“上帝的羔羊”来。他再去读《圣经》时,总爱说这个。

人们知道他读了《圣经》就出去读医书,却不知道他什么时候跟杜西西好上的。

当杜西西像别的女人一样,骄傲地腆起功德圆满的大肚子时,人们还没觉察到奥秘呢,只是以为主真有大能。

4

杜西西的男人大她四岁,身子有点儿柴,面色黑瘦,站在男人堆里尚不明显,一旦与西西一起,反差就大了。西西白皙,是乡下人喜欢的“银盆大脸”,一下子把男人衬成“黑炭头”。有关他俩的这种反差,村里好事者编成了段子出来。褒的是她,贬的是男人。但她听着也不舒服——

夸她的白:下大雪,粉白墙,孝子赶着一群羊。

贬男人的黑:烧锅底,包文正,老鳖盖子和驴圣。

这种话现在没什么,可将来孩子大了,自己老了,那可丢人了。而且连儿孙的人都丢了。她想到人场里郑重声明一下,堵住他们的臭嘴。王大力不让,说这种议论跟雾烟差不多,想推开时,怎么都推不开,不理它了,它自己就消失得无影无踪。这个时候,她已不再信主。她在信主时祈祷的话又叫人传了出来。真是一波未平一波又起，烦心事接踵而至。她不愿跟男人说，那是个醉鬼，只会折腾她，不会给她安慰。结婚恁多年没怀上孕，与他有很大关系。

是王大力挽救了她。

男女肌肤的欢愉是他带来的。

如果没有他的出现，尤其在主堂子散伙儿以后，她不知道会干些什么。尤其是面对别人带有嘲讽口味的“白”与“黑”，面对人家传了她的祈祷词时，她真不知道顶住顶不住，会不会跟人家吵架拌嘴。

谢天谢地！不但什么都没发生，她还在静悄悄的黑暗里尝到了两性的甜蜜，在神仙般的痛快中怀上了孩子！坏事过后，好事来了。王大力告诉她，这叫否极泰来。她当然庆幸，捂在被窝里，一遍一遍抚摸着鼓突的肚子，禁不住笑出了声。这让醉后微鼾的男人发现了，他伸手抓住了她的脚趾，说起了酒话：“还敢嘲笑俺，来来来，咱再猜几枚试高低……”

她没有理他。现在她明白他是有病的。他虽爱折腾，却没有雄风。自打怀了孕，她再不跟他一头睡觉。她小心护着肚子，时时防着他的折腾。

5

偷情的地方就是那几个柴火垛。

供电室已经被扒掉了。这儿刚好是两个村子的搭界，本来是个乱葬岗子，后来平去了坟头，成了一片槐草坡，地薄没人种，任由它继续生些槐草。当初大集体时，槐草可以苫房子，遮风挡雨，效果比麦秸都好。现在家家都盖楼房，最差也是瓦房，槐草没了用处，但依然有人去割、去晒、去编织东西。王大力就干过。编草帽、编草墩、编垫盖，还有乡下人早已看不上眼的蓑衣。这些年，情况颠倒了，乡下人瞧不上的东西，城里却有人找上门来要。像这几样东西，几乎全都卖给了城里人，而且价格不菲。有不少城里闲人爱骑着摩托开着小车来钓鱼，他们天晴时戴着草帽，天阴下雨就披上了蓑衣，蹲在池塘边，乍一看像只褐色的大鸟。那长长的鱼竿像大鸟的长嘴巴，直直地伸向水中央。

加上这些年政府不让点烧庄稼的秸秆，各种秸秆在地里占地方，拉回村又嫌路远。两个村的百姓商量好了似的，都将秸秆垛在了这儿。到了春节时，回来过年的年轻人精力无处发泄，在这儿号完以后就点烧秸秆，从夜里一直点到天亮，直到小垛慢慢变成了灰烬。这给菜园提供了肥料，那老头儿总是说他的蔬菜从不上化肥、不打农药，是标准的无公害绿色产品。

不少星光灿烂的夜晚，他们在柴垛上亲着抱着欢悦着，然后仰面看扣锅似的天幕。西西总叫他看银河两岸的织女牛郎星，说："咱们比他们神仙有福。"他点点头。她压上他，说第一次看见他对她龇着白牙笑，她的小腹就是一阵痉挛，差点小便失禁。这么多年，没有哪个男人对她这样真诚而干净地笑过……

她的祈祷虽是赤裸裸的，但不是有意的，她简直是脱口而出。后来，她轻拍着儿子神五的头说："都是为了你呀，你怎么来得恁晚呢？娘等你等得快要神经了。我一听到'脱靶'，脑袋立马就大、就痛。"

6

等到女儿神六会走时，西西将他们兄妹交给公公婆婆看管，她也跟人家一同去南方的茶场采茶叶。这个时候，人们才看出她和王大力的不寻常。他们的事算是彻底浮出水面了。

王大力是带人过来的。他像组织人家在主堂里听课一样，招了一支多是中年妇女的队伍来茶场采茶。茶场老板是他的朋友。他在这里不采茶，只是简单地吆喝几句，看看磅秤，检查一下卫生而已。但他的工资比别人高出很多。妇女们住在集体宿舍，七八个人一间屋子，全是上下铺。而他则一人享用单间。为了叫妇女们解闷，他有时将自己屋的电视机搬出来，放在空敞的院子里，让她们看节目。

起初，这些妇女只看节目，谁也不在意杜西西的事。后来发现她没了影儿，半夜才回来，身上还有酒味。问干吗去了，她也不隐瞒，说与王大力到门外的小饭馆喝了点儿啤酒。后来，有人看见她缩进了他的屋子里，半夜才悄悄地回来。大家明白了，敢情他们成了临时夫妻。

乡下女人，少不了嚼嚼舌头。羡慕他们的，说他们会享受日子，没有虚度美好光阴。嫉妒他们的则说，反正一人兑一样，一个碓头，一个碓窝，别折腾出毛病就行。还有恨的，把她的两个孩子神五和神六扯了出来——

“瞧瞧神五、神六的眉眼吧，像谁呀？”

“神五呀，一点也不仿他的爹。神六吧，倒是有点儿西西的影子。”

“不对不对。俩孩子可都是大眼双眼皮。西西两口儿全是单眼皮。来咱村搞医疗普查的人说了，如果夫妻全是单眼皮，生出的孩子怎么都不会双眼皮的。神五、神六的双眼皮……”

“哦哦，明白了。他们两口儿不是双眼皮，人家王大力是双眼皮呀，‘借鸡下蛋’呀。”

“对对，‘借鸡下蛋’。王大力多能耐呀，还会治人家的大出血呢！”

7

王大力本来想好好待上一段，等收麦时再回来。但家里的女人一会儿打电话说药没了，一会儿想叫他扎扎针，止止痛，他只好提前回去了。西西这帮女人，则是赶在麦收之前，踩着“吃杯茶”欢快的叫声回来的。

这群女人不光带回了一些茶叶，还带回了王大力和西西相好的消息。当然,村里似乎只有他们两家人蒙在鼓里。有人见到西西的婆婆一边一个牵着可爱的神五和神六自豪地走动时,马上偎上来,拍拍神五神六,然后故作惊讶地说:“真是怪事了,西西两口儿都是单眼皮,这俩宝贝全是双眼皮。你们该不是给他们整过容吧?”

如果酒鬼男人在家,可能会有所醒悟,但他进城打工去了。婆婆这老太太听不出弦外之音,却被动听的弦内之音弄得心花怒放,眉开眼笑。她还说,好事多磨,西西等了恁多年,这一双儿女算是等着了。好梦不怕长,好菜不怕凉。老太太的话又让人家笑了一阵子。人家边笑边互相挤眉弄眼,显出另一层意思来。但快乐的神五神六绕着老太太,每人手里举着一根冰棍儿,吃一下,向对方比一比,童趣盎然,叫人爱怜。有人免不了轻拧一下他们粉嘟嘟的脸蛋儿,逗他们一下。他们笑着,唱着老太太教的儿谣:“麦忙麦忙,割麦打场。”

麦收就是几天的事。因为机械化了,既不割麦,也不打场了。

联合收割机突突叫着,爬过金色的麦地,巨兽一般,吞下麦秆麦穗,吐出呛人的麦糠麦秸,将喜人的麦粒留在机舱中。人们只需在地头摊一大单子,麦粒会自动流在单子上。晒上一两天,便能进家,或者卖给那些走街串巷的贩粮人……这看似不费劲,其实也费劲。你总得打更看麦子吧,晒干后你得装进袋子吧。袋子清一色的是化肥袋子,装满后全有百斤重,有力的男人搬起来都够呛,更何况弱女子们。而这几年,村里的男人都进城搞防水防潮了,麦收时包工头不让回,要加钱。有的男人想回来,就被别人嘲笑,说他想女人的身子了。这样,收麦的活儿算是彻底撂给了家里的女人。女人们便临时组成了互助组,干了你家再干我家的。

别看那些女人背后嘀咕西西的事,似乎她跟她们有仇,但到了麦收这几天,又都喜欢拉西西入伙了。西西比别的女人壮一些,而且干活儿不藏奸、不惜力。西西帮助一家家将麦子运回去,她家的却堆在场里,堆在几条红白蓝格格的塑料单子上,并不急于往家送。夜里她带了神五来打更。

别人都忙着卖麦了，她仍不急，坐在场边逗孩子玩。

后来，收麦子的三轮车直接开到了她的麦堆边。车上下来俩小伙，帮她灌麦入袋子。她要灌，人家不让。她只好买了烟和啤酒，以表达她的心意。

各自忙碌的长舌妇们从四面八方投来了狐疑的目光。她们又开始了嘀咕。那些让西西帮过忙的也加入了对话会。这种好事落到谁家麦场，都会引起别人的好奇。这个季节由于麦子太多，谁都想赶紧卖掉，腾出精力耩豆子、种玉米和芝麻，总之是忙秋种的事情。秋种也是忙几天。化肥、农药、种子都得去买。要先卖掉麦子，把物变成钱，再用钱去买化肥农药种子去。你急着卖麦，人家粮贩子明白你的心事，在收麦时要要横、压压磅秤，你也没脾气。他们更不会帮你灌麦子！

一打听，才咋了舌。那两个年轻的贩粮者可不是看在西西的面子上帮忙的，是王大力叫他们来的。这两位是王大力教过的学生。那几个羡慕的女人不禁感慨，还是有个相好的好哇。相好的可比自己男人都讲情讲义啊！像王大力这样的，要人有人，要文化有文化，也会玩朋友，不声不响，就把西西的事办利索了，多好啊！

8

麦收以后，天不作美，一星儿雨没下，一个劲儿地净刮干热风。干热风能将草帽悠得团团转，却一点儿也不凉快，扑在身上有种灼烫感，像烙铁。

所有人不光是皮肤灼痛，心也在灼痛。

必须抗旱，给渴得张嘴的庄稼地和蔫蔫的庄稼苗浇水灌溉。

如果风调雨顺，应该是“拿钱难买五月旱，六月连阴吃饱饭”。几场大雨下来，秋庄稼噌噌地疯长，此刻该是最清闲的时节。妇女们凉快时下地除除草，太阳一热，她们马上回到树荫下打牌，甚为惬意。这一抗旱，大家全都鞋窝里长草——慌了脚，全都狗吃豆腐脑——闲不住了，全都耗子聚会来了猫——各寻门道去了。抗旱，叫人们开始了新一轮的合作。因为即便租来机器，一个人也干不了这种活儿，有看机器的，还得有抱水管喷水的。不然，顾头不顾腚，浇得深一片浅一片的，起不到作用，白忙活。

这一次，西西跟谁也不合作了。别人找她，她笑笑说，已经找到伙伴了，合作的事暂时停摆。来人一惊讶："停摆啦?"她笑笑："停摆了。"

人家急得东一头西一头乱窜时，她一点儿不急，每天领着可爱的神五神六到小超市买东西吃。神五神六也给她长脸，见了谁都打招呼，爷奶叔婶姨姑，甜甜地叫个没完，人见人爱，人见人夸，他们光鲜得堪比云游太空的人造卫星。神五手里抓着个塑料手枪，从不瞄人，而是瞄向狗猫和树上的飞鸟。"啪啪!"他什么也不会打到的。但这个时候，没人再提"脱靶"的事了。

你会哭吗

1

除去亲人，爱姑第一次哭灵，哭的是娘家的一个婶子。这个婶子跟她并不沾亲带故，只是普通的邻居。与蔡都集的其他人一样，活到八十来岁去世了。因为她的孙女银凤嫁到了乌坡镇，那边的人将丧事通知了银凤家，让爱姑听到了。

爱姑与银凤平时几乎没有来往过，一是因为年龄差距大，二是爱姑住村东的一组，银凤住在村西桥头的六组，相距甚远。但桥头是个热闹的地方，有王大奎家开的超市，有所学校和村委会。这一天爱姑去超市买盐，见到了蔡都集的人来了，一搭话，才晓得那个给自己挑签子的婶子去世了。人家是来向银凤报丧的。

本来平平静静的她，看着人家报丧的电动车一跑，便扶住桥栏流起了眼泪。

签子扎在八岁的她的光脚板里，疼得难受。她求继母帮她挑，继母说："人在沙土里混，哪有不扎签子的，就你的皮精贵。"她求爹给她挑，爹抱着要来的弟弟，哼着小曲，在树荫下跟人下棋，瞪了她一眼，将小弟弟给了她，说："你抱他玩去，我得想想办法赢棋哩……"八岁的她一直光着脚丫子，没人给她做鞋穿，但路是不少走的，天天除了割猪草，还要提水洗碗，烧火做饭，脚板上有不少小签子。只有这次扎上了大签子，疼得受不了，才求人给挑的。邻居大婶看不下去了，夺下她怀里的小弟弟，杵给了下棋的爹，说："好好下吧，这孩子说不定还能帮你支招呢！"然后拉了她到自己院子。

本以为挑一个就完事了，哪想到这位婶子整整挑了一个上午，弄断了三根绣花针。这位婶子很用心，将挑出来的长长短短粗粗细细的签子放在旁边的搪瓷碗里，结果将她吓了一大跳——那些带血的大小签子数都数不清，将整个碗底都盖住了，如同一层淡红色的草根。婶子边挑边唏嘘：“你这妮子呀，脚板可是够顶事的，比个男孩子都皮实。”最后她到土墙上抓了一把多年的流水土，在手心里搓成碎末儿，捂在她流血的脚板上，说这玩意儿能止血消炎……爱姑哭她，可谓字字血声声泪，将这一点无限地放大，让所有人都觉得这位婶子不是光为她挑了签子，而是为全蔡都集的人挑了签子，悲得如丧考妣，让闻者随之涕零。不明白的，还真以为她是逝者的亲侄女呢！她的哭丧像地毯一样盖住了所有孝男孝女，当然也包括银凤的。

她们俩的娘家都在蔡都集，又都嫁到了乌坡镇，按说平时应该走动多些，比人家要更为亲近些才是。但六十多岁的爱姑看见现在的年轻媳妇在一块儿嘀嘀咕咕、打麻将、结伴赶集上店什么的，心里总是疙疙瘩瘩地不舒服。她到桥头诊所抓药输水时，见到她们在旁边的树荫里嘻嘻哈哈，总是绕开一段距离。因为她晓得，这些年轻媳妇可不得了，仿佛天生跟自家的公爹公婆有仇似的。她们真成了三个女人一台戏，互相摆自己公爹公婆的理。摆理倒无所谓，让爱姑听不惯的是她们摆理时话中含沙，加些小卷（骂人话），把公爹公婆说得一钱不值，恨不得朝裆中猛踢几脚才算解气。有时，她也看见自己的儿媳夹在那里，她装作没看见，腿再酸、脚板再痛，也抖擞着精神走开，生怕她们的臭口水溅到了她的身上。她有点不明白，这些年轻媳妇可比她们那一代强多了，都有些文化，喝过些墨水，可为什么会句句含沙呢？——这就使她错过了——当然她自己也不愿意——与银凤她们交流的机会。

几年间，她竟然不晓得银凤与她的娘家都在蔡都集。

银凤记得这是爱姑第一次哭灵，别说哗啦作响的报酬，就连半尺缠头的孝布都不能挣到。棺材起动了，出村移向静静的洼地，冷风将人们的哭泣送到老远的地方。眼前飘飞的纸钱如同蝴蝶一样胡乱飞舞，爱姑一下子明白了过来。棺材出了村，自己再跟上去哭，那就有些无趣了，要不就有点朝人家索取孝布的意思了。她只好蹲在一截断墙边吟泣了一会儿才走开。

这时夹杂在孝子孝女丛中的银凤悄悄问身边的人:“那个老婆儿哭得恁厉害,与俺奶奶是亲戚吗?”别人告诉她,那老婆儿也是蔡都集的闺女,从前与咱家是邻居,如今是你们乌坡镇的人,住村东头的老桑树下面。她三个孩子都有本事,全在城里混事儿。这下银凤晓得了。虽然她没有到老桑树下面去过,但她知道,那儿过去住的全是穷人。其实,那株老桑树早已死了多年。住在它旁边的人,一律被称作老桑树下面的。

银凤马上要了条孝布,送给了她,对她说:“姑,缠上吧。”爱姑看了她一眼,有点感动,说:“我也送殡去……”

后来,她还专意问了问爱姑:“为什么为一个不亲的人哭得恁伤心,她不就为你挑过签子吗?”

爱姑告诉她:“你不晓得,这辈子为俺挑签子的就她一个啊!父母死后,蔡都集只有一个弟弟,也不当家,俺去得不多,但只要去,总要见见那个婶子。”

银凤“哦哦”着,似乎有点明白了。

2

自小到大,再到老。爱姑觉得人生就是一到“大”,再到“老”,很快,很简单。说“大”,是她十八岁出嫁,长大成人了。说“老”,是她为孩子们找了人家,叫他们过上了自己的小日子。院子里空空荡荡剩下她一个,像一只飞不动的老鸦守在了老窝里。也就是这么一晃,六十多年过去了。

在别人看来,她最该哭。像她这么个女人,幼年丧母,中年丧夫,如今又空守独院,心里肯定会有常人猜不透的悲伤心事,早该哭一哭,透透气了。因为这六十多年的光阴里,还真没人见过她哭过呢。大伙儿都说她外表柔弱,心闸过硬,闸得一丝泪水都不肯流。

她自己明白，背着人她是哭过的。但哭有什么用呢？倒不如抹抹泪，笑着过日子。当初，继母心情不好时，总在做饭时骂人，骂得刺耳，祖宗八代都连着。她蹲在灶门前屏住呼吸，仍均匀地拉着风箱烧火，就这样也挨过继母的擀面杖。她清楚记得，柳木的擀面杖敲在头上的那一瞬并不是头疼，而是耳朵鸣响一下子，眼眶热了一下，然后才是头疼，连牙根都疼。那些不争气的薄而稀黄的头发掩不住几个明溜溜的青疙瘩。每次她端着碗，去树荫下为父亲送饭时（父亲喜欢在老桑树下与人下棋），总有邻居婶子这样的喜欢抱不平的女人抚着她的头，说些“没娘孩子可怜虫”的话。她们总会拨拉着她的头发，为她刺那些明溜溜的包，以便早点让头皮平复下来。有的女人甚至会将父亲的棋摊一脚踢散，骂他娶的后婆子快把闺女的头敲烂了，咋还有心思下棋？说话的女人们都掉了泪，她没掉，心硬着呢！

爱姑只流过一次泪。避了人，没有避月光。

那晚继母擀了面叶，撒了明油，香气扑鼻。这可是好饭。她在树下吃得很香，很慢。月光影影绰绰。她没有在意饭碗里的汤色。渐渐地，她感觉有点儿不对劲，细看面汤，竟是黑的。端到灯影里仔细瞅瞅，差点儿哭出来。面汤里含了不少漆灰啊——继母将漆灰放在她的碗底，被面叶遮着了，吃完面叶，漆灰泛了上来。她没吱声，偷偷将面汤倒进猪槽里，抱了弟弟小福到了村外的月光里哭，边哭边拍弟弟：“只有咱俩亲喽，你快长大吧，只有咱俩是亲人。”泪落在弟弟脸上，闪着光。弟弟不懂事，却在憨憨地笑。她问：“你笑个啥？看看咱过的啥日子？”弟弟不会说话，仍在笑着。

夜风清凉，将她吹得冷静下来。她“噢”了一声，突然明白了，说：“好弟弟呀，你提醒姐了，得笑着过日子啊！如果继母在碗里放的不是漆灰，而是耗子药，可没法活了。得笑着，咬着牙，笑着过日子，别给她害了，得笑着过，让继母觉得自己很喜欢她，对她安排的事都满意，她就不会再这样捉弄人了……人在矮檐下的日子不好熬哩。心里的苦涩黏稠，只有用泪水去稀释一下，化化它的苦味。泪一往心里淌，可不就流不到眼外了吗？！”

3

桥头与老桑树，是乌坡镇的两大标志。桥头住的是富人，老桑树下是穷人。在过去，桥头有地主，老桑树下尽是佃户。这两个地方的人平时很少来往，也没有什么联姻之事。别说联姻，连打干亲都不曾有过。所以银凤与爱姑两人一来往，在村里不能不算个爆炸新闻。

应该这样说，是爱姑领银凤走入哭灵行业的，爱姑算是她的引路人吧。

爱姑哭灵，纯属误打误撞。她根本没想过在哭泣中朝人家要钱。刚开始，人家给她条缠头孝布她就心满意足了。有一天人家突然给了她个包，她有些错愕，想辩解，但人家硬塞给了她，说："拿着吧，这是规矩。"平时很少出村，也很少靠人场的她根本没有想到，哭灵也成了职业，也能挣钱。她过去只晓得笑能挣钱，唱能挣钱，说能挣钱，打拳踢腿耍把式可以挣钱，从来没见过哭也能挣钱。有不少次，她不想去哭了，告诫自己在家歇着吧，又不缺吃又不缺喝的，犯不着用眼泪换那几个散碎银子，但是只要听见孝子孝女们的哭声，她马上坐不住了，起身走向灵柩所在的地方，几乎没用脑子想一想，逝者的后人跟自家人有什么过节没有。她是真的想哭。

而银凤是个不想哭的主儿。她男人二虎根本不当她的家，她的公公婆婆已经搬到村头的"趴趴屋"了。没干这行之前，她闲时喜欢到王大奎超市门口的麻将桌边打牌。有时中午不愿回家，便在王大奎家搭伙吃饭。上学的孩子放学后寻不到她，就到爷爷奶奶的"趴趴屋"里吃饭。男人长年在城里打工，收庄稼和过年时才回家住几天。她比谁活得都滋润潇洒，哪里有烦心事去哭呢？

是王大奎帮她出的主意，叫她去找爱姑。

王大奎不光会做生意，还在村委会任职，有组织策划能力。村里人只晓得他与银凤有一腿，不晓得他帮银凤筹划这个"哭白事服务公司”。王大奎告诉她：“你儿子也快到了定亲的年龄了，但现在农村娶房媳妇没有二十多万是不成的，别看二虎长年在外，回来将钱如数交给你，但你们家的房子还是十年前盖的瓦房，已经远远落伍了。现在娶媳妇，房子是关键，房子只有两种渠道，没有第三种。要么扒去瓦房，盖成二层洋楼；要么在县城小区里买一套。你算算吧，在家盖一幢洋楼，十五万元是个底线了，在城里买一套，三十万左右……”他眼睛眯成一条缝，吐着细丝的白烟，平静地讲述着，声音不大，却把银凤吓了一大跳。她可从来没有这么想过。她平常嘻嘻哈哈，没心没肺地跟王大奎相好，总以为自己还是个孩子呢。王大奎这一提醒，可不是，比起别人，她也到了当婆婆的年龄了。手里别说十五万，连十万都不足。男人是长年挣钱，她在家种着几亩地，春天偶尔也到外边去采茶叶，可是每年挣的全是小数，而且她也没有仔细盘算过，花钱如流水，没有存住多少钱。

见她脸颊红了，王大奎将手伸进她的后脖颈，那儿已经出汗了。

她马上撒娇，靠偎到他的怀里，用嘴亲了他的胡楂子说：“王哥，这可如何是好哇？我没有准备呢。屎憋到屁股门上了，我哪里去寻厕所哇？俺就一个儿子，事儿办不好，不叫人家笑掉大牙才怪呢。你脸上也没什么光彩吧？”

王大奎默默发笑，说：“二虎这么多年可没有闲着过，比个刨食的母鸡都勤快，挣的钱全由你去存银行，你又没有倒贴给我，钱都花哪儿去了呢？”

她嗔怪地掂了一下他的招风耳，说：“别人不清楚，你还不清楚吗？平时我花钱如流水，总以为外边有个挣钱的机器，橘子来了我买橘子，苹果来了我买苹果，西瓜来了我买西瓜，还有瓜子、花生之类，嘴面物一年四季，从来没断过，你去我家，没有吃过吗？这会儿又看起我的笑话来了，真不够意思，真是无情的货……”王大奎笑着朝她打暂停的手势，她仍不愿停下来。她是可着嘴上的人，口才好得能当大学的教授了。要不然，男人、公婆怎会都害怕她呢？她的嘴巴不让人，比刀子更胜一筹。王大奎倒是不讨厌这一点，他讨厌自己女人的闷葫芦样儿。

除了经营这家超市，王大奎还与人合伙买了辆大客车，经常往大城市里跑。他当然比一般的乌坡镇人见多识广。他拍拍银凤的脸蛋，说："别发愁，哥还会看你笑话吗？只要你听我的建议，保证让你不进城照样能挣到钞票。"他示意她递耳朵过去。当她的耳朵靠近时，他却亲了她的腮部一口。

他俩在客厅沙发上打情骂俏，王大奎的女人金花就在院子里搭晒衣服，她似乎听见了，有意将洗好的衣服抖得哗哗响，提醒他们似的。是呀，院子的外边，就是她家的四间超市，超市外边，可就是个小广场了，广场的斜对面，就是村委会和小学校。说是广场，其实是一片空场地，王大奎没从村里搬来时，这儿坑坑洼洼的，还有几座旧坟。人们没事时，也只是坐在桥上吹吹顺河风，根本不往这儿来。可王大奎看准了商机，低价获取了这块地皮，先盖了四间平房，搬过来不久，又盖了五间的三层洋楼，一楼的四间开了超市，一间是过道。这座威风凛凛的洋楼不是正房，而是朝东的，对着四板桥和村委会的方向，对着河东边乌坡镇的方向。他将门前的坟头平掉，整平后铺上了砖头水泥，成了个比他楼西边的院子大出许多的空场来。这儿一下子热闹了起来，农忙时，人们过来打牌、下棋、闲聊，当然，多是些年轻人。像爱姑那样的老人，极少到这儿凑热闹的。

关键是，他这么一折腾，这儿的空气活了，一下子吸引来了好几家邻居。人家也学他的样子，顺着他的超市向南向北盖了楼，有一家开了小饭店，有一家卖油条和馒头，有一家卖化肥、种子、农药，还有一家开了诊所。那些游乡的买卖人，用机动三轮车载了橘子、苹果、甘蔗什么的，只要一到这儿便住了步，用电喇叭放起了热闹欢快的豫剧唱段，不用吆喝买卖的事，村里人都已经晓得了，纷纷出来去买东西。在这儿卖上一阵子，他们才开车上桥向东，走上村街，走向冷冷清清的头，看到村东头一拉溜好多间的"趴趴屋"，看见那黑色粗糙弯着身子死了的老桑树，不禁感慨，乌坡镇可真是西风压倒了东风啊！

王大奎也是邪了门，放着门面楼的二楼三楼装饰豪华的房间不住，爱住这多年前盖的平房，他每天一进家，先进院子，在院子里洗把脸，到院角的厕所里撒泡尿，再到平房里用大号的紫砂壶泡酽茶喝。人们一般不进他的院子，只有跟他相好的银凤喜欢来。平时，金花在超市那儿支应着，连头也不抬，只当银凤去院里洗脸撒尿去了，一副镇静自若的样子。

4

爱姑家在老桑树下面，但不是“趴趴屋”，是一处周周正正的宅院。平房是旧日曾经辉煌的青砖红瓦。这也是她这辈子引为自豪的事。砖头是她领孩子们在河边跟人合伙摔砖坯，再用吊丝窑亲自烧制的。这等于是用自己汗水烧制的，基本上没花什么钱。有三间主房，两间东屋，一间西屋是厨房，还有一个不高不低的像模像样的狗头门楼。

在这个小院里，她迎娶过两双儿媳。当初，大儿媳住主房的东间，二儿媳住主房的西间，三儿子正上学，和她住在东屋里。这个院子达到了空前的热闹与繁荣。现在想想，不光是空前，也算是绝后的热闹与繁荣了，如今的院子只剩下她和一条叫民民的黑狗了。到了天热时，她总是感觉院子里的草长得太快，虽然院子是用砖头铺就的，但那些草总是从缝隙里长出来，她今天刚刚铲掉，明天又冒了头，第三天就发成了一团绿棵儿，常让她眼前恍惚，以为没有铲过它们似的。但只要她住这儿，这些杂草休想长得出秋。与杂草作战，让她心里也很充实。别人劝她打点除草剂，一次打不败，两次三次保证打败，但她不听。

铲完草，扫完地，将草扫进竹斗，送到外边的坑里去。回来时，扶住门框，看一看门后边的三溜洋码号，仿佛看见那年孙子领着女朋友回来的情景。孙子从皮包里掏出一支花杆记号笔，将她的大儿、二儿、三儿子的手机号、电话号都写在了门后。她不认字，数字还是识得的。孙子告诉她，最上面的是大儿子家的，中间的是二儿子家的，下面的是三儿子家的，如果家里有了事，就叫人打这三个电话就行了。

三溜电话号就成了三个儿子的代号了。她虽没打过一次，但没事时总爱瞅一瞅，想一想，盯得眼酸时，发现那些数字会动，活蹦乱跳的，让她想起儿子们的童年时代，禁不住笑出声来。

她一笑，民民跟着叫，将她惊醒来，她说："民民，你真坏，你就不叫我多想会啊！干吗打乱我的思路呢？这是好思路，我刚捋了个头，你干吗要汪汪两下呢？"

民民睁着眼看她，依偎在她的脚边，伸着舌头舔她的手。她拍拍它的头，掂掂它的耳朵："你比个小孩子都乖巧，俺三个儿子小时候总是生着法儿闹我，每个人都是夜哭郎，我舍不得揍他们，你可比他们乖巧多了。"

但民民毕竟是条成年公狗，到了春天，它就不乖巧了。只要听到街道上野地里有发情的母狗叫，它拔腿就跑，好几天也不进门。几天后，它灰毛扑土地进了门，除了两眼闪着光亮，毛也脱了些，身子也瘦了，头上、脖里、腿上还有些伤。不用问，那是它跟其他公狗为一母狗争风吃醋交战的印迹。它一回来，马上到厨房门后，用筷笼子嘴去拱那个乌黑的塑料桶，那里有女主人为它准备的食物。它一阵子狼吞虎咽后，再来到主人的身边。爱姑年轻时守寡，对各种腥臊气息特别敏感，她掩住鼻子，不愿闻民民身上的腥臊气。她起身将水瓶的热水倒进木盆里，再兑些冷水，用手搅搅，然后将民民摁进了温水盆里，民民反抗几下，感觉出了舒服，哼哼着摇着尾巴，将水溅了出来，溅到了她脸上。爱姑敲了它一下，它瞅瞅她用手背抿脸上的水珠，马上静了下来。

爱姑边拨拉它的毛边数落道："难道一个母狗真比你的主子重要吗？你这样禁不住引诱，贪色，迟早会吃亏的。人贪色了都没好处，何况你一个畜生呀！万一碰上偷狗的，用母狗引你怎么办？他们一丸'三步倒'可就要了你的狗命啊！"

这时候的民民异常老实，任她掂耳朵，拍脑门，一动不动。后来，她给它用梳子梳毛，将杂毛除去时，民民的毛发已经基本干了，才慢慢开始悠动着粗粗的尾巴，表达对她的谢意。

这个春天，因为天不正常，忽冷忽热，乍暖还寒，引起不少人感冒。爱姑因为听从儿子们的吩咐，每天喝板蓝根，晚上烫脚，早起领着民民到田野里走一圈，吸一吸麦苗与露水的气息，吸一吸金黄的油菜花的郁香，从未感冒过。她去超市买盐与酱油时，才发现小诊所里有许多老人与孩子嘈嘈嚷嚷的，有的输水，有的打针，有哭有叫的。那些生了病的老人透过诊所的玻璃窗与她打招呼，她想过去看望他们。医生刘春生戴着口罩，将她阻在门外，说："这可是流行感冒，得了比害眼厉害，你还是离远点吧，粘住就不容易拨拉掉。"

她当然不听他的，进屋跟那几位老头儿老太太聊了一会儿才走。屋子里除了孩子的哭叫与老人的叹息，还有此起彼伏的咳嗽声和刺鼻的药味，叫她头有点儿发晕了。天气不好，受害的首先是老人与孩子。她想起了自己儿子小时候半夜里发了烧，哇哇哭叫，她不管天热天冷，穿起来背着孩子就去村卫生室。卫生室没人，就去敲赤脚医生的门。那时候并不觉得怎么苦，现在回忆起来，心里却苦涩难耐，只想流泪。

在老桑树下面，她看见几个老人正在烧香磕头。悄悄地凑过去，才晓得今年为"十龙治水"，有点儿群龙无首的味道，所以天一会儿热一会儿冷，一会儿阴一会儿晴的。到了春三月，还下了一场小雪，风不调雨不顺。这几个老人烧着纸钱，祈祷着。老桑树死了几年了，乌黑的粗糙树皮显得麻木不仁。冷风过来，将青烟吹往远处，也打得上边的干树枝发出铮铮之音。

她没有过去磕头烧纸。因为儿子孙子们都交代过她，如今农村的年轻人少，搞封建迷信的老人很多，有的很反动，让政府不安，要她远离这些行为。孩子们都是在外边有点儿头脸的人，老大包工程，老二包饭店，老三经理，不能丢了他们的人，更不能给他们增麻烦。其实，儿子们都想叫她住进城里，他们三家都有住房，老大有两套，老二更多，老三差点儿，也有一套三居室。几年前，老三结婚时，她去老二家住过一段时间。那时刚刚六十岁吧，身子骨比现在硬朗，就是受不了汽油味和嘈杂的汽车声。窝在家里不出去，她觉得闷得出不了气。出去吧，她不识字，又没有方向感。一下楼，与小区门口的老人聊聊天，再回去便找不到地方了。大眼一看，一幢接一幢的楼房，十分相似，几乎一模一样。中间有些水泥路，路边栽着相同的绿树。她真的找不到儿子家了。问人吧，人家也不认识儿子。她就在小区里乱走，还是放学的小孙子发现了她，将她领回了家。那一晚她睡不着了，自己成了傻子了，这城里可不是她待的地方，这是儿子孙子们待的地方，不是她待的。在乌坡镇，地方也不小，六个生产队，两千多口人，就是闭上眼睛，她都能找到该去的地方……得回去，儿子们不让，她找的理由是："民民放在老扁嘴那里，她不放心，老扁嘴女人太小气，自己的鸡鸭都舍不得喂，饿得整天叽叽呱呱叫，她会舍得喂民民吗？咱的民民不定饿成啥样子呢！"儿子说："没有饿死的狗。"她说："那不是一般的狗，我喂好多年了。"孙子笑笑说："是杨二郎的哮天犬吧……"

正因为现在是"十龙治水"的年代，气候异常，闹起了多年少见的流感，死了不少的老年人。爱姑没有想到，有人想请她去哭灵。

找她的是砖场老板，论起辈分，该喊她嫂子的，去哭灵也应该。老板没有姊妹，单根一棵独苗。这一次人家给了一百元，她没有推掉。这时候，外边已兴哭灵了，一场也是一百元，还要管两顿饭。她不知道，反而觉得不好意思，自家长辈，哭哭送行，天经地义的事，哪能要钱？老板喊了声"嫂子"，说："本来我不会哭丧，这么多年我学会很多，就是不会哭了，今儿听见你哭俺娘，泪就下来了。俺娘就是有个亲闺女，这会儿也不过如此。这钱一定得拿上，不然，兄弟我在乌坡镇可没脸见人了，人家还不天天说我老鳖一，把我后背当鳖盖敲得叭叭作响吗？"她说："兄弟，把俺看外了，婶子这辈子活得不易，她逃荒时让人卖到咱这儿，到死都不晓得自己的娘家在哪儿。叔呢，饥荒年饿死了。她咋活的啊？我哭哭送她，叫她黄泉路上别太凄凉，真没想过要钱啊！"

老板又哭了，朝她一拱手说："嫂子，以后咱俩就是一娘同胞吧……”

5

银凤提了一件花生露，第一次来找爱姑时，爱姑正在给狗洗澡。她喊了声“姑”，将沉甸甸的花生露递到她手上。爱姑在蔡都集上哭那位挑签子的婶子时，她们已经认识了，还说了几句话。从她送孝布的那刻起，爱姑就觉得她很懂事。这会儿爱姑抖着湿手，笑着说：“你来这，还拿着礼物，叫姑过意不去呀！”银凤嘴巴会说：“姑呀，咱娘俩恁多年在乌坡镇，我这当晚辈的竟然没有来看望过您，罪过呀罪过，您老别怪我呀！我可不是装聋作哑，实在是不了解这层关系，以后呀，您在这儿多了个娘家侄女，我多了门亲戚……”民民的毛没有梳完，它没有享受够，半边身子还湿着。它明白是这个高挑的俏女人耽误了好事，禁不住呜呜两声，竖了毛发朝她龇牙咧嘴地叫了两声。

银凤有点夸张地抱住了爱姑，说：“它想咬人哩。”爱姑一脚踢在民民屁股上，叫它爬一边歇着去。“这会儿知道护家了，听见母狗叫就忘了。”银凤附和说：“狗就是狗，改不了吃屎的本性。”

爱姑一下子喜欢上了她，当天中午留她在家。她新挖的半盆荠菜，这会儿洗巴洗巴，再弄些粉条、豆腐皮，还有鸡蛋一块儿切巴切巴，调好馅子。然后二人一块儿包扁食。银凤在家哪里包过扁食，别看她心灵手巧的，做这种饭食不在话下，但她不干。二虎不在家，孩子又上学，家里冷冷清清，她连条狗都不曾喂过。她天生又是个不甘寂寞的人，没事总爱到村最热闹的地方去，尤其是桥头这一带。如今她突然认认真真地包起了扁食，有了好心情，她竟然包出四种花样来，有通常的月牙形，有花边月牙形，另外两种可是让爱姑大加赞赏，一种是四个角的，一种是噘花嘴的。爱姑年轻时总是有忙不完的事，这两种扁食只是听说，根本没见过，没人教，当然也不会包。爱姑呦呦几声，啧啧称赞说：“银凤哎，你可让老姑开了眼界，来来，你擀面皮，让我学学怎么包出来的。你咋这般聪明啊?!"

银凤天生喜欢听夸奖，马上教起了她，四角的先捏哪儿，嘬花的先捏哪儿，又怎么收口。中午时分，爱姑叫她将孩子们也喊来一块吃。银凤说:"就俩孩子，大的打工去了，小的上学，喜欢到爷奶那里吃，咱甭管她。"

爱姑烧地锅，银凤下扁食。爱姑坐在灶门前，透过薄薄的烟雾看着朦朦胧胧的银凤的脸。她有点恍惚，这是哪来的侄女呀?俺要有个这样的闺女多好哇……

等到扁食煮好，爱姑洗了手脸，先给银凤盛了碗干的，基本没什么汤，显得实诚，自己盛了碗有汤的。她们坐在饭桌边吃饭，爱姑忽然觉得少了点什么，马上起了身，从堂屋找出一瓶红酒来，又拿了些火腿肠和变蛋说:"刚才忘了，咱这么吃少了点儿，我再弄俩菜吧，咱喝点儿酒。俺家老三送回来的红酒，说天天喝点儿，对血管有好处。"银凤哪里要她再做什么菜，拦住她。两人边喝红酒，边拿火腿与变蛋当了下酒菜。直到饭罢，爱姑都有点遗憾，说这院里平时来人少，她根本没想起来做下酒菜，委屈侄女了。银凤笑着，帮她洗碗刷锅，最后才说了自己的苦衷:孩子到了定亲年龄，家中拮据，连房子都没有翻盖，老房子落后了。手头的钱不够用，心急得像热锅上的蚂蚁，爬到啥时能爬出个头呀?话语自然有些沉重，有了悲凉的滋味。

几乎没什么牵强，银凤很自然地扯到了哭灵的事上，扯到了自己正在张罗的"丧事服务公司"，她想拉爱姑入伙，因为爱姑已经在这方面哭过多回，想名声很好。既然台子搭好，银凤想找几个能够吹拉弹唱的，把场面撑起来。

爱姑连问她报酬的事都没问，爽快应下了。

只是那条狗像有点儿意见，呜呜了几声，被爱姑骂了两句才噤了声。正午的阳光落在院子里，地面砖缝里的绿芽芽有了些懒意，没了早起的青盛。爱姑长长地打了个哈欠，银凤马上起身，叫她午休一会儿，有事时，她会再来。

6

爱姑没有想到，她在“丧事服务公司”才半天工夫，那边王大奎他们的鞭炮才刚刚响完，她就被王大奎的老娘拉到了一边。

王大奎的老娘跟她一样，也住在村中的老宅里，王大奎去村里请她，她才肯过来团聚一下。她跟那个闷葫芦儿媳不对脾气，原先住一块儿时，总是怄气。她算是个心直口快的人，没什么心眼，而儿媳什么都不说，也不爱笑，好像城府很深。她们互不喜欢。她倒是喜欢银凤这种整天喜欢说笑，心里憋不住个屁的类型。这老婆儿活得倒是潇洒，脖子里还挂了个王大奎用旧的手机，时不时接打个电话——她有四个女儿，嫁得都不太远，在家里待烦了，打个电话，叫王大奎送她去大妮二妮或三妮四妮家，或者叫几个妮的其中之一开着电动车来接她。村里的“趴趴屋”里那些没人疼呵的老人都羡慕她，议论起她来，全用一个歇后语骆驼卧驴铺——架子大又不干活，活得比谁都滋润。

似乎只有银凤的公爹公婆对她不屑一顾，说她会作，狗吃麦苗——装洋(羊)哩。她年轻时跟他们因为地边界的事干过一仗，以后就不再搭腔了。

她拉住爱姑，不让她入银凤的伙儿。

“老妹妹，你都多大年纪了，一个人多自由，想哭就去，不想哭八抬大轿也看都不看，你跟她一块儿，身子摽得过吗?!”

“没事，老嫂子，有事做总比闲在家里强。”

刚刚挪到王大奎的超市一边，避开了青灰色刺鼻的硝烟，还没喘喘气，又碰上了银凤的婆婆。这个花发全白，拄着拐杖的老太太拉着她到家去。她的家是离超市不远的两间“趴趴屋”，这座屋子连个院墙都没有，一出屋门，几乎就走进了麦田里。

银凤婆婆也是不让她加入那个公司的。她说:“那是啥子公司，还不是王大奎的主意。那间门店都是王大奎刚刚腾出来的。

王大奎有几个臊钱,要折腾上天了。”

“他们俩在一块儿,翻不了啥子好经。”银凤婆婆说。

听得出来,她恨着银凤和王大奎。爱姑不知该说些什么,因为她还是很喜欢银凤的。她耳朵听着,眼睛却在看屋子里的摆设——这两间屋子中间有高粱秆做的隔山,里面是卧室,外边这一间,放的有桌子、凳子、粮袋子,门后还有个灶台。不用问,他们就在这儿做饭,难怪桌子、凳子上放些碗盆。

她给爱姑倒了碗开水,爱姑一看,碗底有许多白色的游动的水锈,尽管口有点儿渴,还是没有端碗。爱姑问她:“你们没有接自来水吗?”银凤婆婆笑笑,满口的牙几乎掉完了,说:“接那个干啥,要花好几百的。”她打的有压水井,但也不知什么时候起,村子里的水坏了,所有压水井打出来的水烧开后都有白乎乎的水锈。开始爱姑也不太注意,后来儿孙们回来,说这种水可不能多喝,要得肾结石的。三儿媳在医院当会计,有医学知识,说出的话不得不信。所以,当人家过来叫装自来水时,她第一个报了名,就连老桑树那儿的几户“趴趴屋”主,也装了自来水。说活几天是几天,总得喝点儿干净水。自来水果真没有水锈。

爱姑问她厕所在哪儿,银凤婆婆笑了,一指靠近麦地的屋山,说:“就那儿。”爱姑过去,这哪是什么厕所,连道遮羞的篱笆墙都没有,可谓是纯天然的露天厕所。她说:“你们真能凑合呀。”银凤婆婆说:“俺还能活几天呀,凑合一会儿是一会儿。今天上床睡觉去,明早不知能不能穿鞋呢……”

“那不是委屈自个儿吗?”爱姑问她。

“俺不能像王大奎那个娘,老来俏,作得很。她再俏、再作,每天也和俺过得一般长。”银凤婆婆骂上了王大奎的娘,因为情绪激昂,嘴角的白沫也成了条条状。爱姑指指她,笑着给她擦掉。

当初银凤婆婆跟王大奎的娘干架时,她还占着上风。她有三个儿子,大虎二虎三虎,个个虎头虎脑的,成了她的骄傲,她骂王大奎的娘也狠,说:“休说你想压我,就是下一辈,俺照样能够治你们,就你那个独杆子儿子,顶得上俺的三只虎吗?!”没承想,这世上的事也奇怪,你可以做过天的事,可说不了过天的话。现在倒好,那三只虎全是跟人家干活的,靠出笨力挣小钱的。而人家的"独杆子儿子",又包窑场,又跑汽车,又开超市,成了真正的"虎",还能虎口夺食,跟二虎女人银凤公开相好,给二虎戴了绿帽子。他们三兄弟却都装着不晓这等事,三只虎成了三只病猫。

或许,别人对王大奎的行为有不好评价,但他的那个老来俏娘却引以为荣,沾沾自喜,跟人家说:"大奎与别的女人有染都是错事,唯独跟二虎女人相好是对的。你们瞅瞅,大虎、三虎家女人什么模样,只有银凤好看,大奎掐了这朵花,为我出了口气,为俺家争了光,那个老婆子气死才好呢!"

爱姑有些悲凉,这两个古稀之年的老婆儿这辈子怕是再也和睦不了了,要反贴门神不对脸了。这个仇,没人能化得开,只能到阎王爷那儿去注销了。

8

为人家哭灵,当然会有人异议,也有人阻拦。

但爱姑没有想到,阻拦她的不是儿子儿媳们,而是她的弟弟。就是那个他在月光下抱着叫他快快长大的弟弟,那个在月光下傻笑的弟弟。那不是血缘上的亲弟弟,是父亲要过来的弟弟。他叫小福。

好多年了,弟弟还是头一次提了一斤油条来看她。狗一咬,爱姑出来,看到弟弟后有点儿惊喜,忙喝住狗。想起幼年,爱姑抱着他,疼他,有可口的总往他嘴里塞。虽不是一奶同胞,但比起那狠心的继母,他俩的感情一丝也不比亲姐弟差。她盼他长大,自己也算有了亲人,碰上闹心的烦事也好有个诉处。她盼他成为一个男子汉大丈夫,像棵大树,自己困了累了也好靠一靠。

哪承想父亲继母一死,这个弟弟马上当了叛徒。

他也不知通过什么渠道,找到了自己的亲生父母,还有几个一奶的同胞。他突然觉得在蔡都集上孤单，干脆搬到亲生父母那里去了。蔡都集上的房子租给了别人在那做生意，他偶尔回来一次收收房租。他亲爹娘的村子距乌坡镇二十多里路，距离一下子拉大了，他也不来看望这个月光下流着泪盼他长大的姐姐了。爱姑去找过他，他却躲着不见面。去了几次，最后总算见到了，爱姑没想到他一脸的不高兴，还说："以后你别来了吧，我都当爷爷了，免得叫人家笑话。"爱姑说："咱们小时一块儿长大，我当了你多年的姐，谁不晓得，人们笑话个啥？！"他僵僵地说："咱都一大把年纪的人了，人家会笑话的……"

这叫啥子话？回来的路上，爱姑哭了，哭湿了半条路。风把她花白的头发打得凌乱不堪，她顾不上用手抚得平整些。她没有想到这么多年的姐弟情经不起一丝风吹雨打。

"小福呀小福，你长大了，翅膀硬了，耳朵根子却软了。耳朵根软，心咋就硬了呢？"爱姑边哭边怨道。

这次小福一来，爱姑马上杀了一只鸡，用沾了鸡血的手指指堂屋，说："小福，抽屉里有烟，你自个儿拿去，我煺鸡毛。我晓得打小你就爱吃我擀的捞面，今儿咱做捞面，用鸡汤臊子。"等她开了鸡，理出一团鸡蛋茬子，又说："小福，瞧你瘦的，这是下蛋鸡，等会儿多吃点，补一补。几年没见，你咋恁瘦哇？头发也白了不少哩。"

自然，她将儿子们带回的好酒拿了出来，拍了黄瓜，炸了花生仁，做了几个下酒菜，老姐弟两人坐在树下的矮桌边边吃边聊。那条狗在桌腿那儿蹭来蹭去，吃着他们吐下的鸡骨头。其实多是她在说，小福只顾点头，什么都不说，嘴里全是酒菜，顾不上说话，他嘴巴的吧唧声和腮帮的鼓动在回应着她。见他吃相凶残，爱姑劝他慢慢吃，没谁抢他的饭碗。一只知了在树枝上叫着，为小福的吃嚼伴着奏，瞅着他边鼓腮帮，边将大半瓶白酒倒进了肚子里。而爱姑，只喝红酒。

吃完饭，小福面颊酡红，目光涣散，有了些醉意。他坐在桌边，用手掏牙缝里的肉丝，嘴歪向左耳，牙龇向前方，还不住地打嗝，一副酒足饭饱的样子。

爱姑去水池边洗碗清盘边扭头瞅他。他一会儿去了两趟厕所。她猜他过得不如意。

爱姑给他泡了杯白糖茶,推到他面前让他解解酒,问他是不是吃得不舒服。

小福喝了糖茶,咂咂嘴唇,说:“没滋味呀。”

“咋的啦?咋的没滋味呀?”爱姑问。

“姐呀,你老啦老啦咋就邪乎了起来,去干那种丢人败国的事?这可传了老远哩,俺都沾了光呢!你也晓得,我有仨儿,老大老二分出去了,只有老三,寻不到女人,愁死人啦。这不,刚刚人家说了一个,人家一打听,他姑是哭丧的,马上给扯了去……老姐呀,你不短吃不缺穿的,干啥不好,非干那卖哭的不成?只要你洗了手,不干那营生,我来这儿,喝口凉水都是甜的。你是没任务了,仨儿都有了着落,我不中呀,没完成任务哇……你别干那丢人的事啦,算是兄弟求你了。如今我一听见人家说起哭丧,马上起一身鸡皮疙瘩……”

爱姑气得脸都白了,拍拍桌子打断他:“我看你是鸡肉吃多了,酒也喝多了,才弄出一身鸡皮疙瘩的吧!”

他连连摆手,说:“不是不是,我是说你老啦老啦……那种事,见棺材矮三分,燎人脸哩。咱老坟里该冒烟了吧?咱给子孙们留点儿好香烟不中吗?”

小福是喝多了,红红的眼睛瞪得溜圆,却没有看出爱姑颤抖的嘴唇都有点儿青了。这时他不再是饭前的闷葫芦了,口才极好,不住嗓地说着,让爱姑的话插不进去。门口不知什么时候立了几个人,在听小福的“阶级教育演讲”,真的看起了笑话。

爱姑急了,用馍屉狠狠砸了一下树身子,树上的那只知了“嗞”一声逃去了。民民也开始汪汪叫了起来,此刻才觉得那个干瘪老头儿不是什么好人。它目露凶光,竖起了脖上的毛发,一副怒发冲冠的样子,汪汪叫着,欲扑向小福。小福并不畏惧,还将燃着的烟头掷向了它,故意用嘘嘘声逗它发叫。

爱姑有点儿受不了,又用馍屉砸了一下矮桌子。小福惊愕,住了嘴。爱姑指着他的鼻子说:“到底谁丢人?我自小抱你,盼你长大,自己也多个亲人,你可好,人成树大,找亲爹亲娘去了,抛了我,好多年不来。我寡妇一个,拉扯三个孩子容易吗?他们都没说啥,你倒嫌我丢人了,你拍拍胸口、问问良心,老婆子我到底丢了你哪门子的人?!”

见她真发怒了,门口的几个妇女进了院,赶紧劝她。小福又嚷了起来,依旧少不了“丢人现眼”的字眼。爱姑大叫着,令他滚蛋。小福逞起英雄来,起身走向大门,拍得大门扇嗵嗵作响,说:“谁稀罕来你这儿咋的?早晓得这样,那斤油条我扔了喂牛,也不提给你了。”这让爱姑更加生气,抓起桌上的油条,追至大门,将它掷向小福的后背,说:“你喂牛去,喂猪喂狗都行,别污了我的清白。没良心的东西哟,枉苦我恁多年的心血。”

小福弯腰捡油条时,上衣口袋的烟盒滑落到地上。他一手抓着盛油条的食品袋,一手捏着烟盒,两条腿有点儿长短不一,踉跄而去,边走边回头说:“看你的体面儿子回来不骂你才怪,你就等着他们收拾你吧……”

他抛下的话让爱姑有点儿惴惴不安。冷静下来的她盯着门后的那几行电话号码,眼前恍惚不定。是啊,儿子儿媳们,包括孙子们回来,如果都跟小福一个样,说她丢人现眼,不让她再去哭灵,该怎么办呢?儿子们都忙,除了节日,平常很少回来,但毕竟有血脉一线牵着,跟小福不一样,倘若他们哥仨反对,该怎么办呢?

她开始为自己寻找理由。难道说他们不给自己零钱花?那有点儿掉价。现在的孩子有几个爱给老人零钱用的?难道说自己孤单,哭灵图个热闹,省得一个人在寂寞的院子里憋出病来?几十年了,自己的苦痛没跟谁诉过,不照样一天三顿地挺过来了!这样说有点儿卑贱了。说孤独,也不是她一个人如此,她跟不少老人聊过,就是养老院的那些天天吹唢呐打腰鼓唱着过日子的人,只要扯起这个话头,也都有半肚子苦水朝你倒。她当然不想跟他们说太多。年轻女人呢,天天在树荫里打麻将,她又不愿去靠近看一眼……爱姑神情黯淡了好多天,依旧寻不出哭灵的理由来。

9

本以为跟银凤搭伙，一块儿到逝者灵前哭一哭，你碰班子的响器队，总比自己孤单着强，不承想银凤将这事弄得非常正规，还给她印了一盒名片。爱姑不识字，看着那一盒名片递到她手里，还以为里面是块肥皂呢。她推着不要。银凤硬塞给她，说："以后这用处大着呢，咱们成立了公司，就得有点儿公司的做派。"

爱姑在电视里见过人家发名片，从来没想过自己也有了这个，她用手不住地捏它、摸它，手心里全是汗，反正手在裤兜里，别人看不见。这种自豪感她不会说出来，只从嘴角的微笑里显露出来。

开业不久，王大奎开着车，载着银凤，到方圆几十里的大村子逛了逛——他们不是逛着玩的，每到一处，王大奎就在人家光滑的白墙上用记号笔写下这么些字："需哭丧服务，请与乌坡镇联系"，然后写下几串手机号，有他的，有银凤的，还有部固定电话。他们整整跑了一天。中午，银凤女儿在桥头哭泣，一个男孩欺负她，将蒲公英的花弄到了她的脖子里。银凤婆婆在桥头骂人家，顺便连银凤一块儿骂了。骂她是不着窝的兔子，满街乱跑，女儿被人欺负了，却不见她出头露面——这场面大家记得很清。金花劝她，说："银凤如今比不得从前了，现在成了大经理，四处分发名片去了。"老太太抱怨说："不缺她吃不短她喝的，她却当经理，中邪了吧？家都不要了。"金花与其是劝，不如说是煽风点火，说："她就是不当经理，天天也不一定在家守着吧？"老太太感叹，祖上积德不够，才让二虎娶了这样女人。她扯着小女孩颤颤巍巍回到村头的"趴趴屋"里，边走边给她擦泪。

银凤和王大奎晚上才回来。他们在小餐馆里喝啤酒，两人脸上漾着笑意，倒更像一对夫妻。三十米远的地方，王大奎的女人正在自家的超市忙碌着，连往小饭馆这边看一眼的工夫都没有。这时候，砖窑场下来了一批人，有的买烟，有的买酒。还有放学的学生，在这儿买小东西，叽叽喳喳个不停。这是一天里最忙碌、生意最好的时段。

村里人以为，银凤在门店里守着才对。因为虽然仅有一间店面，是王大奎从原先的超市那腾出来的，可里面有花圈呀、挽联呀、寿衣呀什么的，当然也有阴币、鞭炮、简单的纸扎等物件。镇子里会做纸扎的只有王大奎的婶子，这老婆儿因为跟王大奎的娘年轻时干过仗，所以很少到超市这边来。她以为王大奎的“老来俏”娘天天在这儿。其实不然，那老婆儿也只是来这儿逛一眼就走，她跟儿媳不和睦，儿媳也不待见她。

现在呢，银凤亲自登门，将这个会纸扎手艺的老太太请过来，叫她守门店。所有纸扎用的纸呀、麻秆呀、糨糊呀，不出店门，应有尽有。这个老婆儿倒与王大奎媳妇关系密切。她在屋子里干活儿累了，就坐在门外的阳光里，跟王大奎媳妇有说有笑地聊着。这个老太太也不识字，记不了账，总是捧着账本叫王大奎女人给她画道道。第一天就有人过来买祭祀用品，她一边应付，一边低声咕噜：“这样子俺可干不了，扎扎纸人纸马摇钱树聚宝盆俺还差不多。”再说，她老公得过中风，走路半个身子不随和，腿晃胳膊拎的，一级风都能吹得倒。她一看学生放了学，马上关门上锁，回家去了。路过桥头，那些歇息闲聊的人们会问她：“福来家的，今天上班感觉如何？”这位福来婶连连摆手，说：“等银凤回来，我就不去了，只跟坐牢差不多。”

银凤回来了，依旧叫她去守门，她也不好意思推托。

银凤已经跟王大奎写完了电话号码，按说她该守店才对。但她又翻出了新花样儿，一大早打扮得利利索索，跟几个年轻媳妇提了一篮祭祀礼品，到村里的两个小庙里又放炮又烧香的，搞得动静不小。

村西的小庙里有好几个神，除了观音，还有土地爷、送子奶奶、财神，是废弃的变电所改建的。庙里有个小院，很正规。村里人在外打工，临行时都喜欢到那里磕头、祈祷，香火极盛。村东头的这个庙就在老桑树下面，只有一间小房，比村西的小多了。但逢年过节，仍有许多人烧香磕头祭拜许愿求福。庙里有土地爷，还有位面目慈祥的白胡子老头儿，是桑树神。多数情况下，村东头的外出人员临行时也到这儿烧烧香磕磕头什么的，村西头的那些人很少过来的。他们说老桑树神如果灵验，那么村东头那一带为什么就没有富裕过呢？找他求财，等于是土地佬的宝——没谱儿。但村东头的人还照样过来烧香磕头，求官求财求健康。

银凤她们一帮年轻女人不光烧香祈祷，还放了长炮。不光这些，银凤还做了两个红披风分别披在了土地爷和老桑树神身上，又弄了长长的红布条挂在桑树枝上。红布条在风中飘动着，扯着幽幽的风声——这倒是新鲜事，这儿的人还没见人为树枝系上红布条呢。

做完仪式，她们走上宽宽的街道，跟路边晒暖儿的那些老人并不搭腔，而是一起走到爱姑家的院子里。爱姑正在院子里做鞋底。她院子冷清惯了，一下进来五六个年轻媳妇，有点儿不适应，忙着往屋里让。那几人不进屋，站在院子里，指着墙根上青色的苔藓议论这屋子的年龄。爱姑又忙去倒茶。银凤不让，她从竹篮中拿出一块祭祀用的肉，送给了爱姑，说："咱们的生意刚开张，俺几个去拜了庙神，求他们保佑咱们生意兴隆，财源广进。"

她们没有长聊，很快就走了。但爱姑的脑子仍在懵懂之中——什么？生意兴隆，财源广进？

空空的院子里只有阳光在走动着。她的心在嗵嗵跳着，鞋底也纳不下去了。她头有点儿发晕。她以为只有她与银凤去哭灵，没想过一下子来了五六个人。这些媳妇，有的她连认都不认得。难道真的做起了生意？

她没有享用那块肉，而是送给了"趴趴屋"的一户人。她家里还有一件春节时儿子送来的火腿肠没吃呢。她已经不喜欢吃肉了。不像"趴趴屋"里的那些老人，见了肉目光发直，一瞅便知很馋嘴的。

那几个老人正在晒暖儿，议论着银凤这下把事闹大了，给神披了红，可能要红运当头了，而且那阵势比王大奎超市开业都闹得大。不就是哭灵吗，弄恁大的动静干什么？又不是娶媳妇，升县长。当然，他们也议论到了爱姑，说银凤摽上爱姑，是用她拉套的，老婆子受得了吗？她的儿子晓得了会同意吗？……爱姑一到，他们便立刻转移了话题，开始议论美国英国都不中了，全球的经济崩溃了，而中国越来越兴……

一听他们提她的儿子们，她心里禁不住抽搐了一下："他们回来时，该怎么解释呢？"

10

儿子回来时，她反而平静了。

回来的是老三，他受了老大老二的委托回来的。见了爱姑，依旧有点儿羞涩地笑笑，露出满嘴的白牙。他将礼品放在桌子上，坐下来一手摇扇，一手撩着短袖衫，好让凉风吹进去。这时候已入了夏，天有点儿热了。小儿笑，她也笑。她是心里空落落的那种笑，不知该说什么的那种笑。暗自一算，丧事服务公司已经成立一个月了，儿子们肯定知道了。这一个月里，她总共哭了六回灵，人家给了五百四十元钱。有三次，人家直接给她，每次一百。剩下的那三次，是银凤给的，每次八十。

不光和她们一块儿哭灵，她还去桥头的丧事服务公司坐了一天班。福来家的不想坐班，人家买东西时，她光犯迷糊，银凤叫她与福来家的做个伴儿。但仅仅一天，她除了对她干的纸扎手艺有点儿兴趣，卖东西的事令她烦心。第二天，银凤再喊，她也不去了。那儿实在太热闹了，让一贯爱清静的她有些受不了。银凤说："每天 20 元工费。"她说："不挣那个钱，让我图个耳根清净吧。"从喧闹的地方回来，她会成夜睡不着，耳边有响雷似的。别人纳闷："你哭灵时，那场面也很热闹的，怎么受得了的？"她自己也不解……这些事，想必儿子们已经知道了，这也是纸里包不住火的事，他们肯定知道。这些日子，来小院最多的人就是银凤。银凤的嗓门又大，一进胡同口就喊:“姑,您在家吗?”老桑树下面的人全都能听得到。这哪是亲切的称呼,简直就是一个理直气壮的宣言,叫爱姑不知说什么为好。这种撒娇般的声音让她欣喜,又让她有点儿惴惴不安……

等她给老三沏了杯白糖茶,老三的汗已经干了。他放下扇子——爱姑是个不喜欢用各种电器的人,所以她这儿没有电扇。老三从食品袋中拿出一把香蕉来,扯下一根,剥了皮递给她,说:“娘,俺舅给大哥二哥都打了电话。”

她咬了口香蕉,说:“别理他,他不是你舅,是没人味儿的叛徒,你们别听他挑唆。”

老三乐了:“娘咋会这般骂舅舅?”他猜想肯定与这么多年舅舅跟她断亲有关。但娘以前可没有这样骂过。

他止了声,吸着烟,顿了顿。爱姑依旧在想,如果老三说出跟小福同样的话,自己该如何对付?在难熬的沉默中,她有点儿局促不安,孩子犯错一般低着头,抠指甲缝里的泥灰。口中呢,仍在咀嚼着黏甜的香蕉,心里嗵嗵直跳。

老三打破沉寂,喊声“娘”:“俺哥仨在城里见过面了,谈了舅舅的意见,但我们不像他那样长个花岗岩脑袋,我们理解您——大哥说,您这辈子不容易,早年丧母,中年丧夫,五十时小妹也死了。您想哭,我们得理解您老人家,肚里的苦水也该倒一倒了。城里人讲究老有所为,老有所托,也许这就是您的精神寄托哩。我们不能在您身边尽孝,也不能给您施加压力。二哥说,他看哭灵也不是什么丢人的事,市场经济了,干啥职业的人都有,许人家年轻妇女哭灵,就不许您哭,不公平。娘哎,只要您愿意,又不损害身体,俺哥仨及三个媳妇绝不会为难您……”

听着听着,她抬头直视儿子。儿子面色平静,拿了两个桃子到池边去洗。

孩子们真的这样理解自己?

听完三儿子的话,她有点儿不能承受,心里升起一团失落来。

三儿子没有跟她一起吃饭,而是说银凤约了他吃饭。她惊奇银凤怎么会约他？但她没多问。

她的三个儿子没的说，就是三个媳妇总出幺蛾子。这三个媳妇全是因为分家跟她闹得不愉快，还吵过架。大儿媳妇进门一年闹分家时，她有点儿猝不及防。她问："不分过不下去吗？"大儿媳说："千里搭长棚，没有不散的筵席，人多语杂，保不准就伤了别人，还是分开过方便，吃稀吃稠，自己做主。"

爱姑不想分家。别的人家她不晓得，她将一个破摊子熬到今天活蹦的一大家子，不容易呀。家用的一口铁锅，已经好多年了，还很结实，做饭时，她总盼着添满水，过得子孙满堂。可是大儿子一家分出去了，她有种掉了一块肉的感觉，好长时间都走路打晃，听不到别人的招呼。到二儿子娶媳妇分家，她已经有了思想准备。二儿子在市里开饭馆，娶媳妇几个月，他不常在家，儿媳好吃懒做，洼地里的活儿再忙，她都不晓得主动干。爱姑使唤她，她还烦，说："你大呼小叫，我又没掉魂，你招什么魂？不就是一点儿屁活吗？"爱姑一辈子要强的性格，哪里会让她，说："那一点屁活，老婆子我不是顾不过来嘛，才请你这高人出山呀！"就这么便开始了舌枪唇剑。吵架以后，二媳妇就跟二儿子到城里住了。每年春节回来一趟，说出的话不咸不淡，没了热乎劲儿。

本以为老三是老疙瘩，她做主娶的又是远门亲戚的闺女，不会分出去，会跟她在这处老宅里和和美美地过下去。但这个三媳妇也不是省油的灯，过门没几个月就开始寻衅生事。嫌院子小，还没走呢，一头能撞上南墙垛；嫌屋子低，碰破了头皮；嫌房子破，夜里能免费观星相。三儿子也帮腔，说合久必分，分久必合，历史大趋势。吵过几架，只好分，叫他们像鸟一般飞出去。老宅里真的成了一捧破旧的鸟巢，独她一个老鸦孤独地守着。可怜的是那只结实的铁锅，里面的饭水陡然下降，降到了只掩了锅底的历史最低点。做饭时，她总会不由自主地待一会儿，伤心地回想自己熬寡熬出的几个孩子，原想的那点儿愿望彻底成了泡影。因此，她思念那个淹死的小女儿。如果她不死该多好，可以招个上门女婿来……

一天晚上，她去诊所买安眠片，桥头乘凉的人正看香港回归的现场直播，人们边看边议论。她住了脚，蹲在角落里细细看。回家时总想，回归，对呀，何时自己的三个儿子也能回归，带着他们的家小回到老宅来，空寂的老宅肯定比电视里的还要热闹。那口结实的铁锅可得添满水了，不然饭就不够吃了，多好的事哇！如果他们全部回来，十五六口人，那是一种怎样的场面哟！多年过去了，她明白，“回归”只是她的一厢情愿，甚至是白日做梦。

儿子们春节时回来，会带着老婆孩子坐上一会儿，放下些礼品后，便匆匆地去了岳父岳母家。她根本不用往铁锅里加水。

老大老二平时忙得回不来，老三成了他们的通讯员，每次回来都不空手，当然除了礼物，还有些问候。

这一回的礼物叫她感动了一把，如果不是年轻时养成的习惯——从不在孩子们面前流泪——她会落泪的。老大代捎回来的是风油精、人丹以及西瓜霜润喉片。老三转达：“大哥说了，您哭灵时注意身体，别中了暑，吃些人丹，省得尸腐气伤了身子。”老二捎回一副软绵绵的护膝和一副太阳镜。老三转达：“二哥说了，叫您甭跟那些年轻媳妇的身子骨比……”孩子们是真的关心俺啊！她想，桥头诊所里有电话，他们咋就忘了打一个回来呢？要是能给俺打个电话，俺就更开心了。她想听一听儿孙们的声音。反过来一想，他们都忙呀。自己年轻时不也是忙得忘了东又忘了西吗？不也是一年回不几趟娘家吗？这么一想，眼前有了凉凉的雾凇。

11

爱姑从没有想过，自家老三与银凤还有些故事。银凤来乌坡镇都二十年了，她竟然不知道银凤跟老三有些扯搂。

会纸扎手艺的来福家的告诉她时，她吓了一跳。因为银凤与王大奎虽不是夫妻，却比夫妻更夫妻。而老三往里面扎什么，不是自讨没趣吗？“老三跟银凤可是在学校里谈过的，这么多年银凤没去过你家，就是怕人家将这个给曝了光。从桥头到老桑树这边有点儿远，要经过一个长长的街筒子，人多语杂，她有所顾忌，如果你家也住在桥头，那银凤肯定去的次数就多了。”来福家的这么说着，而且瞪了大眼，一本正经，不像说谎的样子。

渐渐地，她有点回过神来——

有那么一阵子，那时，老三已经中学毕业了吧，他总爱往蔡都集上跑。家里活儿再忙，他都不愿做，丢下饭碗，便说到蔡都集找舅舅去。爱姑一想，去给舅家干活儿，也是应该的，也没有怎么留意。那时候，他的姥爷虽死，姥姥还在，跟舅舅住在一起，这老太太对爱姑不好，对她的儿子们倒不错。舅舅呢，在集上有间门店，做些杂货生意。有时，爱姑还会给老三点儿钱，安排他给姥姥带些饼干之类的礼物，她实在没太多空余时间赶往那里。家里地里，全靠她带着干。老大当兵去了，老二在家，家里有八亩地，全是他俩干。三个孩子，最懂事的就是老二，也只有老二真正帮她出过力流过汗。记得那时要缴公粮，八亩地需要缴一千多斤，全是老二自己拉着去。她想帮他，他说天热，又要顶着日头排队，太折腾人，一个人就够了——话不多，暖心呢。老大呢，心高，不想在村里干，还算如意，当了兵。就这个老三，你不晓得他到底想干什么，他也不说有什么想法，反正平时见不着，吃饭时，他掐着时点似的准时回来，一丢碗，又没了人影。

她隐隐约约地听到他在外谈了朋友，之所以没有考上高中，就是因为喜欢给女生写纸条，耽误了功课。她也发现过老三拧着眉头写纸条的时候，以为他在做作业呢。她还问过他咋把纸撕了？他说写错了，撕了重写。她再问：“老三，你咋总是撕？”老三有点不耐烦，挥挥手说：“作业太难，总写错嘛。”她咕噜一句：“你俩哥可没有这么撕过呀，那本子不便宜哩！”现在明白了，那不是写作业，是在给女孩子写纸条，大概也有银凤的吧。

现在他去找银凤——银凤打电话约他干什么呢？

爱姑担心的是银凤跟王大奎有事，老三插进一杠，闹了不愉快。整整半天，她坐在院子，也不往村口那些老人聚集的地方去聊天了，纳鞋底时也没了心，愣了一会儿才纳上两针，纳两针，又是愣半天："这孩子四十了，还不叫我省心呀！真不如他的两位哥哥。"老大是有能力的人，从小就像王大奎一样，领一帮小孩子玩到半夜不进家，问他干什么也不说，后来有人告了状，说："你家老大天天晚上领着老桑树下的这群孩子跟桥头那帮孩子打架。"她上了心，天一擦黑，便将老大关在了屋子，外面有孩子喊，也不放他出去……这小子心野，当兵也算走对了路，现在能当上什么老板，也是他的造化。

老大是老板，老二当了厨师。老二在老大的饭店里当厨师。老二踏实老实，又怕老婆，当个厨师，也算走对了路。他在外边做了菜，回家仍做菜，让他那个懒媳妇有福享了。

让她放心不下的是老三，这家伙又懒散又滑头，在家里种地肯定不行，还好，也跟着老大在城里，有什么事全找老大，有老大罩着他，她也算省了心。只是不晓得他跟银凤会纠缠出什么，让她有点儿担心。这种事，如果老三不说，她是不会问银凤的。但她明白，老三这小子，小时让人疼惯了，好吃懒做，又爱说瞎话。即便是问他，他说的话也不能完全相信……就这么思着想着，太阳不知不觉地落了山，一下午时光悄悄过去了。归巢的鸟儿提醒她，黄昏来了。

晚饭后，她在屋子里坐不下来，总是胡思乱想。她想出去，到桥头那儿看看。

她到王大奎超市里买几包火柴，其实家里还有两包，金花赶紧拿给她。这个女人表面木讷，心里明白。村里的许多老人都不愿用一次性打火机，全喜欢买火柴。接过火柴时，爱姑指指隔壁的丧事服务公司，问怎么关着门。金花说："还不是你家老三回来了，她们请他吃饭去了。"爱姑问："她们请他干啥？俺家老三是个二流子。"金花难得地笑了起来说："婶呀，现在社会可变了，就二流子吃香，他能帮她们在电视上做广告宣传宣传哩……"

回到老桑树下边，见老扁嘴门外围了不少人看电视。这个电视是乡里扶贫时送给他家的，这些家住"趴趴屋"的，就给他一台，还免费给他家架了有线电视线路。因此，老扁嘴咧着嘴笑着，请大伙到他家来看，但屋子太小，坐不下。他索性将电视机搬出来，大伙就在他家门外的空场里看。以前呢，爱姑不喜欢凑这个热闹，今天她心里有点儿发堵，便蹲在一角看了起来。其实，她家也有电视，是二儿子送过来的，半旧的，但她并不喜欢看，眼睛不太好，一看总又涩又酸又流泪的。再说，也寻不到好片子，全是搂搂抱抱、卿卿我我的，让她腻味。

因为靠着树根，前边那些人没有发觉她。到了广告时间，前边那些人议论开了。有人指着广告的画面，说："老三这次回来，就是替银凤办这个事的。"有人接着说："还是他们有情，不枉相好了一场。"这让爱姑震了一下，老三什么时候跟银凤扯上的？后边的话更让她震惊，原来老三每次回来，并不住自己新宅基的那屋里，而是住在银凤家里，或者银凤到他那去。银凤家距桥头不远，距这儿较远，东头的人很少知道，桥头的人都知道……爱姑眼前一黑，定定神，踉踉跄跄回了家。

她明白了，这个二流子为啥每次来看她，从不在她这过夜。她这儿有床铺有被褥的，可他总说去自己新宅里看看，一走再不露面了，原来找银凤去了。

看样子这事可不是一年两年了，都怪她出来得少，没有听到过这风言风语，这怎么是好？以后跟银凤在一起，难免人家会说三道四的，只是自己不知道罢了。

最近一段，因为银凤来找她，她们几个一块儿出去哭灵，热热闹闹地，让她喜欢上了这个娘家侄女。有时无聊，她还总想到桥头的丧事服务公司那去看一看，表面上是学些纸扎技术，其实是想坐一会儿。但来的人多了，屋子里一嘈杂，她就坐不住了，赶紧回家。路上她总爱想银凤亲亲热热挎她胳膊，喊她"姑"的画面，那一刻恍惚觉得这银凤就是自己那个长大成人的闺女，心里美滋滋的……

怕鬼有鬼，不出所料，老三跟王大奎果真在酒后打了起来。这消息传到她这里时，她反而没有一丝的不安，心里还有种放下石头的感觉，该发生的终于发生了，也好。

12

银凤送他回来时，他还在骂骂咧咧地。爱姑见他鼻不青眼不肿，衣服上没有撕口，身上也没有泥巴，觉得不是什么大的冲突，没有劝他，只叫他喝点糖水，醒醒酒。倒是银凤，一直在劝，不停地拍打着他的肩膀，像妻子劝自家男人似的。

爱姑很快听明白了，他跟王大奎都喝多了，后来王大奎死活不喝了，将汽车的遥控防盗器摁了几次，馆子外边的汽车刺耳地叫了几下。老三以为他在显摆，说："你不就有辆破车吗？给我我都看不上。"仍让王大奎喝酒，王大奎晃晃那遥控器，钥匙与遥控器发出了哗啦啦的响声，他说："我还得开这辆破车送你们呢。"老三轻蔑地说："不要你送，我和银凤打车走。"王大奎笑说："这儿不是市里，没有的士，连个出租三轮都没有。"老三便扳住银凤的肩膀说："那我们就开个包房，不走了。"王大奎说："这儿也没宾馆，一个乡间的集镇，除了小饭馆，几个肉架子，一条黑不溜秋的菜市街，没了别的东西。"这时老三打了他一拳，说："你咋那么多理由，拉老子喝酒，就喝成这样，生不生熟不熟的，有意思吗？"王大奎在这集上是老面孔，很多人认识他。他脸上挂不住，一脚将老三踹倒了。但他和银凤还是将老三拉了回来。他开车到老桑树这边的胡同口，叫银凤扶老三交给爱姑。银凤扶他有些吃力，叫王大奎搭把手，王大奎吸着烟，指着老三的脸说："你这样不光丢你俩哥的人，连你老母亲的人都丢了……"

爱姑比人家了解老三的脾气，一喝酒就失了砣，惹过不少错，在城里经常挨老大的训。她让银凤回家，说："你代我向王大奎赔个不是，俺养的狗，咬不咬人俺最清楚。"这时民民听懂了似的，汪汪地对着黑夜乱叫……等银凤回到车上，将这话学给王大奎时，王大奎马上竖了大拇指，说："这是个明白老太太，俺娘跟她比差远了。也难怪人家的儿子都混得不错。有老人家这句话，我也知足了。”

“本来叫他去电视台办免费广告呢，叫你这通酒给搅黄了。”银凤叹息。

王大奎摆摆手，安慰她说：“没有张屠户，也不吃连毛猪。”

从老桑树这边到桥头，有一段路程，街道是新修的水泥路，宽阔而平整。两边有明亮的路灯，晚上九点多的街道上已经空无一人。只有街东头的那群“趴趴屋”边热闹些，一帮老人正在路灯下看老扁嘴家的电视。银凤看到那影影绰绰的一片人说：“还是他们过得好，无忧无虑地看电视。”王大奎说：“你别说风凉话了，有人疼呵，谁去住‘趴趴屋’。”银凤说：“我觉得他们活得自在。”王大奎不同意，说那是苦中作乐。汽车扇动着忽明忽暗的树影，在无人的街道上缓缓行驶着。

银凤叹了口气，说：“本来好好的事，这回搞黄了，还指望他去电视台做免费广告呢。你们男人呀，不喝酒就不能吃饭吗？”

王大奎说：“那小子也太那个了，你凭良心评评理，到底怨谁？不过，你也别太在意，大不了咱做交费的广告呗。”

银凤说：“咱们这种广告呀，电视里还真没有出现过，正像人家说的，要是够不到电视台的头头儿，你这种哭丧广告，人家根本不做。”

王大奎笑了，说：“那他们的医疗广告不是更恶心吗？”银凤赶紧捂了他的大嘴，叫他停住。

到了银凤家的胡同口，汽车停了下来，胡同里的几条狗汪汪叫个不停。银凤下车时，王大奎忘不了在她脸上胡拉了一把说：“宝贝儿，好好睡觉，别叫有的人钻了空子哟。”

银凤明白“有的人”指的是老三，并没有接他的话茬。下车后，她朝着几条叫唤的狗猛喝了几句，才敲了家门。她上小学的小女儿很快应声开门。小姑娘眨动着明亮的大眼，有点儿狐疑地看着她。她指指女儿手中的笔，问她还没做完作业吗？小姑娘说：“你不是说出去办事，很晚才回来吗？”她说：“好闺女，你妈这公司刚刚起步，确实有点儿忙，你受委屈了。”小女孩已经适应了她半夜才回家的生活规律了，并不委屈，也不再跟她说话，回了自己的房间，“啪”的一声关了房门。倒是银凤，似乎有点儿过意不去，两眼直勾勾地盯着房门，看着门上的倒“福”字发了一会儿呆。在她的印象中，像是刚刚到了春天，春节的气味刚刚散去，怎么一转眼就到了初夏呢？

可不是吗？外面的狗叫停了以后，清晰而浓郁的蛙声如雾一般翻墙而过，压进了屋子里。连绵不断的蛙声带着麦子成熟的气息，和油菜成熟的气息在屋子里弥漫着。以前每回进家，她首先是开电视，看热热闹闹的电视剧，什么都没有觉察到。偶尔，女儿从另一间屋子会冷不丁地喊一句：“把音量放小点。”她从前真的没有觉察出青蛙的叫声和麦子、油菜成熟的气息——别看这种气息是如此的熟悉，如此的亲切。它们的弥漫给了她一种“落地”的感觉，她甚至想，怎么回事？难道我以前生活在半空中吗？怎么从来没有如此接地气的感觉呢？

她不再开电视，而是从包中拿出老三给她的广告方案。其实，她看也是白看，自己根本不了解那方面的情况，但她还是一行一行地看了下去。一直到女儿房中的电灯熄去，她才洗脚上了床。

窗外，散着不算明亮的月光。今夜，银凤张着双眼，好久未睡，脑子里一片空白，思绪像雾，轻轻随着蛙鸣起起伏伏。到了鸡叫时，她猛地一惊乍，老三跟王大奎干了架，做不做广告不要紧，万一爱姑有了想法，退出服务公司可怎么办？只怪自己想得不周到。

13

尽管爱姑让老三帮忙弄银凤的广告，后来甚至打过两次电话，广告仍没上电视。这其实让爱姑有些纠结。她想让老三帮银凤的忙，因为他们毕竟是“相好”的。如果老三不帮忙，那他太不够意思了。另一方面，她又不希望做广告，她跟银凤不一样，她有点怕招摇，这种哭灵的事，跟做生意本不是一回事。

哭，是要付出真情的。没有真情，那是假哭，那就成了游戏，如同她儿时唱的歌谣那样：“假哭假哭卖豆腐，欠人家几两揉肚肚。假哭假哭卖烧饼，欠人家几两好节省……”印象之中，所有会假哭丧的人都是不地道的。现在，这带人都总结出了口头禅，在逝者的灵柩面前的哭是分几类的。闺女哭，是真心实意；媳妇哭，心疼破费；儿子哭，惊天动地；女婿哭，叫老驴放屁……

既然替人家哭灵，吃人家的喝人家的，头戴人家的孝布，手拄人家的柳木丧棍，最后还要人家哗啦作响的票子，那就得凭良心认真哭诉，让逝者黄泉路上不孤单。这在有文化的人看来是敬业精神。你必须全心全意去哭，把死去的老头儿当作自己的亲爹，把死去的老太太当成自己的亲娘，真心实意哭一场。黄泛区内，男人只跪灵，多不哭灵。他们不是没有或者缺少灵前哭丧的亲闺女吗？爱姑觉得，咱既然来了，就临时充当吧，也算是替死者的儿女尽些孝道。再说得薄情些，也算是对得起人家的饭菜和钱吧。人嘛，总得明白，吃人家的嘴软，拿人家的手短的道理吧。但是，令她有些不满的是，如今的哭灵，就像一把穰柴引了火，想咋烧咋烧，也不管锅里的水开不开，应付一阵就收了场。

办丧事该是庄重的吧，可孝子们把它当成喜事办。不但请了哭灵人，还请了响器班子助阵。让人费解的是，还有些散班子戏，让演员到灵前演唱，唱的虽是悲剧，《三哭殿》《秦雪梅》《大祭桩》什么的，但仔细一想，不对头，这些戏的内容跟死者的身份大相径庭，充满了滑稽感。孝子们并不是怀着沉痛的心情送别死者，而是借此收一把礼金，或者摆摆排场。

孝子不哭灵，没啥。请来的，也就是说花钱雇来的哭灵者总该好好哭吧？人家出钱叫你来干什么的？不就是哭嘛。

刚开始，她不在意。她不往做生意处去想。

渐渐地，发现银凤这帮年轻媳妇全是假哭，只出声音不出泪。有的怕人说，往眼角抹风油精催泪。这跟人家演员假唱差不多。演员假唱，光张嘴不出声，临了兜了钱走人，令人生气，出勤不出力。而假哭呢，干号号，光应付，同样令人生气。爱姑有时会后悔，真不该加入她们的队伍里。当初自己给人请去哭灵，尽管一场下来，腰酸膝痛，太阳穴突跳，两眼肿成核桃，但那是很满足开心的。现在，她不开心，有点儿后悔了。

14

“四月八”是蔡都集的古庙会。老桑树下边的几个老太太拉她去赶会。以前的每年庙会，这帮老姐妹都结伴而去。她们中的人多已少牙缺齿的，吃不了肉，啃不了猪蹄。她们全爱喝豆腐汤。这家豆腐汤可是远近闻名，听说已经成了省级的非物质文化遗产了。什么遗产她们不晓得，她们只稀罕那碗可口、香美的汤。这家豆腐汤，年轻人多不爱喝，摊子前黑压压一片，全是老年人，吸吸溜溜的声音扯了半街筒子长。

这些老太太中间有心灵手巧的，也买了材料回家试着做，但滋味跟人家的差远了。老扁嘴的女人年轻时学过烹饪技艺，在饭馆里待过一段。当初乌坡镇成立大食堂时，她是主厨。但她做了多次都不成，怀疑人家的汤里有特殊材料。别看一碗碗的汤里除了白豆腐和鸭血以外，有点儿黄花菜，有一点儿肉沫，有点儿葱姜蒜，有点儿明油，别的什么都没有，可人家咋就弄得恁可口呢？她在汤锅里也放了南得、味精、调骨粉、花椒什么的，怎么就出不了人家的味呢？

也是奇怪，这家豆腐汤平时不在这儿做，只有“四月八”庙会上才做，有意馋大家似的。这三天不喝，一年都喝不到。你总不能为了喝这个，专门跑进城里吧？路费也够买上好多碗了。

“四月八”除了庙会，这些老太太还有一项活动——打楝花。讲究的是“四月八，打楝花，治头疼，治眼花”。老人们喜欢喝楝花茶，一直喝到夏天过去才停。别人可能因为穷，手头紧，舍不得买茶叶喝，爱姑可是有茶叶，全是儿子们送回来的。但她很少喝那个，她也爱喝楝花茶，虽有点微苦，但后味醇香，清火明目。

一大早，银凤过来找她时，老扁嘴女人刚走。打楝花这事，别说老桑树下的老太太，就是村里住洋楼的老太太也喜欢参与。老扁嘴女人成了发起人与通讯员，会挨门户通知。老桑树虽死了几年，周围却有几棵碗口粗细的楝树，她们到那儿去打。只有两根长竹竿，老太太们一替一会儿打。实在没力气打的，就捡。捡到竹篮里，提到老扁嘴家门口，由她负责焙干。也有自己去焙干的，但大家都认可老扁嘴女人的水平最高。打完后一周，便到她家要茶喝。

这项活动让这群老太太很兴奋，仿佛不是干活，而是参加扭秧歌。

她们一打一天，傍晚时再一块儿去蔡都集喝豆腐汤。

老扁嘴女人负责焙干装好袋，也不是白干的。她的那碗豆腐汤不要钱，是别的女人替她付。这两年，全由爱姑付。往往她一喝完，抿抿嘴巴，说句客气话就行了。爱姑问她要不要再来一碗，她不要。大家商量好了似的，谁都不多喝，每人只一碗。

银凤过来，与赶会、打楝花都没关系，她是找爱姑去哭灵的。爱姑正从里屋的二梁上抽下一条长竹竿，用破毛巾擦拭上面的灰尘。她朝银凤笑笑说："今儿我不去了，老姐妹们一块打楝花呢。"银凤喊声"姑"："咱们可是每人一百元，打楝花有啥意思？没谁给钱。咱一块儿去吧。人家还专意提到了您，请您呢。"爱姑擦完，又吹了吹竹竿说："真去不了，老姐妹们定好了。打完楝花，还要一块喝豆腐汤哩。"不料银凤笑了起来："你们什么时候成了群老顽童了？现在社会，什么事有挣钱重要，一切都为经济让路。"爱姑说："那是你们年轻人的认为，俺们也是图个乐子……"银凤当然不同意，劝她别跟那帮老婆婆一块儿："电视里不是天天讲嘛，人老了，要多跟年轻人玩，才能越活越年轻，才能充满朝气与活力，而不至于死气沉沉，暮气浸身。"爱姑听得有点发腻，口气更加坚定："吐口唾沫一个钉，答应了就必须做到，别说挣一百，就是一千，也没这重要。"

银凤僵僵地笑了几下，指指她说："姑，是不是因为你家老三，您还生我的气呀？"爱姑赶紧摇头摆手说："侄女，千万别多想，我真是与她们约好了，没法推掉哇。”银凤笑笑说：“老了，脑袋有点儿花岗岩的味道了。好吧，本来想让您老领着呢，现在只能俺们几个去哭了，还没见过像您这样见钱不挣的人呢。”她显然有点儿不满意了。因为爱姑虽是长辈，但毕竟又是她公司的员工呀，今天她等于罢了工，或者说是炒了老板。银凤越想越不舒服。她发愁的原因还有一条，人家来请哭的人叫去门六个人，都说好了。现在只有五个人，她到哪儿再去找个人呢？别看村里闲散妇女不少，但许多人出不了脸，不愿干这行，不是钱能解决的问题。

最后，她只好给自己婆婆五十元，哄着她跟去了。婆婆为难，说：“我不怕人家说啥，就是哭不出来，咋办？”银凤说：“到时候你用孝布蒙住头，干号号就行。”婆婆正难为情时，公公一瘸一拐出来，见她手捏着一张五十元绿票，说：“你去吧，反正人老了，脸皮算个啥？”那老婆跟银凤走时还嘀咕：“不会哭可咋办……”她也接到一块儿打楝花的通知，也想跟那帮老太太去喝豆腐汤。但她捏了钱，就不想那些了。

银凤叫她快跟上，到桥头，一会儿大家一块儿坐面包车去，人家死者那边过来的车。见她嘀咕，脸有不悦，冲了她一句：“不想去，还我那张票，我找其他人去。”老太太赶紧跟了去，并迅速将钱塞进了衣兜里，笑着并有点无奈地抖着瘪瘪的嘴唇说：“号一回去。”

15

爱姑感觉到了银凤的不满，尽管表面上她还客气着。

有两次，银凤当着几个年轻女人的面，笑着向她要钱，都没多要，五十元。第一次时，背了人，她说：“姑，你再给我五十吧，大家一块儿来的，免得别人说闲话，说咱娘俩串通一气，对人家不公平。”爱姑想也没想，给了她五十元。

因为，爱姑的钱是人家死者家属直接给的，是白纸包着的，叫

"白包"。这种白包,人家也是在卖阴币火纸的商店里买的,制作精美,和人家过年时发的红包外形相似,表面上印了个大黑"喜"字。这种黑白搭配让人觉得不吉利,一看便是白事用品,跟花圈、挽联十分相融。平时在街角里,如果有丢弃的空红包,一定有人捡起来拿回家去,准备有机会再利用一次。但如果是丢弃的白包,行人只会用脚踏一踏,踏破它,看看里面有钱没有。如果没有,就连捡垃圾的也不往袋里捡,觉得会带来不祥。

爱姑的白包刚拿到手,那些年轻媳妇便会悄悄问她多少钱,她也不设防,启开封口叫她们看看。那些人呢,也很会配合,如果是二百,她们会说:"主家排场,大方,够意思,不枉您真心哭一场,不枉您哭出了鼻血。"如果是五十元,她们会唏嘘一下,骂道:"主家太抠门,没有大样儿,怎么给这么少呢?人家前来吊唁的人都很少随五十元的份子了。咱可是真枪实弹地哭了半天,将死者热热闹闹送上了奈何桥,这五十块小钱他们还真拿得出手……"说是这么说,她们是关心爱姑的钱——也不知从哪天开始,几乎所有请哭的逝者家属都约定俗成,来哭灵的人中,只要是六十以上的老太太,除非这帮人的头儿有提前打招呼,否则全由主家单独给,当着众人的面发一白包,以示尊重。而那些年轻的哭者,都领不到白包。她们只能等到回家时,才由头儿发工钱。头儿给多少便是多少,很少有因为钱数翻脸争执的。因此,这些贼精贼精的年轻媳妇们看她的白包,其实是刺探军情,获取商业机密。爱姑却没有想过这些。她从一开始哭灵,就不是冲着白包来的。她还是哭过几回以后才晓得白包是一种身份的象征,是特殊的待遇,不是谁都有资格拿的。你想拿,得熬到这份上——人生的任何事,不就是一个"熬"字嘛!

对于银凤要钱,刚开始她不介意。后来,在老桑树下的吃饭场里,老扁嘴女人问她可有此事,她点头。老扁嘴女人指指西边说:"老姐妹,这是没道理的,不公道呀,这是人家主家的心意,银凤有啥权利盘剥你一下,这不是雁过拔毛吗?拔一个老婆子的毛,亏她还下得去手哇!"

爱姑细细一品，可不是吗？心里便有些冷意。

但银凤却偷偷告诉她，背了人，还会将五十元还给她的。第一次，过了三天，果真还了她，后面的两次，却一直没有还。爱姑觉得她会还的，虽觉不快，并不着急，在默默等待着。

直到有一天，她才彻底凉了心。那天她在院里闲得慌，便跑到桥头来，跟福来家的学纸扎。她不是学，而是帮她做。福来家的比她小些，跟银凤家门第又近些，但人是善良的。她们捏着小白纸花，慢慢朝麻秆上贴。她问福来家的："干几个月了，挣了多少钱？"福来家的苦笑一下："挣得不少，有三千多了，但是我只得了两千，那一千多元银凤给扣着呢。"爱姑说："这是银凤的不对。"福来家的说："咱不是占用了她的门面了吗？她说还要交给王大奎门面费的。"话题很无意地就扯到了银凤要她钱的事上。福来家的也是个没心眼的人，对她说："那三次要一百五十元，还了你五十，以后的钱再不会还你了。"她说亲耳听到了银凤与王大奎的对话。王大奎还很支持她，说："没规矩不成方圆，咱做生意可不是开慈善总会的，目的就是多挣钱，自己先脱贫致富什么的。"

爱姑再也无心在这儿待下去了，她的心凉透了。

福来家的问她："有什么不舒服吗？要不要去诊所开点药？"

她喝了点儿水，默默回了家。

16

爱姑的不满还不是在这五十元钱上。她已经有点儿看不惯银凤领的这几个年轻女人了。她们跪在灵棚里全是假哭不说，还时不时地接手机、发短信。手机一响，她们便出灵棚，在外边接电话，接电话时又是有说有笑的，一下子将严肃的哭丧气氛破坏了。也许，她们就根本没有进入过悲伤的氛围内。

入夏以来，爱姑跟她们恰恰相反，哭得极为投入。这一次哭一个二十一岁开始熬寡，九十一岁去世的老太太。她恍恍惚惚看到了自己的亲娘，又恍恍惚惚看到了自己熬寡的憔悴面孔。一场痛哭下来，鼻血流个不止。事后孝子感动地在白包上另加了一百元。而银凤那帮人，人家一分不加。她去解手时，听到了茅房旁边的银凤正跟另一位说话："咱们可要悠着点，别像那老婆儿哭得那么傻，咱们别弄坏了嗓子。这场结束，金堤岗那儿还有一家请哭的……"她们也都知道，爱姑最多一周哭一次，不能连续作战。一场下来的一个礼拜，她很少出门，一个人静静地在院子里调整情绪，还要用掺了醋的热水毛巾蘸着白酒轻敷肿胀的双膝。别看她带着儿子送回的护膝，膝盖仍旧会肿胀、会酸痛。

她认为银凤这几人有点儿欺骗人家请哭的。只要唢呐声一响，她们马上降低了声音。唢呐一降，她们才高了声，一直在耍滑头。而且，她们还用上了风油精来刺激眼泪。在灵棚里，外边的人看不清，但到了送殡的路上，光天化日之下，再没眼泪就不好看了。跪在灵棚里，别看主家事先准备好了软绵绵的垫子，但她们一会儿往茅房跑一次。但这些人家也不好说什么。反正，有爱姑在那儿跪哭，像值班一样，岗上有人坚守，她们几个轮流去茅房。

儿子给的风油精她根本不用，润喉片也只在嗓子干得要着火时才含一片。至于泪，不用任何东西催，说来就来。一进灵棚，别说死者是老年男女，就是孩子，她照样流泪。她会想起淹死的小女儿。六岁的漂亮女儿，背了筐到河滩里割猪草，许是她太热了吧，到河边洗澡时不慎滑到了深水处。等吃饭时她去找女儿，只看见河边的盛满鲜草的筐，还有上衣和鞋子。她不忙求人下河捞，在河杂草里捞上来后，早没了气……别的她没有，就是泪多哇！没有泪，为人家哭啥子灵呢？

哭灵当然还有些讲究。这是她在哭灵中慢慢从老总管那里知道的。不光直哭，更主要的是边哭边诉，边诉边哭，诉说死者的一生美德。譬如老太太，要说她养儿育女的艰辛，教子成才，像孟母迁居、岳母刺字那样，还有上孝下严，团结邻里，坦诚待人，等等。如果死者是教师，你得说他杏坛几十春，桃李满天下，教书育人，为人师表，堪称楷模。如果是医生，你得说他救死扶伤乡人颂，妙手回春医术高，悬壶济世赛华佗。即使是个剃头匠，你也得说他为人解忧，剃去烦乱，叫人一切从头开始……好让死者魂灵在赞扬中脱壳而去，满意地奔赴黄泉。

爱姑记下了这些。她虽没文化，但“趴趴屋”的老扁嘴他们有。她哭灵之前，一定要了解些死者的家事，叫老扁嘴他们帮她编排些赞美词，以便她哭诉时用得上。别的什么东西她总忘却，只有这些她简直是过耳不忘，记得真真切切，说得一字不漏。这让银凤这些人吃了一惊。

她问：“您记性咋恁好？”

爱姑说：“你们年轻，又识字，用点儿心，比我强上天了。”

银凤笑笑说：“姑呀，人家官场里商场里讲究的是逢场作戏，咱干这种活儿，也是那么回事。”

爱姑说：“不用心干不好哇。”

银凤说：“钱到手就是好。”

见她嬉皮笑脸不认真的样子，爱姑还能说什么呢。她叹了口气说：“还是你们潇洒，我老了，做不到了。”银凤说：“我怕累坏了您，耽误生意啊！”

她们真是用“生意”的标准来应付哭的。她们不卖力时如蝇子哼哼，卖力时也只是号啕，鬼哭狼嚎一般，哪里知道诉说，哪里知道为死者张扬一下人生的最后一丝光芒？有的甚至在哭泣时连个“大爷”“大娘”都不称。反正灵棚外边有唢呐声高高低低幽幽地伴着，旁边的人只图热闹，不在意内容。

这位九十一岁的死者生前养了五男二女，另外，还领养了三个侄子。可惜的是两个闺女早她而死，请哭灵的人过来，可不光图热闹，还想让人诉说一下她一世的功德。她带大了这十个孩子，而且没有一个文盲。最高的大学毕业，最低的，也是小学五年级水平。在那个年月，这真是件了不起的事情。这老太太虽比不了孟母岳母，但也算是一乡间贤者，谦德可风啊！爱姑想想自己才拉扯成三个孩子，已经感到精疲力竭，人家老太太又是小脚女人，竟然拉扯了十个孩娃，并培养出了三名干部、两名教师，真是了不起，让人佩服。

尤其到了送死者进坟茔的路上，她悲声大放，把唢呐声都压了下去。本来天热，孝子们没打算拦棺磕头，只想让死者尽早入土为安。许是受了她的感染，个个拦棺不起，磕头不止。死者的一个侄子脑门上都磕出了一个大包，像血染的灯泡一般闪闪发光。

棺刚掩土，坟前的纸还没燃着，鞭炮还没放响，人群中一阵惊呼，爱姑又流鼻血了，血如涌泉，嗒嗒地滴在了黄色沙土上。她旁边的银凤赶忙用手中的火纸为她擦拭。管事的老管总马上过来，叫人扶她到路边的树荫下休息，大热天，怕她哭出个三长两短来。银凤和另一个架她出来，她坚决不干，说这是送老太太最后一程了，不能停哭。老管总递过来一瓶矿泉水，银凤倒着水，帮她洗鼻子，又用风油精涂她的太阳穴和后脖颈……

这一次，人家给了她三百元的白包。

回家时，当着众人的面，她将白包交给了银凤。银凤启开，见是三百，有点发愣，将那三张红票弹了弹，对着众人问："姐妹们，你们说，该留多少？"那几个人交头接耳了好一会儿，都没说话。银凤抽出了一张，将另两张塞进白包里，递给了爱姑。她们这些人，每人一百元，这是提前定好的价，爱姑例外。

她们一块儿出动了好多次，爱姑几乎每次都是例外。

17

老三虽然跟王大奎打过架，但他仍然帮了忙。县电视台的三套是个只放电视连续剧的频道，电视剧中间，插了各种各样的广告。银凤的服务公司广告就在这儿播出的，还留下了两个联系电话。画面上没有爱姑，却有银凤几个哭灵的画面，也有唢呐的吹奏画面。当老扁嘴他们指着画面要爱姑看时，她有点儿不舒服，她本以为只公布一下电话号码，不用画面。她有点儿接受不了。

在老扁嘴那看电视的老人都老议论这广告。老扁嘴女人甚至说:“老姐妹,幸亏没把你录上去,否则,你也成了名人呀!”

爱姑心里发堵,等老三回来时,自然要斥责他几句。本来此刻吃杯茶的叫声欢快悦耳,但爱姑觉得有点刺耳了。

老三回来了,见她真发了怒,老三有点害怕了。一害怕,便嬉皮笑脸,如同民民那样在她身边蹭来蹭去,摇尾乞怜的样子。他讪笑着说:“这不是看在你的面子上吗,谁叫你是她的姑呢?之前你还帮她问过这事呢。没你在她背后站,我没事干,卧到南墙根去看蚂蚁上树,也不帮她弄这事,她不掏钱,我可是掏钱请客了的。妈,你别生气了,听听吃杯茶叫得多好听啊。”爱姑拿他没了办法。到了晚上,老三破例地蹲在了锅灶门前,帮她烧火做饭。火苗映得老三的脸红扑扑的。他的脸色本来是青黄色,是熬夜熬的。他在大哥的饭店里当什么经理,爱熬夜打牌。灶后的爱姑恍惚看到了一个十来岁的孩子为她烧火——她的几个孩子小时候全都在那儿烧过火。

吃饭时,老三敬了她一杯红酒,捧给她。她心里的气慢慢消去。

可刚放下碗,老三接了个电话,然后朝她要钱。他虽然是个妻管严,但进城以后,很少向她要过钱花。爱姑问他要钱干啥去,他说银凤叫他去打会儿牌,这次回来身上没带多少钱,这事又不好推脱。爱姑想想也是,他轻易不回来,村人找他玩,如果不去也不好,便给了他二百元。老三又嬉皮笑脸,手还举着,爱姑只好又给了一百。

这时候外边又是雷又是电地下起了雨。看着老三的身影渐渐消失在雨中,她立在大门口,有点迷茫地看着潮凉潮凉的细雨,听着雨声沙沙作响,看着一两片黄叶随雨点飘落下来。胡同口那儿,老扁嘴女人抱着正在哭闹的小孙子,边走边拍打,还唱道:“下雨啦,麦罢啦,俺家的孩子长大啦……”

她心头禁不住一震,“刚才锅门前的小孩子真长大啦!”她喃喃自语。

第二天,她问老三输赢如何,老三两手一摊:“别提了,刚打两圈儿,银凤的婆婆捏着面袋去了,向她要白面。两人竟然吵了起来,那老婆儿也不走,坐在大门口的雨地跟银凤怄着,说兄弟三人,就你们家的粮油数没给够,现在麦罢了,不给白面,死活不走。一下子闹腾到了半夜,村主任过去,才算劝走……”

“给白面了吗?”她问。

“提刀砍屁,给个空儿。”老三说得轻松,有点儿幸灾乐祸。

“这下雨天,那老婆儿没了面粉,吃个啥?”

“哪有饿死的人,你就别操那心了。”老三说着掏烟吸。爱姑看见他随烟盒掏出了三张红票,心想:“他会还我的。”雨已停了下来,外边的空气清新异常,喜鹊在屋顶上叫了两下。她想:“他会还我的。”

可是,早饭过后,老三便出了门,在门外对她说:“我得回城去了,你多保重啊!”

这又让她愣了半晌。

突然,胡同口传来了老扁嘴女人的叫声:“老桑树让雷劈开了,快看呀!”

她想去看,但却坐了下来,移不动脚步了——这棵老桑树可帮过她的大忙的。当年过苦日子时,她养蚕卖丝,全是靠了那棵树啊！她的泪哗哗流了下来。本以为老桑树还会复活过来,人家城边有棵老槐树,都死了六年,去年春天复活了。老桑树才死了三年呀,它该会复活的。这么一遭雷劈,肯定永远死掉了……

银凤过来时,她还在门楼下流泪。这次,她没有诉说,仅仅是默默流泪。

银凤搀她起来,用纸巾为她擦泪,问她:“怎么啦?咋自个儿哭了?”

她说:“想哭了!”

银凤笑了,说:“人家王店集来请哭啦,准备一下,咱中午赶到那儿去,有您哭的。”

她喝了半杯水,看着银凤,银凤说:“您的眼神不对,有事快说吧。”

她说："银凤呀，你婆婆也够可怜的。"

银凤笑了，说："她可怜？您不晓得她有多讨厌。三个儿子，俺是老二，无论从哪头，都不该先找俺吧。她倒好，没有吃的花的，总是先找我要，不按规矩来。"

爱姑平静了半天，不言语。民民过来舔她的手，她摸着它的头，喃喃地说："我以后再不哭了。你走吧。"

银凤迷惘了，两手舞动一下，拍在胯骨上，说："这是为啥呀？好好的，咋就不哭啦？该不是俺们得罪您了吧？有想法跟我说说呀。"

她摆摆手说："我真的不想哭了。"

民民狂叫起来。银凤一脸茫然地出了院子。

跋
在“规定”与“自选”之间

宫　林

算起来，从 1990 年在《莽原》发表处女作《暮野》，迄今整整 26 年了。回头想想，那时在中学里教书，太忙，总想寻个清闲的单位。动来动去，换了几个单位，依旧觉得时间仓促，捉襟见肘，掏力不讨好，两头不是人。自己能没有间断地写着，坚持下来，还有幸参加些学习班和研讨会，真是不易啊！禁不住想给自己点个赞了。

这 26 年间，中国文学可谓热闹纷呈，风生水起，我这个跟随者也没有跟出什么名堂来，发表了一百万字，写的依旧是自己熟悉的那些人那些事那些场景，在小说的“规定”动作与“自选”动作中游动着。作品有传统的底子，也有些先锋的融入。痛苦地觉得自己一直没有放开过手脚，一直不从容。这当然不会大红大紫。一个生活在基层的作者，能当个“马拉松”的跟随者，不被拉得太远，就不错了。非分之想没什么用，倒是因此读了许多的书，丰富了自己，亦是欣慰。

创作之法，人皆不同。但这与体育项目又很相似，有“规定”动作和“自选”动作，“规定”动作，要写好人物、故事，最基本要过语言通顺这一关。“自选”动作主要体现在思想高度方面，是大难题。没有平白无故的超越，没有空中楼阁，一切都建立在生活层面之上，没了这个层面，那便是文不对题，对牛弹琴，跑偏了。但创作这事也是邪怪，有时偏偏喜欢剑走偏锋，险中取胜，可惜我不是能剑走偏锋的主儿，所以算个失败者。

原先我也认为，作家分为两种，一是马尔克斯、莫言这种“讲故事的人”；一是博尔赫斯、卡尔维诺这种“怎样讲故事的人”。但后来，我发现还有一种也很厉害，像加缪和库切。前两种作家，中国都能找到，只有第三种作家，中国没有，或者说差距太大。我相信这种说法，很多人可以写《局外人》的上部，却弄不了下部。为什么呢？因为他们的写作只能遮蔽在语言的迷雾里，没有触摸到形而上的层面去。很多人不会“审判”他人，更不会“审判”自己，彻底丧失了审判意识。正像时下世界，很多人捧着“苹果”，但这个“苹果”只能是被欲望咬过一口的苹果，而非真正的昆德拉式的“欲望的金苹果”。我们总在表层的世界里挣扎、狂欢、幽默、调侃，而失去了沉甸甸的内心世界，同时也失去了童贞般的澄明感。社会乱，人心亦乱。等于是风在动，旗在动，心更在动。我认为，这也是“自选”动作的部分。

可以这么说，由乡村出来的作家，是不缺乏生活素材的，是有根的。写过多年以后，他也是不缺技巧的，也能将板斧抡得呼呼作响，在万马丛中厮杀一阵。“规定”动作渐成气象，那缺乏的是什么呢？就是进入灵魂的门径，不得其门而不入。所以，注定许多的写作是无效的。这么一盘算，中国每年大约出版 3000 部长篇小说，是不是生产得太多了呢？因为有大量的文章是用身体写的，而非用灵魂，是满纸荒唐言，却不流一滴泪。这些文章能不破坏我们曾经美好的阅读感觉吗？看不到新鲜，便有了视觉的疲惫。因此就培养了一大批的惰性读者，一大片稀里糊涂的粉丝，一大群投机取巧的“废品”分拣者。而真正的精英意识却渐行渐远。

因为人心在变躁，许多人失去了敏锐的触觉，变得麻木，忘掉了自己写作的初心，忘掉了回乡的道路。很多人只看到羽毛在飞，却听不到翅膀的扇动声……当然，你也可以自慰，标准是不同的，选择是自由的，你走你的阳关道，我过我的独木桥，萝卜白菜，各有所爱。那么，我们只能骑着木马赶现实，在表层的生活中，苍白无力地纠结着。在失去崇高之后，我们只能是众声喧哗的群“蛙”，只能是被戏弄的“巨翅老人”，只能是订错书页的“寒冬夜行人”。不但见不到《耶稣的童年》里可爱的孩子，还将失去可尊可敬的希绪弗斯了。

生活当然分为物质生活与精神生活，有看得到的，有看不到的，作家要探索的是精神那部分，是心灵的那部分，是叫人忧叫人喜叫人揪心痉挛的那部分。这部分挖得深浅，是对作家本事的考验，最能区分好作家与坏作家。为什么说作家最后拼的是人格呢？好作家的作品与他的人格相统一的，文如其人。好作品也更应该像个人，有血有肉有灵魂，是立体的，可以触摸到骨感，可以感受到气息的。好小说就像人一样，有的善良可亲，有的凶恶可恨；有的是铁骨汉，有的是伪君子；有的天生丽质，有的造假整容。真正的读者应该用犀利的目光，去穿越现象，直抵本质。既然人中有模范、有先贤，那作品中自然就有经典。经典的文字都是有血有泪的，“满纸荒唐言，一把辛酸泪”，而不是泛泛如淡水。某一时期，人们注重消费、感情淡薄、不愿思考时，自然会远离血泪文字，自然会避重就轻，轻歌曼舞，声色犬马，自然也体会不到“生命中不能承受之轻”的无奈与苍劲。那么这种行尸走肉，这种耍滑头，这种“薄幸名”，有什么用呢？不光没有正能量，还直接导致了全民素质的下降。我们想在垃圾堆里寻金觅玉，何岂难哉！偶翻杂志，吃了一惊，感慨“玄都观里桃千树，尽是刘郎去后栽”。看这种粗制滥造，热闹而不深情的东西，如同看拙劣的小丑表演，倒不如去听野草的歌唱。

一个负责的作家，在什么时候都会沉思，他心中自然会有标尺、有纪律，会把“规定”与“自选”动作都做得到位，赢得高分。当然，经典也会百年孤独，大师更会斯人独憔悴。即便一时裁判眼拙，误判漏判，后世也会还个公道的。好作家都具备“冷眼向洋看世界，热风吹雨洒江天”的高贵品格，也会以独立之人格为翅膀，而自由地飞翔。

2016 年 7 月，为“中原文学八金刚”研讨会所写的发言稿